Hans Ernst · Das Tal der sieben Sünden

HANS ERNST

Das Tal der sieben Sünden

ROMAN

rosenheimer

6. Auflage 1997
Printed in Austria

Schutzumschlag-Foto: Michael Wolf, München
Druck und Bindung: Wiener Verlag, Himberg bei Wien
ISBN 3-475-52131-8

Der Tag ist gerade richtig erwacht; über das Schattengebirge steigt die Sonne herauf, und Blasius Ploner, der harmlose Halbnarr des Dorfes Torwalden, zieht mit seiner Flöte aus Weichselholz durch die engen Gassen des Dorfes und bläst die gleiche Melodie, die er vor zehn Jahren schon geblasen hat: »Im Zirkus Sarrasani — da ist es wunderschön . . .«

Vielleicht kann er kein anderes Lied; es mag aber auch sein, daß Blasius seine Welt als einen Zirkus betrachtet, darin er sich bewegt und auf seine Weise wohl fühlt. Wenn die Melodie ertönt, dann öffnen sich die Stalltüren, Kühe und Ziegen trotten heraus und ziehen hinter ihrem fröhlichen Flötenspieler her wie früher die Kinder hinter dem Rattenfänger von Hameln. Vom Frühjahr bis zum Spätherbst ist es jeden Morgen und Abend das gleiche. Blasius Ploner ist, da er jeder anderen Arbeit gewissenhaft und mit einem wahrhaft besessenen Ehrgeiz aus dem Wege ging, zum Hirten der dörflichen Herde aufgestiegen, und er versieht dieses Amt, das sei zu seiner Ehre gesagt, mit Umsicht und Eifer. Immer findet er die besten Weiden hoch oben hinter dem Bergwald, und es ist in all den Jahren noch nicht vorgekommen, daß ihm ein Tier verunglückt oder abgestürzt wäre.

Pater Paulus, der dreimal in der Woche von dem weit entfernten Kloster St. Innozenz herüberkommt und dem die seelsorgerische Betreuung der Gemeinde obliegt, hat ihn einmal ein anderes Lied lehren wollen. »Mit Gott fang deinen Morgen an . . .« Oder: »Wem Gott will rechte Gunst erweisen . . .« Jedoch hat sich Blasius so dumm angestellt, daß es Pater Paulus bald aufgegeben hat und lieber den »Zirkus Sarrasani« in Kauf nimmt, wenn es ihm auch weh tut.

Von seiner Mutter abgöttisch geliebt, hat Blasius gelernt, daß er Gott und den Menschen gehorchen müsse. Aber er verwechselt das immer, gehorcht Gott nur wenig, weil er ihn nicht begreift, und den Menschen überhaupt nicht, außer Therese Larasser, der schönen Schwester des Bürgermeisters Larasser. Sie allein hat große Macht über ihn, und vor ihr würde der harmlose Halbnarr sogar im Staube liegen, verlangte sie es von ihm.

An diesem Morgen nun, der so strahlend schön über die Berge gestiegen ist, steht Markus Larasser auf den Steinfliesen vor seinem Hof und ruft den Hirten zu sich.

Blasius zieht sofort seinen breiten Schädel ein und blinzelt mißtrauisch an der hohen Gestalt des Bürgermeisters empor.

»Hör einmal zu, Blasius. Du hast gestern die Tiere über die Gemeindemarkung hinausgetrieben. Ich will das nicht!«

Blasius erschrickt, und sein Gesicht bekommt einen weinerlichen Ausdruck. Das dauert eine ganze Weile, aber dann funkelt es plötzlich böse in seinen Augen.

»Bist du Gott, dem ich gehorchen muß?« fragt er mit seiner kindlich hohen Stimme.

»Red nicht so dumm, und tu, was ich sage!«

Als Antwort schwingt Blasius seine Peitsche, daß es einen scharfen Knall gibt. Es ist nicht seine Absicht, nach dem König des Dorfes zu schlagen; er will nur zeigen, wie gleichgültig ihm ist, was der Bürgermeister ihm zu sagen hat. Im selben Augenblick kommt Therese Larasser aus dem Haus, groß und schlank wie ihr Bruder. Sofort gibt Blasius seine feindselige Haltung auf, und sein Gesicht wird ganz verzückt.

»Was ist los?« fragt sie.

»Er will mich wieder einmal nicht verstehen«, antwortet Markus.

»Doch, doch. Der Blasius versteht dich ganz gut, nicht wahr, Blasius?«

»Ja, ja«, sagt dieser gehorsam. »Und ich werde schon Obacht geben.«

»Na also, ich habe es doch gewußt, der Blasius ist ein ganz vernünftiger Bursche«, lächelt Therese und fährt ihm dabei mit der Hand streichelnd über das unordentliche, borstige Haar. Als er aber plötzlich ihre Hand festhält und seinen Mund daraufdrückt, reißt sie sich energisch los.

»Mach keine Dummheiten, Blasius, und zieh los jetzt!«

Sofort dreht er sich um, setzt seine Flöte an den Mund und wirft den Kopf zurück. Diesmal aber geht sein Lied unter in dem lauten Gebimmel der Kuhglocken, und nach einer Weile verschwindet er mit der Herde bereits hinter den letzten Häusern des Dorfes.

Still ist es dann wieder im Dorf. Nur aus der Schmiede tönt klingender Hammerschlag. Die beiden Geschwister stehen noch eine Weile auf dem Vorplatz des Hofes, der einer der schönsten im Dorfe Torwalden ist. Noch ist der Frühling nicht ganz angebrochen, die Birken schlagen gerade aus, und an den Kirschbäumen zeigen sich die ersten Blüten. Und doch hat das Dorf sich schon wieder aufgerichtet von dem schweren Unglück, das es Ende Februar getroffen hat, als die Lawinen niedergegangen sind. Beim Kreithaler setzen sie gerade den Dachstuhl neu, der von den Schneemassen eingedrückt worden war; die Steinmauer um den Kirchenhügel ist bereits wiederaufgebaut, und am Neuriederanwesen legen die Maurer gerade letzte Hand an. Diesmal ist es etwas gnädiger abgegangen, aber man hat zu Torwalden schon Jahre erlebt, in denen das halbe Dorf von den Schneemassen begraben war und es Tote gegeben hat.

»Willst du bei der Kirchhofmauer die Ligusterhecke wieder anpflanzen lassen?« fragt jetzt Therese Larasser ihren Bruder.

Markus Larasser lächelt.

»Ich möchte es schon, aber beim Landratsamt will man davon nichts wissen. Es sei zu kostspielig.«

»So wie ich dich kenne, wirst du sie aber trotzdem pflanzen.«

»Auf meine Kosten dann. Der Kreis knausert mit den Zuschüssen. Ich weiß nicht, was da los ist in letzter Zeit.«

Therese schaut ihren Bruder etwas aufmerksamer an. Es fällt ihr schon seit einiger Zeit auf, daß er nicht mehr so fröhlich lachen will und daß fast immer eine strenge Falte des Nachdenkens zwischen seinen Brauen steht.

»Du bist in letzter Zeit so unduldsam, Markus«, sagt sie. »Ich kann nicht glauben, daß dies nur damit zusammenhängt, weil du Ärger hast mit dem Landratsamt. Hängt es vielleicht mit Gina zusammen?«

»Mit Gina? Wie kommst du darauf?« Er schüttelt den Kopf. »Mit Gina steht es besser denn je. Im Herbst werden wir heiraten. Du darfst auch nicht glauben, daß ich mich über das Landratsamt ärgere. Nein, nein, das kommt von weiter her. Weißt du, Therese, manchmal habe ich den Wunsch, nicht mehr Bürgermeister zu sein.«

»Du warst aber so stolz, als man dich vor zwei Jahren einstimmig gewählt hat.«

»Warst du es vielleicht nicht?« fragt er lächelnd zurück.

»Doch, das leugne ich nicht. Ich bin auch heute noch stolz auf dich, Markus. Du bist der jüngste Bürgermeister des Kreises mit deinen achtundzwanzig Jahren, und ich habe es mir schon so oft gewünscht, daß es unsere Eltern noch erlebt hätten, dich als Bürgermeister zu sehen.«

Markus Larasser nickt vor sich hin.

»Du hast recht, Therese. Aber ich war früher ein viel

freierer Mensch als heute. Was ich als junger Bursche tun konnte, das nähme man mir heute als Bürgermeister übel. Es wundert mich überhaupt, daß sie noch nicht über mich und Gina reden. Aber das wird vermutlich nicht mehr lange dauern. Bloß — daß ich mir hier überhaupt nichts einreden lasse, weil es eine Sache ist, die nur mich allein angeht.«

»So sehr bist du in sie vernarrt?« fragt die Schwester nicht ohne Spott.

»Ich habe sie gern für mein Leben, das ist alles, Therese«, antwortet er und legt den Arm um ihre Schulter. »Ich weiß schon, es ist so eine kleine Eifersucht in dir. Aber schließlich kannst du mich doch nicht in alle Ewigkeit an deinem Schürzenband haben. Eines Tages wird einer kommen und sich in dich verlieben, was ist dann?«

»Wer sollte sich in mich schon verlieben?«

»Sag das nicht, Therese. Du bist jung und schön, und der Gabriel wird auch nicht bloß unserem guten Zwetschkenwasser zuliebe so oft bei uns zukehren.«

»Der?« antwortet Therese spitz. »Da ist mir die tolpatschige Verliebtheit des Blasius noch lieber als das hochtrabende Getue des Jägers, der immer meint, ihm könne keine widerstehen.«

Der Ausspruch ist ihr wohl zu glauben, denn Therese ist eine kühle und ausgereifte Schönheit, und sie hätte dem flüchtigen Beschauer sogar als hochmütig erscheinen können, während sie aber in Wirklichkeit ein Herz voller Güte besitzt. Die Liebe, oder das, was die Menschen so leichthin die Liebe nennen, ist ihr trotz ihrer sechsundzwanzig Jahre noch fremd geblieben. Die Sache mit dem Jäger Gabriel hat schon ihre Richtigkeit; er macht ihr den Hof mit allen bunten Einfällen, deren ein Mann fähig ist, wenn er ein Mädchen erringen will. Er bringt ihr zur Sommerszeit schöne Almrauschblüten, er sucht für sie den blauesten Enzian und die zartesten Steinröslein. Aber es bleiben immer Blüten des Berges, und sie werden nie das Liebesgeschenk eines werbenden Mannes. Sie werden ins Wasser gestellt, und Therese erfreut sich an den taufrischen Farben, aber sie bleibt dem Schenkenden immer unnahbar, weil sie die Berechnung hinter dem Schenken erkennt. Der Jäger gibt nicht umsonst; er will etwas dafür, er will ihre Liebe dafür, um damit am Wirtshaustisch nach dem fünften Krügel prahlen zu können: Ich habe die Therese Larasser im Arm gehalten und an meinem Herzen. Therese fühlt das, und darum ist ihr ein Feldblumenstrauß vom Blasius lieber, weil sie weiß, daß er aus einer wirklichen, wenn auch sinnlosen und einfältigen Liebe gegeben wird. Sie gibt dem armen Menschen das, was sie dem Jäger niemals schenken würde: Sie streicht ihm über das Haar und sagt ihm, daß er ein guter Mensch sei. Wenn er dann aus seinen treuen Augen zu ihr aufblickt, da sieht sie das kleine Licht der Freude. Wirklich lieb aber hat Therese Larasser nur ihren Bruder Markus. Es ist eine Liebe, die nicht so ohne weiteres verständlich ist, aber es tut ihr zum Beispiel weh, daß er diese schöne Gina so in sein Herz geschlossen hat. Es ist eine eifersüchtige Geschwisterliebe, die aus der Tiefe des Herzens aufbricht und die ihn behüten will vor allen Schatten, die ihn bedrängen könnten.

Diese Gina Waldherr ist in das Dorf gefallen wie eine kleine Flamme. Sie hat es verstanden, am ersten Tag schon den Markus Larasser, der vorher nie einem Mädchen nahe gewesen ist, zu verzaubern. Sie allein hat Unruhe in sein Blut geworfen, ihr allein ist es gelungen, ihn zu verwandeln, und zuweilen ist es wirklich so, als ob Markus die Welt um sich vergessen hätte und wie unter einem Bann durch seine Tage gehe, bis ihn der Abend aus den Fesseln dieses Zaubers erlöst. Vorher hat er sich manches ausreden lassen, jetzt aber hebt er sofort witternd den Kopf, hört wohl zu, aber erklärt dann: »Ich glaube nicht, daß Gina dieser Meinung ist.«

Die Sonne ist nun vollends über die Berge hochgestiegen und zeigt das Dorf in herrlicher Schönheit. Das Kreuz auf dem Turm der Matthäuskirche flimmert wie Gold, und die »wilde« Grill rauscht so sanft, als hätte sie noch nie ein Unheil angerichtet.

In diese feierliche Stimmung hinein sag. Markus plötzlich:

»Du solltest dich mit Blasius nicht so viel abgeben, Therese. Diese Schwachsinnigen fassen das oft ganz anders auf, und wie willst du ihn zähmen, wenn einmal das Tier in ihm erwacht?«

»Durch die Gewalt meiner Stimme. Im übrigen, Markus, hat er zuweilen lichte Momente, in denen er alles klar und vernünftig beurteilt.«

»Wirklich? Das ist mir neu.«

»Ja, kürzlich erzählte er mir, wie er vor seinem toten Vater gesessen und ihm die Fliegen vom Gesicht gescheucht hat. Die Grill hat seinen Vater genommen, und darum haßt er den Wildbach. Seit der Zeit ist er auch nicht mehr ganz richtig im Kopf.«

»Das mag wohl sein. Aber da kommt der Weigl mit der Post. Ich will schnell nachsehen, was er Neues bringt.«

Markus Larasser geht ins Haus, wo er das Stübchen rechts vom Flur als Gemeindekanzlei eingerichtet hat. Außer dem Tresor, einer großen Stellage mit alten Folianten und einem wurmstichigen Schreibtisch ist dort nicht viel zu sehen. Die einzigen freundlichen Dinge in diesem Raum sind der Kanarienvogel in seinem Bauer und der mannshohe Gummibaum in der Ecke beim Fenster.

Der Gemeindediener Weigl tritt ein und legt die Post auf den Tisch.

»Was gibt es Neues, Weigl?« Markus öffnet mit seinem

feststehenden Messer die Post, fliegt die ersten Briefe durch und legt sie beiseite. »Na? Gar nichts Neues? Du bist doch das lebendige Tagblatt von Torwalden!«

Nikodemus Weigl, von Beruf Dorfschuster und nebenbei Gemeindediener, reibt sich seine knollige Nase und nimmt dann die blaue Schirmmütze ab.

»Wenn es dir eine Neuigkeit sein sollte, Bürgermeister, der Anderlpeter hat gestern sein Weib wieder einmal windelweich geschlagen.«

»So? Warum denn?«

Nikodemus Weigl zuckt die Schultern. »Vermutlich hat er gestern über den Durst getrunken.«

»Ach ja, gestern war ja Hebefeier beim Kreithaler. Merkwürdig, wenn sie zuviel saufen, wissen sie nicht mehr, was sie tun. Du bist auch so einer, Weigl. Sonst der beste Mensch, aber im Suff plapperst du lauter dummes Zeug und machst Sprüche, als ob du der Bürgermeister wärst.«

»Ich?« fragt der Weigl, baß verwundert. »Inwiefern, wenn ich fragen darf?«

Larasser öffnet einen weiteren Brief, liest ihn und legt ihn beiseite.

»Der Vierlinger hat vorgestern im Gemeindewald sechs Stangen umgeschnitten. Du hättest es ihm erlaubt, sagt er.«

»Der Vierlinger? So, so, der Vierlinger. Ja, wie war jetzt das gleich?« Der Weigl kann sich an nichts mehr erinnern und muß plötzlich furchtbar husten. Da aber Markus dem Vierlinger sofort eine Rechnung zugeschickt hat, die der Vierlinger auch umgehend bezahlte, will er in der Sache nicht weiterbohren und sieht nach, was der Weigl an diesem Vormittag noch tun könne.

Ja, die schönen Tage sind für den Weigl vorbei, seit der alte Kotter nicht mehr Bürgermeister ist. Der Larasser findet immer Arbeit für ihn, und wenn er oft nur stundenlang gebrauchte Briefumschläge wenden muß, die Larasser immer in rauhen Mengen vom Landratsamt mitbringt, wenn er dort zu tun hat.

Auf dem Landratsamt ist Markus Larasser gut angeschrieben. Das ist auch Weigls unumstößliche Meinung, die jeder von ihm hören kann. Nie vorher ist man den dörflichen Bedürfnissen so weitgehend entgegengekommen, und wenn Markus etwas auf schriftlichem Wege nicht gleich erreichen kann, bei einer persönlichen Vorsprache setzt er einfach alles durch. Ja, es ist in jeder Hinsicht ein Vorteil für das Dorf Torwalden, daß Larasser bereits einige Semester Chemie studiert hatte, bevor das Unglück mit seinem Bruder geschah und der alte Larasser ihn zurückgerufen hat, damit er den Hof übernehme. Dem früheren Bürgermeister Kotter hat meistens der Lehrer Schildhauer die Gesuche an die Behörden aufsetzen müssen. Larasser braucht niemanden dazu. Seine Schriftstücke sind Meisterleistungen, besonders, wenn es für das Dorf einen Vorteil herauszuschlagen gilt.

In dieser Woche schlägt das Wetter noch einmal um. Kalte Tage kommen mit Regen und Schnee. Die Grill steigt beängstigend an. Die Leute von Torwalden sehen voller Sorge zum Damm hinauf, ob er wohl halten wird. Gerade aber, als das Wasser schon in kleinen Wellen über den Rand des Dammes hinschlägt, zerreißt im Westen das dunkle Gewölk, und dahinter wird ein breiter Streifen gelblich brennenden Himmels sichtbar. Vorsichtshalber stellt Larasser eine Nachtwache aus, beteiligt sich selber bis Mitternacht daran und geht erst dann, als wirklich keine Gefahr mehr zu befürchten ist.

Von diesem Tag ab wird es jedoch wirklich Frühling in Torwalden. Alle Bäume blühen nun. Nur der Kirchturm auf dem Hügel ragt noch aus dem weißen Meer von Blüten.

Auf den Äckern werden die Kartoffeln eingelegt, und die Luft ist erfüllt vom Geruch der frisch gepflügten Erde.

Auch Markus Larasser geht hinter dem Pfluge her, während seine Dienstleute die Kartoffeln in die Furche legen. Recht viel mehr gedeiht in dieser Gegend nicht, höchstens noch schmalkörniger Hafer. Nein, das Dorf kann nicht prahlen mit goldgelben Weizen- und silberschimmernden Kornfeldern. Dazu ist der Boden viel zu steinig. Selbst der Frühling ist nur rasch und wild, ein kurzer Traum in Weiß.

Wenn Markus den Pflug wendet und, ein wenig rastend, in die Runde schaut, dann sieht er fast alle Leute des Dorfes auf den Feldern, Männer, Frauen und Kinder. Alle, die da, zur Erde niedergebeugt, zu sehen sind, haben einmal etwas erwartet von ihm. Wenn das Dorf doch schon so arm und klein ist, daß es nur auf solchen Landkarten verzeichnet ist, die vielleicht bei einem Generalstab gebraucht werden, dann sollte wenigstens einmal einer aus der Armut des Dorfes aufsteigen und eine Leuchte werden, die den Namen dieses Dorfes über die Grenzen des Landes hinausträgt. Große Freude hat damals alle erfüllt, als feststand, daß Markus Larasser, des Bauern Tobias Larasser jüngster Sohn, dazu ausersehen war, hinauszugehen in die Welt, um dort bekannt zu werden im Reich der Wissenschaft. Aber dann ist Anton Larasser, der ältere Bruder, im Bergwald tödlich verunglückt, und Markus mußte wieder heimkehren, ohne das erreicht zu haben, wozu er seinen glänzenden Zeugnissen nach befähigt gewesen wäre.

Mit schmalen Augen sieht Markus über das Land und wartet, bis weit drüben am andern Ackerrain ein Mädchen sich aufrichtet und ihm zuwinkt. Es ist Gina, eine Verwandte des Bauern Rotanner, die dieser sich im Winter auf den Hof geholt hat. Und jedermann könnte es nun sehen, daß auch der Bürgermeister die Hand hebt und dem Mädchen zuwinkt, so daß es aussieht wie ein zärtliches Getändel über die Äcker hinweg, indessen es nichts anderes ist als Frage und Antwort um eine Stunde des Beisammenseins am heutigen Tag zwischen Abend und Nacht.

Weiter schaut Markus Larasser die Ackerbreiten entlang. Er kennt sie alle, die da weit verstreut auf den Feldern werken. Das ganze Dorf ist versammelt, und kein Streit fliegt über die Äcker, obwohl es Feindschaften untereinander gibt. In dieser Hinsicht ist auch Torwalden keine Ausnahme. Nein, es gibt Neid und Feindschaft dort genau wie anderswo. Es gibt Hassende und Törichte, Böse und Tüchtige, Faulenzer und Prahlhänse und — Liebende, wie Gina Waldherr, die schöne Nichte des Rotanner.

Markus Larasser setzt den Pflug von neuem in die Erde und treibt die Pferde mit einem Zuruf an. Auf seinem Acker arbeiten Loni, die Magd, und ein paar Taglöhnerinnen, darunter die Witwe Ploner, die Mutter vom Blasius. Die Pflugsterze werfen seine Arme hin und her, so viele Steine und Wurzeln birgt der Boden. Aber Furche um Furche wird gezogen, bis die Wolken über dem Wattengebirge rötlichen Glanz bekommen.

Larasser wartet, bis er die ersten Gespanne dem Dorf zuziehen sieht, dann erst spannt auch er aus und führt seine Pferde heim. Damit ist aber für ihn noch nicht Feierabend, denn jetzt erst haben die einzelnen Zeit, ihre Anliegen, ihre Nöte oder Sorgen in die Gemeindekanzlei zu tragen. Oder auch ihre Streitigkeiten, die er nach bestem Wissen und Gewissen zu schlichten sucht, weil er den Leuten das Geld sparen helfen will, das für einen Zivilprozeß verlorengeht.

Endlich verläßt der letzte sein Haus und Markus Larasser darf an sich selber denken. Klar und hell leuchten die Sterne über dem Dorf, und der Wind riecht nach den Bergen, von denen er kommt. Markus geht an den hellerleuchteten Fenstern des Wirtshauses vorbei und sieht im flüchtigen

Hinschauen ein halbes Dutzend Bauern um den großen Ofentisch sitzen, darunter auch den Rößler, der ihm gerade vor einer halben Stunde in der Gemeindekanzlei versichert hat, daß er nicht wisse, womit er seine Kinder kleiden solle, wenn er, der Bürgermeister, darauf bestünde, daß er die rückständige Grundsteuer bezahlen müsse.

Bei der Kirchhofmauer wartet Gina auf ihn. Ihr helles Kleid leuchtet neben dem Stamm einer Linde, und als er ihr seine Hände entgegenstreckt, läßt eine große Seligkeit, wie immer, wenn er ihre Nähe fühlt, sein Herz aufjubeln. Alle Last des Alltags fällt von ihm ab; er ist nicht mehr der Bürgermeister des Dorfes Torwalden, sondern ein junger Mensch, den die Liebe ruft und der die Küsse des Mädchens nimmt, als seien sie das köstlichste Geschenk auf dieser Erde. Oft genug kann er nicht begreifen, wieso das Leben einen Sinn für ihn hat haben können, bevor ihm dieses Mädchen begegnet ist. Sie ist schön, das sagt sich nicht nur er in seiner Verliebtheit, sondern das sagen sie alle im Dorf, die Mädchen mit einigem Neid, die Burschen mit heimlichem Sehnen. Gina Waldherr ist schlank wie eine Birke, nicht gerade groß, aber von einem unwiderstehlichen Temperament, das Markus, der noch nie vorher einer Frau so nahe gewesen ist, oft mit leiser Sorge erfüllt. Ihr Haar schimmert ein wenig ins Tizianrote, ihre Augen dagegen sind ganz dunkel mit feingeschwungenen Brauen darüber.

Markus hat den Arm um ihre Hüften gelegt, und so gehen sie langsam über die Wiesen hin. Ihre Stimme ist leise und voll drängender Zärtlichkeit, und ebenso leise gibt er die Antworten. Ihre Stimmen aber sind die einzigen Laute in der großen, schweigenden Nacht, die von der Viertelmondscheibe gerade so viel erhellt wird, daß sie ihre Gesichter sehen können.

»Ach ja«, seufzt Gina. »So eine Nacht müßte hundert Stunden haben. Du bist viel zuwenig bei mir, Markus.«

»Es wird nicht mehr lange dauern, Gina, dann werden wir heiraten«, antwortet er. »Im Herbst ganz sicher.«

»Im Herbst«, spricht sie langsam nach. »Wie wird es dann sein, Markus?«

»Es lebt sich gut auf dem Larasserhof, Gina.«

»Ach du«, lacht sie ihn aus. »Glaubst du denn, daß es mir um den Hof geht? Mir geht es nur um dich, Markus.«

»Ja, aber der Hof und ich, wir gehören nun einmal zusammen, Gina.«

»Und das Dorf? Du hast das Dorf vergessen, das dir so sehr am Herzen liegt, daß ich es manchmal unbeschreiblich hassen möchte.«

Erschrocken bleibt er stehen und schaut ihr ins Gesicht.

»Gina, das kann doch nicht dein Ernst sein! Ich weiß, daß mir wenig Zeit bleibt für dich, aber ich bin nun einmal der Bürgermeister von Torwalden und kann diese Verantwortung nicht einfach von mir werfen.«

»Auch dann nicht, wenn ich es von dir verlangen würde?«

»Nein, auch dann nicht«, antwortet er ohne langes Überlegen. »Ich nehme dir das nicht übel, Gina, du bist zuwenig lang in Torwalden, als daß du begreifen könntest, wie einem so ein Dorf ans Herz wachsen kann.«

»Ich will es hoffen«, sagt sie versöhnlicher, »daß es mir ans Herz wächst. Es ist sowieso schon etwas leichter geworden. Am Anfang habe ich gemeint, die Berge müßten mich erdrücken. Alles war so schwer und düster. Dann kamst du. Es wurde lichter um mich. Als ich dich das erstemal sah, Markus, bin ich beinahe erschrocken, weil du so groß und stark über mir standest und mich angesehen hast, als möchtest du mir bis auf den Grund der Seele schauen.«

»Ja, manchmal möchte ich das«, antwortet er schnell. »Ich weiß so wenig von deinem Leben, Gina; ich weiß nicht, ob darin schon ein Mann eine Rolle gespielt hat, ob es bewegt oder still war.«

Sie lacht auf und umklammert stürmisch seinen Hals. »Eifersüchtig auf das Vergangene?«

»Nein, so kindisch bin ich nicht«, verteidigt er sich und weiß nicht, daß er ihr damit eine Freude dämpft, daß sie es gerne hätte, wenn er eifersüchtig wäre. Freilich erscheint es ihr ratsam, darauf nicht zu antworten, wie ihr Leben bisher gewesen ist. Es ist bewegt gewesen, ein Auf und Ab im Wirbel der Gefühle. Aber darüber wird sie mit diesem Mann nie reden können. Für ihn ist die Liebe nicht Spiel, für ihn ist sie schwer und ernst.

Am Anfang ist Gina ein wenig erstaunt gewesen über die merkwürdige Art seines Liebens. Sonst von ungeheurer Vitalität, zeigt er hier gar nichts von einem fordernden Draufgängertum, und niemals überwältigt ihn rasches Zupacken, wenn ihr Atem nahe an seinem Munde ist. Nur hin und wieder verliert er sich zu einem schüchternen Geständnis, daß er sie liebhabe, liebhabe eben auf seine Art.

Dieses Hinschlendern, so Arm in Arm durch die blühende Frühlingsnacht, ist sicher sehr romantisch; es hüllt die Herzen in einen feierlichen Rhythmus, und wenn Markus soeben wieder mit fast kindlicher Einfalt sagt, daß er sie liebe und daß in ihm neben dieser Liebe nichts anderes Platz habe, so könnte das Mädchen schon versucht sein, die Frage an ihn zu stellen, wie sehr er sie liebe. Aber sie weiß aus Erfahrung, daß er darauf keine Antwort geben, sondern ihren Arm nur noch fester in den seinen ziehen wird, um ihr damit zu bestätigen, wie sie ganz zu ihm gehöre. Sie weiß aber auch, daß die Nacht so im Hinschlendern ungenützt in den fahlen Morgen übergehen wird, wenn sie selbst nicht die Initiative an sich reißt. Darum bleibt sie jetzt gerade dort, wo es besonders dunkel ist, ruckartig stehen und wirft die Arme um seinen Hals.

»Ach, Markus, du weißt ja gar nicht, wie ich dich liebe . . .«

Die Mondsichel ist schon über die Berge geschwommen; nur das fahle Licht der Sterne steht über dem kleinen Tal. Es reicht gerade noch aus, daß Markus das schmale Gesicht vor sich sehen kann, den halbgeöffneten Mund, die dunklen, großen Augen, und fest umschließen sie seine Arme . . .

Die gleichen Sterne leuchten über dem Larasserhof und spiegeln sich im großen Brunnentrog vor dem Haus. Der Nachtwind läßt das Papier leise rascheln, mit dem Therese die Blumenkästen auf dem Balkon zugedeckt hat, damit ein immer noch zu befürchtender Morgenreif die jungen Setzlinge nicht vernichtet.

Therese liegt in ihrer Kammer, die Augen aufgeschlagen zur weißen Decke. Ihr strenges Gesicht ist nachdenklich bewegt wie immer, wenn sie den Bruder um die Nachtzeit außer Haus und bei Gina weiß. Sie kann sich nicht helfen und weiß nicht, woher es kommt, daß sie Angst um den Bruder empfindet. Ehrlich und rechtschaffen hat sie sich bemüht, diesem Mädchen geneigt zu sein, um des Bruders willen, über dessen Leben sie wie eine eifersüchtige Närrin wacht. Aber es gelingt ihr nicht, Wärme für Gina zu empfinden, sie hereinzuziehen in den ruhigen Kreis ihrer Betrachtungen. Das Mädchen bleibt ihr fremd, und immer mehr erfaßt sie die Angst, daß Markus sich an etwas Dunkles verlieren könnte, an dem sein Herz zerbrechen wird. Diese Liebe hat wie ein Sturmwind sein Herz erfaßt und sein ganzes Sein verändert. Wenn er auch darüber schweigt, so fühlt Therese doch, wie Markus ein anderer geworden ist. Zeit ihres Lebens hat sie in Stolz und Bewunderung zu diesem Bruder aufgesehen, und sie bewundert auch jetzt die Gelassenheit, mit der er durch die Tage geht, obwohl sein ganzes Wesen in Aufruhr ist.

Plötzlich vernimmt ihr Ohr einen leisen klatschenden

Laut auf dem Fußboden. Ihre Hand greift nach dem Lichtschalter, und sie sieht inmitten der Kammer einen großen Feldblumenstrauß auf dem Boden liegen. Es ist nicht das erstemal, daß solches geschieht, und Therese empfindet nun gerade keine große Freude, aufstehen zu müssen und sich am Fenster zu zeigen, damit Blasius beruhigt nach Hause gehen kann. Einmal hat sie es nicht getan. Dann ist Blasius unter ihrem Fenster die ganze Nacht sitzen geblieben, bis die Morgenglocke geläutet hat. Darüber ist im Dorf ein boshaftes Geflüster entstanden.

So steht also Therese auf und geht ans Fenster.

»Ich danke dir für die Blumen, Blasius«, sagt sie. »Aber nun geh schön nach Hause.«

Unbeweglich bleibt der Schatten unten stehen. Therese wiederholt etwas ärgerlich:

»Du sollst nach Hause gehen, Blasius!«

»Und du sollst herunterkommen«, fleht er leise und breitet die Arme ins Dunkel. »Komm schnell, Therese, bevor die Männer kommen und dich holen.«

»Welche Männer?«

»Sind es sieben oder zwölf, genau kann ich's nicht sagen, Therese. Sie schleichen im Wald umher und bewegen sich wie Geister. Einen haben sie an einem Seil in die Schlucht hinabgelassen und wieder heraufgezogen.«

Rasch legt nun Therese ihre Kleider an und geht hinunter. Es ist nicht deswegen, weil sie neugierig gewesen wäre oder dem Unsinn von den »zwölf Männern im Wald« einen Wert beigemessen hätte. Noch unter der Haustür greift sie nach dem Lichtschalter, und der Hofraum ist durch die große Bogenlampe nun taghell erleuchtet. Blasius zuckt unwillkürlich zusammen, als ihn der Lichtstrahl trifft, und deckt schnell beide Arme über die Augen. Aber dann steht Therese vor ihm und sagt streng:

»Was redest du da für Unsinn, Blasius?«

Wie ein getretener Hund sieht er sie an.

»Niemand hätte ich es sonst gesagt, Therese. Aber sie sind tatsächlich da.«

»Wer ist da?«

»Weiß ich es denn? Vielleicht sind es die aus der Unterwelt, die in unseren Wald einbrechen wie die Räuber.« Blasius streicht sich mit der Hand über die Augen. »Was hab ich jetzt erzählt?« fragt er wie ein Erwachender, der einem Traum nachdenkt. »Ach ja, Therese, manches ist Dummheit, was ich sage. Aber es ist tatsächlich so, daß sie seit Tagen in den Bergen herumsteigen, als ob sie etwas ausmessen wollten. Das darfst du mir glauben, Therese, so sicher, wie es die Wahrheit ist, daß ich für dich einen Menschen umbringen könnte.«

Therese erkennt, daß er jetzt ganz klar spricht, daß er einen seiner lichten Augenblicke hat.

»Man darf keinen Menschen umbringen«, verweist sie ihn.

»Ja, aber ich liebe dich doch, und wenn du es verlangst, dann ...«

»Ich weiß schon, Blasius«, sagt sie jetzt begütigend, »du bist eine treue Seele.«

»Das weißt nur du, Therese. Alle andern glauben es nicht.«

»Laß die anderen, Blasius! Und nun gehst du wieder schön nach Hause.« Sie legt ihm die Hand auf die Schulter und dreht ihn langsam herum.

»Aber was die Männer im Wald betrifft — ja — was wollte ich gleich sagen? Jawohl — bis in den Tod — und du wirst meine Blumen ins Wasser stellen, Therese?«

»Ja, Blasius, geh nur jetzt.«

Nun beginnt der Blasius, eilig davonzurennen. Sein großer Schatten huscht gespenstisch durch die Bäume des Obstgartens, und da er barfuß ist, hört man keinen Schritt. Er springt über den Zaun zur Straße hinaus und kauert sich in den Graben und holt seine Weichselholzflöte hervor.

Therese ist schon wieder in ihrer Kammer und vernimmt verwundert die Töne, die so ganz anders sind als sonst die wohlbekannten vom »Zirkus Sarrasani«. Es ist ein schwermütiges Lied, das Blasius seiner Flöte entlockt, eine Folge von klagenden Tönen, die wie ein Windhauch durch die Schilfränder eines Sees gehen. Es sind die einzigen Laute in der großen, schweigenden Nacht, und man könnte meinen, daß es die Erde selber sei, die leise klagt.

Dann verstummen die Töne so schnell, wie sie aufgestanden sind, und nur die Grill hört man wieder leise rauschen.

Natürlich nimmt Therese das Gerede von den Männern im Wald nicht ernst. Wenn es so wäre, hätte Markus längst davon etwas gesagt. Im übrigen hat sie das Vorkommnis am Morgen schon wieder vergessen. Darum trifft es den Bürgermeister Larasser wie ein Wettersturz, als er einige Tage später selbst hoch droben im Hochwald die Spuren entdeckt und ein kleines Messingstück findet, das wohl von einem Meßgerät stammt.

Sofort sucht er den Jäger Gabriel auf und erfährt von diesem, daß sich tatsächlich in der Vorwoche eine Gruppe von Geometern in der Hütte am Hohen Kran aufgehalten hat.

»Kannst du dir denken, was das zu bedeuten hat?«

»Wenn du es als Bürgermeister nicht weißt, wie soll ich es wissen?« antwortet der Jäger und lädt Markus zu einer gepfefferten Hasenkeule ein, die er sich gerade zubereitet hat. Aber Markus hat plötzlich keinen Hunger mehr. Ein heißer Zorn hat ihn erfaßt, daß hier in seinem Bereich etwas geschieht, ohne daß man ihn davon verständigt hat. Mit langen Schritten eilt er heimzu, bereit, sofort eine scharfe Anfrage an das Landratsamt zu richten, was dies zu bedeuten habe.

Als Therese in sein Gesicht sieht, merkt sie sofort, daß ihn etwas außerordentlich erregt hat.

»Was ist, Markus? Hast du Ärger gehabt?«

»Ja, stelle dir vor, Therese, droben im Gebirge wird umeinandergemessen und abgesteckt, und der Bürgermeister braucht nichts davon zu wissen! Aber ich werde ihnen das schon beibringen!«

»Vermessen? Dann ist es also doch wahr!«

Markus fährt mit dem Gesicht herum.

»Du hast es gewußt?«

»Ja, Blasius hat es mir gesagt.«

»Wann war das?«

»Das war am — heute ist Donnerstag — am Montag ist es gewesen. Ich habe dem Gerede natürlich keine Bedeutung beigemessen.«

»Mir will scheinen, als ob manchmal die Narren mehr wüßten als unsereiner. Aber denen schreibe ich jetzt einen gepfefferten Brief!«

»Nein, das wirst du nicht tun, Markus, sondern du wirst, wie ich dich kenne, erst einmal darüber schlafen und morgen alles noch einmal genau überdenken.«

Markus fragt sich unwillkürlich, was Gina in diesem Fall gesagt hätte. Ob sie jemals die ausgleichende Ruhe aufbringen wird, wie Therese sie besitzt, wenn es gilt, ihn zu besänftigen?

Markus Larasser braucht keinen Brief mehr an das Landratsamt zu schreiben, denn am folgenden Morgen bringt der Gemeindediener Weigl mit der Post eine Vorladung des Landratsamtes zu einer wichtigen Besprechung, die am nächsten Tag stattfinden soll.

Nachdem Markus die Aufforderung gelesen hat, sieht er lange wie gedankenverloren zum Fenster hinaus. Währenddessen liest Weigl ungeniert über seine Schulter hinweg die Vorladung und sagt dann:

»Um neun Uhr sollst du dort sein. Da darfst du ja schon um fünf Uhr wegfahren, damit du rechtzeitig hinkommst. Was werden sie denn so Wichtiges haben?«

Markus legt ärgerlich den Brief beiseite.

»Das geht dich gar nichts an! Du, Weigl, du hörst doch sonst das Gras wachsen. Hast du denn nicht gehört, daß sich die Geometer im Wald droben aufhalten?«

Den Weigl ärgert das nun selbst, daß er davon nichts weiß, denn er ist sozusagen das lebendige Tagblatt von Torwalden. Über alles ist er sonst informiert. Er weiß genau, in welcher Familie es Streit gibt, wer am Sonntag den größten Rausch gehabt hat, und wo ein Kind zu erwarten ist. Aber von Geometern hat er noch nichts vernommen.

»Also, selbst dir ist das entgangen«, sagt nun der Bürgermeister. »Und das will schon was heißen. Was gibt es sonst Neues, Weigl?«

Weigl schlägt dienstbeflissen sein Notizbüchlein auf.

»Da wäre am nächsten Mittwoch die Trauung des Huber-Ferdinand mit der Rampold-Mariele.«

»Habe ich mir schon vorgemerkt. Was weiter?«

»Beim Lederer ist die Wasserleitung defekt.«

»Geht mich nichts an, muß er selber machen.«

»Es ist außerhalb seines Grundstückes, und der Lederer sagt, das muß die Gemeinde machen.«

»Dann geh zum Schmied und sage ihm Bescheid. Außerdem habe ich hier noch ein paar Bekanntmachungen anzuschlagen. Der Wasserzins ist bis zum nächsten Ersten fällig. Übrigens sind die meisten auch noch mit der Hundesteuer im Rückstand. Schau nur zu, Weigl, daß du die Gelder hereinbringst!«

»Wenn es nur leichter wäre! Wenn es etwas gibt, halten sie beide Pratzen her. Aber wenn sie zahlen sollen, dann wird gejammert, als ob sie schon am Verderben wären!«

»Ja, ja, ich kenne meine Torwaldner schon«, lacht Markus. »Ich kenne aber auch dich, Weigl. Du wirst die Gelder schon hereinbringen, das weiß ich. Geh hinüber jetzt in die Küche zur Therese, und laß dir ein Stamerl Schnaps geben.«

Markus Larasser fährt am anderen Morgen nicht um fünf Uhr fort, wie es ihm sein Gemeindediener empfohlen hat, sondern erst um halb sieben. Der Goldfuchs, den er erst im Winter abgerichtet hat, ist ein ausgezeichneter Traber und bewältigt die fünfundzwanzig Kilometer nach der Kreisstadt Murbach in zweieinhalb Stunden spielend.

Der Morgen erhebt sich strahlend. Über dem Wattengebirge zerstreuen spielende Winde die letzten Nebelfetzen, und als Markus den engen Talkessel von Torwalden hinter sich hat, liegt das Land im hellen Sonnenschein vor ihm. Tief atmend schaut er mit leuchtenden Augen um sich. Rechts dehnt sich das »Tal der sieben Sünden«, eine weite Fläche saurer Moorwiesen mit Tausenden von hellen Birken darinnen, ein unberührter Landstrich, ohne menschliche Siedlung. Hier sollen die Schweden vor Jahrhunderten sieben Frauen geschändet haben, nachdem sie deren Männer zuvor erschlagen hatten. Der Volksmund hat diesem Tal den Namen »Tal der sieben Sünden« gegeben. Es soll ein wenig geistern dort, und die Sage weiß zu berichten, daß in den Rauhreifnächten sieben Lichter einen Reigen über dem Moor tanzen und traurig-schwere Lieder durch die Birkenstämme klingen.

Markus Larasser lächelt vor sich hin und denkt: Solange die Menschen noch an Märchen glauben, sind ihre Seelen noch unverdorben.

Mit scharfem Trab zieht der Goldfuchs das leichte Wägelchen dahin. Allmählich wird die Gegend jetzt lebendiger. Einzelne Bauernhöfe grüßen von sanftgeschwungenen Höhen herunter, dann wieder einige Weiler mit kleinen weißen

Kirchen. Immer großartiger wird das Land, immer fruchtbarer. Mit leiser Wehmut sieht Markus über die üppi- Weizenfelder hin, und er muß an die mageren Haferfelder von Torwalden denken. Das Dorf Ambergen wird durchfahren, und schließlich ist am Horizont der massige Kirchturm der Kreisstadt Murbach zu erkennen.

Die Zeiger der Kirchturmuhr weisen auf ein Viertel vor neun, als Markus beim Neuwirt dem Hausknecht die Zügel zuwirft und ihm aufträgt, das Tier gut abzureiben und mit Hafer zu versorgen, der im Rücksitz des Wägelchens zu finden sei.

Das Landratsamt ist im Seitenflügel eines ehemaligen Schlosses mit weiten Gängen und hellen, hohen Zimmern untergebracht. Etwa viermal im Jahr hat Markus hier zu tun, und die Mädchen im Vorzimmer stoßen sich jedesmal heimlich an, wenn er ihren Raum betritt. Auch heute ist es so. Da steht er wieder, dieser Bürgermeister aus Torwalden, wie ein Baum aus den Wäldern seiner Berge, mit einer Sicherheit, die verblüffend ist und wohltuend absticht von der linkischen Unsicherheit, mit der andere Dorfgewaltige oft diese Räume betreten.

»Na, wie steht's?« fragt Markus lächelnd und blickt die Zunächstsitzende an, indem er mit dem Daumen gegen die Tür linker Hand zeigt. »Kann man schon hinein ins Allerheiligste?«

»Um neun Uhr beginnt die Sitzung«, antwortet das Mädchen an der Schreibmaschine, und eine zweite Stimme zwitschert aus dem Hintergrund: »Wir haben schon wieder alte Briefumschläge für Sie gesammelt, Herr Larasser.«

»Nett von euch, Kinder! Ihr bekommt dann — na, was denn eigentlich? Ich hätte euch gerne etwas mitgebracht, aber die Almrosen blühen noch nicht. Wißt ihr übrigens, was los ist?«

Nein, das wissen die Mädchen nicht. Sie versichern ihm

nur, daß sie außer den Briefumschlägen auch zwei Stöße Schreibpapier für ihn hergerichtet hätten. Auch die Farbbänder für seine Schreibmaschine bezieht er unentgeltlich aus dieser Quelle. Oh, sie würden alles für ihn tun, diese Mädchen; er ist ihr Ideal, ihr braungebrannter Held aus den Bergen, der ihre Herzen gewonnen hat. An der Telefonzentrale sitzt eine Neue, und wahrscheinlich hat man ihr schon viel erzählt von diesem Larasser, denn sie verschlingt ihn fast mit ihren mandelförmigen Augen und nimmt sofort ihre übereinandergeschlagenen Beine herunter, als sie seinen Blick sieht, der zu sagen scheint: »Nun, kleines Mädchen, setz dich einmal recht schön und anständig hin!«

»Sind andere Bürgermeister auch vorgeladen?« fragt jetzt Markus.

Nein, nur er allein sei vorgeladen. Es müsse sich um Torwalden handeln.

»Ihr müßt einmal nach Torwalden kommen«, lädt Markus sie ein. »An einem Samstag vielleicht, ihr seid dann meine Gäste. Nirgends im ganzen Land ist es so schön wie in Torwalden.«

Im gleichen Augenblick öffnet sich die linke Tür. Die Mädchen haben es plötzlich furchtbar eilig. Die Blonde tippt wie verrückt auf der Schreibmaschine, die Schwarze beugt sich über ein Schriftstück, und die Neue an der Telefonzentrale bedient mit Schwung die Stöpsel am Schaltbrett. Der Landrat aber geht mit ausgestreckter Hand auf Markus zu.

»Ah, mein lieber Larasser. Schönen guten Morgen. Pünktlich wie immer. Na ja, wie könnte das bei Ihnen anders sein! Bitte schön, kommen Sie nur gleich herein!«

Kaum hat sich die Tür hinter den beiden geschlossen, hört die Schreibmaschine zu klappern auf, und die Lore fragt die Neue voller Spannung:

»Na, was sagst du jetzt? Haben wir zuviel versprochen?«

»Nein, um nichts zuviel«, schwärmt die Mandeläugige. »Kinder, Kinder! Der Mann ist großartig! Im silbergrauen Lodenanzug stand er da, aber stellt euch diesen Menschen nur einmal im Frack vor!«

Währenddessen wird Markus im großen Landratszimmer mit den schönen Rokokomöbeln von Landrat Albrecht zwei Herren vorgestellt, deren Namen er nicht richtig versteht. Er prägt sich nur ein, daß sie von der Regierung geschickt sind. Im Hintergrund am Fenster, das auf den Schloßgarten hinausgeht, sitzt ein auffallend schönes Mädchen, ausgerüstet mit Bleistift und Stenogrammblock, und wartet wie eine Schauspielerin auf ihr Stichwort.

»Bitte, Herr Larasser, nehmen Sie Platz!« sagt der Landrat und nötigt Markus in einen der bequemen Polsterstühle. Markus sieht, daß die Herren von der Regierung eine Menge Schriftstücke auf dem Tisch ausgebreitet haben. Unwillkürlich beschleicht ihn ein unbehagliches Gefühl, und er blickt, sich konzentrierend, auf seinen Siegelring nieder, auf dessen viereckiger Platte die Anfangsbuchstaben von seines Vaters Namen eingraviert sind.

Nachdem der Landrat die Zigarrenkiste präsentiert und Feuer gereicht hat, beginnt er:

»Tja, also, mein lieber Larasser! Ich habe Sie heute hierhergebeten, um verschiedene Dinge — wichtige Entschlüsse, wenn ich so sagen darf — mit Ihnen durchzusprechen. Und da — wie bitte? Haben Sie etwas gesagt?«

»Noch nicht«, lächelt Markus. »Nur, wenn ich es mir in diesem Zusammenhang erlauben darf, so möchte ich bitten, mir derartige Vorladungen immer früher mitzuteilen. Ich habe die Nachricht erst gestern erhalten.«

»Sie haben recht, aber es war nicht mein Verschulden. Ich bekam den Termin ebenso kurzfristig von oben und habe ihn sofort weitergegeben.« Der Landrat macht ein paar Züge an seiner Zigarre und wendet sich an die beiden Regierungsvertreter. »Habe ich Ihnen schon gesagt, meine Herren, Herr Larasser ist der jüngste Bürgermeister des Landkreises und, ich glaube sogar, des ganzen Regierungsbezirkes.«

»Sehr erfreut«, schnarrt der eine Herr mit der Hornbrille und dem schmalen, kurzgeschnittenen Bart. »Wirklich, sehr erfreut, das zu hören. Es besteht daher berechtigte Hoffnung, daß Herr Larasser unseren Vorschlägen, das heißt den Regierungsbeschlüssen aufgeschlossener gegenübersteht, als man es von den alten Bürgermeistern erwarten dürfte. Nicht wahr, Herr Larasser?«

»Das kommt ganz darauf an, um was es sich handelt. Dürfte ich übrigens nochmals um Ihre Namen bitten? Ich habe sie vorhin nicht richtig verstanden.«

»Regierungsassessor Burghart — Regierungsbaurat Doktor Wilpert.«

»Danke. Um was handelt es sich also?«

Der Regierungsbaurat Dr. Wilpert nimmt nun einige Papiere zur Hand und erzählt mit kalter Sachlichkeit:

»Es handelt sich um das Dorf Torwalden, Herr Bürgermeister. Die Statistik hat ergeben, daß der Staat in den letzten zwanzig Jahren fast drei Millionen Mark für Flur- und Häuserschäden in Torwalden ausbezahlt hat . . .«

»Es sind genau zwei Millionen achthundertneunzigtausend«, erklärt Markus sofort.

»Eine erschreckend hohe Summe, nicht wahr?« fragt der Regierungsbaurat.

»Ja, aber das liegt weder an mir noch am Dorf. Das ist eben Torwaldens geographische Lage.«

»Die man ändern kann und — ändern muß.«

Überrascht hebt Markus den Kopf.

»Ich wüßte nicht, wie.«

»Mein lieber Freund, das ist auch nicht Ihre Aufgabe, sich darüber den Kopf zu zerbrechen.« Dr. Wilpert klebt bedächtig mit nassem Finger ein Stückchen Deckblatt, das sich gelöst hat, an seine Zigarre. Dann spricht er weiter: »Das ist auch nicht mit ein paar Worten so schnell erklärt. Aber die Regierung hat seit langem Messungen und Berechnungen anstellen lassen und ist zu der Überzeugung gekommen, daß die Wasserkraft der Grill viel nutzbringender geregelt werden könnte, wenn man die modernsten Mittel der Technik einsetzt.«

»Aha, Sie wollen das Flußbett regulieren und ausbauen?«

»So etwas Ähnliches, ja. Aber die Regierung hat noch weiter gedacht. Die Regierung denkt an ein großes Kraftwerk mit einem gewaltigen Stausee. Aus diesem Projekt, so haben es gewissenhafte Statistiker errechnet, ließen sich jährlich fast vierhunderttausend Kilowattstunden gewinnen, eine Menge also, die nicht nur der dortigen Gegend zugute käme, sondern dem ganzen Land. Wir müssen, was Ihnen ja bekannt sein dürfte, immer noch Elektrizität einführen. Dieser Stausee jedoch würde uns endlich unabhängig machen. Wie denken Sie darüber, mein junger Freund?«

Markus runzelt die Stirne ein wenig. Der Mann mit der Brille und dem blaßrasierten Gesicht sollte lieber nicht »junger Freund« zu ihm sagen.

»Was soll ich dazu sagen! Ich bin zuwenig Fachmann in diesen Dingen, als daß ich mir ein Urteil erlauben könnte. Jedenfalls kann ich mir nicht recht vorstellen, wo der Stausee gebaut werden soll.«

»Das ist bereits alles in den Plänen und Zeichnungen festgelegt. Torwalden zählt acht Höfe und etwa dreizehn kleinere Anwesen. Unsere Statistiker haben auch bereits die Abschlagsummen, das heißt eine detaillierte Aufstellung des erforderlich werdenden Entschädigungsbetrages errechnet. Und da Sie, mein junger Freund ...«

Dr. Wilpert unterbricht sich und putzt etwas verlegen an seiner Brille herum. Zum Donnerwetter, das fehlt jetzt gerade noch, daß er unsicher wird! Dieser junge Bürgermeister hat aber auch eine merkwürdige Art, einem auf den Mund zu sehen. Da hat er sich einen etwas harmlosen und ungeschlachten Bauernburschen vorgestellt und geglaubt, ihn mit seiner Autorität sofort einschüchtern zu können. Statt dessen sitzt hier ein in sich durch und durch gefestigter Mensch, ganz ruhig und selbstbewußt, mit unergründlichen Augen, die dem Sprecher bis ins Innerste zu blicken scheinen.

Warum aber überläßt man auch alles ihm allein? Warum spricht der Regierungsassessor nichts, warum schweigt der Landrat? Ha, nun hat er plötzlich einen Ausweg gefunden. Er wendet sich an den Landrat Albrecht:

»Ich nahm an, Sie hätten in der Sache bereits vorgearbeitet, Herr Landrat.«

»Leider nicht, Herr Baurat. Ich hatte keine Befugnis dazu, etwaigen Regierungsentschlüssen vorzugreifen.«

»Ja, also, wie ist das nun, Herr Assessor Burghart«, wendet sich jetzt der Baurat an seinen etwas jüngeren Begleiter. »Sie sind doch mit der ganzen Materie von Anfang an vertraut.«

Der Regierungsassessor sagt mit einer solch ruhigen Gelassenheit, als gelte es nur ein paar Steine aus dem Weg zu räumen:

»Torwalden muß eben geräumt werden, bevor es überschwemmt wird.«

Mit einem Ruck richtet sich Markus Larasser in den Schultern auf. Sein Gesicht ist plötzlich kalkbleich geworden, und über seiner Nasenwurzel steht eine strenge Falte.

»Sie wollen doch nicht sagen, daß die Häuser, die Felder und Wiesen im Stausee verschwinden sollen?«

»Doch, genau das wollte ich sagen. Es ist notwendig, im

Interesse des Staates. Es ist eine allgemeine Notwendigkeit.«

»Es ist aber auch eine Notwendigkeit, daß das Dorf lebt.«

»Ein Dorf lebt nicht. Nur die Menschen und Tiere. Und Sie haben ja gehört, daß die Regierung rechtzeitig Anordnung gibt . . .«

»Haben Sie eine Ahnung!« unterbricht Markus den Regierungsassessor mit scharfer Stimme. »Da sieht man wieder, wie wesensfremd ihr in der Stadt schon geworden seid.«

Erregt ist Markus aufgestanden und hat die Fäuste geballt. Mit großen Schritten beginnt er in dem Raum auf und ab zu gehen. Der schwere Teppich dämpft zwar seine Schritte ein wenig, aber bei jedem seiner Schritte klirrt der silberne Aschenbecher auf dem Tisch. Man hat ihn an seiner empfindlichsten Stelle getroffen, und er muß nun einfach mit geballten Fäusten auf und ab gehen, ganz gleichgültig, ob es sich gehört oder nicht.

»Ein Dorf lebt nicht«, wiederholt er mit singendem Sarkasmus und bleibt plötzlich vor den dreien stehen. »Ich will Ihnen ganz etwas anderes sagen. Und Sie, Fräulein«, wendet er sich an das Mädchen am Fenster, »stenographieren Sie nur alles wortwörtlich mit, denn wahrscheinlich wird es ja festgehalten werden müssen, was der simple Bauernbürgermeister in der Sache zu sagen hat. Ein Dorf besteht nicht nur aus Kindern, aus Alten oder Jungen, aus Gestorbenen oder Ungeborenen, aus Häusern, Feldern und Wäldern oder gar aus versunkenen Jahren oder solchen, die erst aufstehen werden. So ein Dorf ist nämlich an das Unvergängliche geknüpft, und es ist nicht der Menschen Recht, an dem zu rütteln, was Gott geschaffen hat.«

Ein betretenes Schweigen herrscht nun im Raum. Der Landrat hat einen roten Kopf bekommen, entweder aus Zorn oder aus Scham; wer kann das feststellen! Der Regierungsassessor schraubt an seinem Füllfederhalter herum, und Dr. Wilpert kramt in den Schriftstücken.

»Und das alles soll einfach mit einem Federstrich ausgelöscht werden?« spricht Markus weiter. »Nein, das kann und darf nicht sein! Kommen Sie mir jetzt bloß nicht mit der abgedroschenen Phrase von der fortschreitenden Technik! Sie kennen Torwalden nicht; es ist ein herrlicher Fleck auf Gottes Erde.«

»Vielleicht gar ein Paradies?« witzelt Dr. Wilpert sehr verschnupft.

»Jawohl, ganz richtig, jetzt haben Sie endlich das richtige Wort gefunden! Ein kleines Paradies ist unser Dorf. Nirgends blüht der Flieder schöner. Gehen Sie doch hinaus und sehen Sie sich's an, wie es gerade jetzt daliegt, unser Dorf, unter einem Meer von Blüten. Man möchte es ans Herz nehmen und liebhaben wie ein Kind. Aber wahrscheinlich nimmt sich niemand von Ihnen die Zeit, einmal hinauszufahren und sich das alles genau anzusehen.«

»Aher lieber Freund«, versucht ihn Dr. Wilpert zu beschwichtigen.

»Ich bin weder Ihr lieber noch Ihr junger Freund«, sagt Markus in schroffer Ablehnung.

»Schön, dann eben nicht. Ich wollte nur sagen, daß wir nicht sentimental werden wollen. Ihre Heimatliebe in allen Ehren, aber wir müssen uns doch schließlich mit den Tatsachen befassen.«

»Mit welchen Tatsachen? Niemand hat es bisher der Mühe wert gefunden, mit mir darüber zu sprechen.«

»Da hätte die Regierung viel zu tun, wenn sie zuerst jeden einzelnen fragen müßte, was sie beschließen darf oder nicht.«

»Ja, Donnerwetter! Ich bin doch schließlich der Bürgermeister von Torwalden und bin verantwortlich für alles, was dort geschieht. Ihr habt einfach eure Geometer hinausgeschickt, und mich habt ihr nicht unterrichtet, wahrscheinlich schon deshalb nicht, weil ihr genau gewußt habt, daß ich euer schärfster Gegner in der Sache sein werde.«

»Bitte, Herr Larasser, sprechen Sie doch nicht immer so, als ob wir drei hier das alles veranlaßt hätten. Wir sind im Auftrag der Regierung heute hier, um mit Ihnen alle Einzelheiten zu erörtern. Sie haben vorerst einmal gar nichts anderes zu tun, als Ihren Gemeinderat zusammenzurufen und abstimmen zu lassen. Ich bin der festen Überzeugung, junger — äh — Herr Larasser, daß die Leute das Vorhaben der Regierung, wenn es ihnen richtig unterbreitet wird, ganz sicher verstehen, vielleicht sogar begrüßen werden.«

»Haben Sie eine Ahnung! Na ja, Sie werden ja Ihr blaues Wunder erleben«, versichert Markus mit sturer Sicherheit. »Nicht einer wird dabeisein, der für den Untergang Torwaldens stimmen wird.«

»Wollen wir nicht vorerst einmal die Probe aufs Exempel machen?« fragt Regierungsassessor Burghart.

Markus schweigt und blickt verbissen zum Fenster hinaus, vor dem die Kerzen eines Kastanienbaumes in hellroter Schönheit leuchten. Dabei fällt sein Blick wie zufällig auch auf das Mädchen. Sonnenstrahlen spielen in ihrem Blondhaar, das in der Mitte gescheitelt und im Nacken zu einem Knoten verschlungen ist. Schlank und weiß steigt ihr Hals aus dem dunklen Kleidausschnitt. Markus hat einen Augenblick die Empfindung, als sei dieses Mädchen nur durch einen reinen Zufall hier hereingeweht worden und könnte ebensogut unter der Tür eines Bauernhofes stehen, die Hand über die Augen gehoben und nach dem Abendrot ausschauend, das über den Bergen brennt.

»Also, Herr Larasser, wir müssen nun schon zu einem positiven Gespräch kommen«, beginnt Dr. Wilpert jetzt wieder, aber nicht mehr in dem schnarrenden Ton wie vorher. Eine ruhige, beinahe väterliche Wärme liegt in seiner Stimme. »Sehen Sie, Herr Bürgermeister, ich kann verstehen, daß Sie im ersten Augenblick etwas erschrocken sind über meine Eröffnung. Allein — man muß die Dinge, die großen wie die kleinen, eine Weile in Ruhe überdenken. Was Sie brauchen, Herr Bürgermeister, das ist, wenn ich so sagen darf, ein aufnahmefähiges Herz.«

»So, muß ich das haben? Ich muß mich einfach um den Finger wickeln lassen. Ich soll ja und amen sagen, wenn hier über das Schicksal meines Dorfes entschieden wird. Ich soll zum Verräter meiner Heimat werden? Herr! Wissen Sie, was Sie von mir verlangen?«

»Vor allem einmal nur das, daß Sie mir ruhig zuhören.«

»Ich kann doch nicht ruhig zuhören, wenn hier mit kaltem Herzen das Todesurteil über mein Dorf gesprochen wird.«

»Warum denn so große, schwere Worte, Herr Larasser! Sie sind doch ein junger, aufgeschlossener Mensch . . .«

»Ja, das ist es eben«, unterbricht ihn Markus. »Ich glaube gerne, daß es euch lieber wäre, wenn an meiner Stelle ein alter Greis hier säße, den man leicht übertölpeln kann. Aber bei mir rieselt der Kalk noch nicht, mein Hirn ist vollständig aufnahmefähig, und ich weiß ganz genau, um was es hier geht. Glauben denn die Idioten da droben . . .«

»Herr Larasser . . .!« Dr. Wilpert schlägt so kraftvoll mit der Hand auf den Tisch, daß die Asche aus dem Silberbecher springt. Auch Herr Burghart hat seine sonst so glatte Stirn in strenge Falten gezogen. Nur der Landrat weiß nicht recht, wie er sich verhalten soll. Unruhig rutscht er auf seinem Stuhl hin und her und bringt die Aschenschale wieder in Ordnung.

»Ich will und darf das letzte Wort nicht gehört haben, Herr Larasser. Aber ich muß Sie dringend bitten, sich in Ihren Ausdrücken zu mäßigen und endlich einmal in Ruhe zuzuhören. Wir kommen ja sonst überhaupt zu keinem vernünftigen Resultat. Wollen Sie denn nicht einmal hören, wie die Regierung sich das alles denkt?«

»Doch, das interessiert mich jetzt«, antwortet Markus ruhig. Ganz brav und ordentlich setzt er sich wieder nieder und spreizt beide Hände auf die Schenkel. Nun erfährt er einen Plan, in seinen Entwürfen und Ausmaßen so gewaltig und kühn, daß er völlig davon gepackt wird. Wenn es nur nicht das Dorf Torwalden, sein Dorf, wäre, das darüber zugrunde gehen müßte. Unvorstellbar, daß sich über die lieben Winkel und Giebel, über den Kirchenhügel mit den Lindenbäumen davor, auf ein einziges Wort hin ungeheure Wassermassen ergießen sollten, alles vor sich her zermalmend und jedes Leben erstickend. In einer grausigen Vision sieht er das alles an sich vorüberziehen.

Doch ununterbrochen sprechen jetzt die Stimmen um ihn herum. Bald die eine, bald die andere. Markus hört zum zweitenmal, wieviel Zuschüsse der Staat schon für Torwalden aufgewendet hat. Da das teilweise auch in das Ressort des Landrats fällt, hört er auch ihn nun sprechen und Zahlen nennen. Wie in einen grauen Nebel gehüllt, sitzt Markus Larasser da, und es ist ihm zumute, als habe er für das ganze Dorf hier zu sitzen, dem nun mit nüchterner Sachlichkeit die Rechnung präsentiert wird, auch die der vergangenen Geschlechter, denn auch damals habe man nur gegeben und nie etwas von Torwalden gewonnen. Über ihn entlädt sich nun alles, er allein soll jetzt guten Willens sein und alle Wechsel einlösen.

Da er nur ganz selten mehr einen Einwurf macht, fassen es die Herren so auf, als wären sie bereits auf dem besten Wege, den Bürgermeister Larasser überzeugen zu können. Hätten sie nur in sein Herz hineinsehen können oder hinter seine Stirne, wo sich alle Gedanken zu eisiger Abwehr sammeln! Er weiß nun ganz genau, um was es geht, und es interessiert ihn kaum mehr, was die Herren noch alles anzuführen haben. Das einzig Vernünftige sagt jetzt nach seiner Meinung der Herr Landrat, der bereits zum fünftenmal seine Uhr zieht und die Herren daran erinnert, daß es schon eine Viertelstunde nach Mittag sei, und ob man nicht daran denken wolle, die Unterredung zu unterbrechen, um das Mittagessen einzunehmen.

»Ja, natürlich, ich dachte nicht, daß es schon so spät ist«, meint Dr. Wilpert. »Die Herren sind selbstverständlich meine Gäste.«

»Vielen Dank!« sagt Markus. »Ich habe mein Mittagessen bei mir, und außerdem muß ich nach meinem Pferd sehen.« Er lächelt und fügt hinzu: »Zudem hat ja der Staat für Torwalden sowieso schon so viel ausgegeben.«

Das letztere ist mit einer solch liebenswürdigen Frechheit hingesagt, daß auch die Herren Regierungsvertreter darin nichts Beleidigendes sehen können.

»Schade!« bedauert Dr. Wilpert. »Dann darf ich Sie um — sagen wir — zwei Uhr wieder hierherbitten?«

»Ist das wirklich noch nötig?«

»Natürlich, wir sind ja erst bei der Hälfte. Ich hoffe, daß die zweite Hälfte in einem erfreulicheren Sinne, auch für Sie, Herr Bürgermeister, abgewickelt werden kann.«

Markus verschluckt eine Antwort und greift nach seinem Hut.

»Mahlzeit, die Herren!«

Als er hinausgeht, sieht er gerade noch, wie das Fräulein am Fenster den Stenogrammblock in der Schublade verschließt und aufsteht.

Im Gasthaus zum Neuwirt gibt es zwei Gasträume; die Hauptgaststube und, durch eine Schiebetür abgetrennt, ein kleineres Nebenzimmer mit weißgedeckten Tischen. Jeder

Raum ist durch eine eigene Tür erreichbar, so daß wer ins Nebenzimmer will nicht erst durch die Gaststube gehen muß.

In der Gaststube sitzt Markus Larasser, hat ein Glas Bier vor sich stehen und schneidet mit seinem feststehenden Messer kleine Stücke von dem mitgebrachten Rauchfleisch ab. Aber es will ihm nicht recht schmecken. Zuviel ist heute auf ihn eingestürmt. So wie die Gewitter ganz plötzlich über Torwalden hereinzustürzen pflegen, weil man sie nicht kommen sieht, so ist das heute über ihn hereingebrochen, und niemand kann ermessen, wie schwer es ihn ins Herz getroffen hat. Gewissenhaft fragt er sich immer wieder, wie er wohl über das Projekt urteilen würde, wäre er nicht zufällig der Bürgermeister des Dorfes. Dabei stellt er fest, daß es eigentlich gar keinen Unterschied gibt. Was man dem Dorf antun will, trifft jeden ins Mark, ob er nun ein armer Kleinhäusler ist oder ein reicher Bauer.

In der Gaststube sitzen am Nebentisch noch ein paar Maurer und Zimmerleute vom gegenüberliegenden Neubau und verzehren ihr Abonnementessen. Ihrem Gespräch entnimmt er, daß sie unzufrieden sind mit den sozialen Verhältnissen. Sie schimpfen mächtig auf ein paar Abwesende, die nicht gewerkschaftlich organisiert seien und für die sie auch mitkämpfen müßten. Unzufriedenheit da, Unzufriedenheit dort, muß Markus denken. Aber sind die vom Nebentisch trotz allem nicht viel glücklicher als er und die etwa hundert Seelen von Torwalden oder das Dorf selbst, dem man bereits ohne seinem Einverständnis das Urteil gesprochen hat?

Noch trägt er dieses Wissen für sich allein wie eine ungeheure Last. Morgen aber werden es alle wissen, und es wird ein gewaltiger Aufruhr entstehen, ein flammender Protest, ein einziger Aufschrei. Alle werden sie zusammenstehen wie ein Mann und werden sich wehren, mit allem Zorn und mit aller Leidenschaft, deren sie fähig sind. Er allein weiß es, wie sehr sie an ihrem kargen Boden hängen. Er kennt ihre zähe Kraft, mit der sie nach jeder Naturkatastrophe schweigend und verbissen darangegangen sind, die Mauern wieder aufzurichten und die Steine von den Äckern zu lesen. Sie werden an ihn herantreten. Du mußt ein Protestschreiben anfertigen, Bürgermeister, werden sie sagen. Und er wird es mit Freuden tun. Im Geiste entwirft er schon die ersten Sätze, die etwa so lauten könnten:

»Tief erschüttert haben die Männer und Frauen von ihrem Bürgermeister vernommen, was man aus ihrem heißgeliebten Torwalden machen will. Die Regierung möge zur Kenntnis nehmen, daß die ganze Gemeinde geschlossen wie ein Mann hinter ihrem Bürgermeister steht und sich mit leidenschaftlichem Herzen zur Wehr setzen wird gegen das Unheil, das man ihr androht. Wir protestieren im Namen unserer Toten und werden ...«

Erschrocken hält Markus inne, als er merkt, daß er laut vor sich hin gesprochen hat. Es ist nur durch den Lärm der Arbeiter nicht verstanden worden, die sich immer noch um gewerkschaftliche Dinge streiten, jetzt aber aufbrechen und zu ihrem Neubau hinübergehen.

Es wird nun ganz still in der Gaststube, und Markus vernimmt jetzt, daß sich auch hinter seinem Rücken, im Nebenzimmer, Gäste befinden. Sie sitzen hinter der Bretterwand, direkt hinter seinem Rücken, und er hört die Stimme des Herrn Dr. Wilpert, der soeben sagt:

»So schwierig hätte ich mir diesen Larasser gar nicht vorgestellt.«

»Ich habe aber keinen Zweifel darüber gelassen«, antwortet der Landrat, »daß wir es mit dem Larasser nicht leicht haben werden.«

»Trotz allem imponiert mir der Bursche«, läßt sich der Assessor vernehmen. »Er vertritt seinen Standpunkt mit

Würde. Ich habe schon öfter festgestellt, daß diesen Gebirgsbewohnern eine gewisse Charakterfestigkeit und Heimattreue eigen ist.«

»Wie bitte? Charakterfestigkeit sagten Sie?« wiederholt Dr. Wilpert und lacht herzhaft. »Dickschädeligkeit ist es, sonst gar nichts! Ich kenne sie doch, diese Nester! Da leben die Leute hundert, zweihundert Jahre und noch mehr in so einem Nest, heiraten untereinander und treiben Inzucht, daß es eine Freude ist. Die Folge davon ist dann eine geistige Minderwertigkeit auf breiter Ebene. Trotzdem gebe ich zu, daß uns der Larasser heute vormittag schwer zu schaffen gemacht hat. Ändern wird er freilich an den gegebenen Tatsachen gar nichts. Der Bau des Kraftwerks ist in dritter Lesung genehmigt, und ich hoffe, daß seine Gemeinderäte vernünftiger sind als er und nicht so vollzählig hinter ihm stehen, wie er meint.«

Das wirst du ja erleben, denkt sich Markus und lächelt vor sich hin.

»Bis jetzt sind sie noch immer vollzählig hinter ihm gestanden«, gibt der Landrat zu.

»Ja, ja, ich weiß schon, wie das in solchen Landgemeinden ist. Der Bürgermeister ist der Leithammel, der seiner Herde voranzieht. Aber glauben Sie mir, mein lieber Landrat, wenn es ums Geld geht, werden gerade diese einfachen Seelen verwirrt. Und es sind immerhin ganz schöne Abfindungen, die von der Regierung geboten werden. — Der Kalbsbraten war übrigens ganz ausgezeichnet. Auch der Wein läßt sich gut trinken.«

»Es ist das beste Haus am Platze«, erklärt der Landrat.

»Na, dann Prost, meine Herren . . .«

Markus hört die Gläser zusammenklingen. Da hinter der Holzwand das Gespräch nun auf ein Thema übergeht, das für ihn nicht mehr interessant ist, legt er sein Geld für das Bier auf den Tisch und geht hinaus, bereichert um das Wissen, daß er ein Leithammel ist, der seiner Herde voranzieht.

Er wendet sich den nach hinten gelegen Stallgebäuden zu, wo ihm durch die offene Stalltür sein Goldfuchs schon entgegenwiehert. Markus klopft ihm zärtlich den Hals und spricht zu ihm wie zu einem Menschen:

»Ja, ja, Füchserl, da wird es etwas geben, wenn das viele Wasser über uns kommt. Aber wir werden nicht gehen, nein, nein, wir bleiben. Sie können uns doch nicht einfach ersäufen wie Mäuse ...«

Als er nach einer Weile den Stall verläßt und gerade überlegt, wie er die halbe Stunde totschlagen soll, die ihm bis zwei Uhr noch zur Verfügung steht, sieht er das Mädchen vom Landratsamt, das die Unterredung mitstenographiert hat, durch einen kleinen Torbogen kommen und langsam über den Marktplatz gehen. Sie ist größer und schlanker, als er zuerst gedacht hat. Freilich ist sie am Vormittag nur am Fenster gesessen, ganz still und unbeteiligt, eingespannt in die Fron des Achtstundentages mit dem Stenogrammblock, ein Mädchen wie hundert andere in solchen Ämtern. Wenn sie Glück haben, können sie es bis zur Sekretärin bringen; dann heiraten sie und wissen nicht, daß man mit dem Kochlöffel anders umzugehen hat als mit Schreibmaschine und Stenoblock.

Ohne ihn zu sehen, geht das Mädchen seines Weges auf das Landratsamt zu. Aber wie sie geht! Es ist ein wahrer Genuß für den heimlich Beobachtenden. Etwas Freies und Stolzes ist um ihre Glieder, als wehe der Bergwind um ihren Gang. Und wie sie den Kopf trägt, mit unaufdringlicher Würde und unnachahmlicher Anmut. In der Hand trägt sie einen kleinen Feldblumenstrauß, den sie wahrscheinlich in der kargen Freizeit zwischen Mittagessen und Bürobeginn gesammelt hat.

Was sie wohl über ihn gedacht haben mag, als er am

Vormittag, bestürzt durch die Eröffnung, aufgesprungen und zornig auf und ab gegangen war? Dieser arme Narr aus den Bergen, wird sie gedacht haben, er will sich gegen etwas auflehnen, das viel stärker ist als er. Sie wird ganz heimlich und leise in sich hineingelächelt haben wie über ein Kind, das im Trotz etwas recht Unvernünftiges fordern will. Wie hätte sie ihn auch verstehen sollen, seine große Not und seine Angst um das Dorf! Solche Mädchen sind empfindungslos für alles, was sich außerhalb ihres Horizonts abspielt, und dieser Horizont wird schmal gespannt sein, nicht weiter wahrscheinlich als das kleine Stückchen blauer Himmel, das den Stadtplatz zwischen den Dächern und Giebeln überspannt. Ein Bauer ist für sie wahrscheinlich nur ein Mensch, dem ein Geruch von Stall und Ackererde anhaftet, über den man das hübsche Näschen hochziehen und auf den man von oben heruntersehen darf.

Das Mädchen ist längst hinter dem großen Tor des Landratsamtes verschwunden, und Markus fragt sich nun, weshalb er sich so viele Gedanken über sie gemacht hat. Schließlich kann man sie doch nicht mit Gina daheim vergleichen. Gina ist das blühende Leben und ist verwurzelt mit dem Boden, auf dem er lebt, und ihr Herz ist bis zum Rande gefüllt mit Liebe für ihn. Niemals würde Gina ihm auch nur mit einem Gedanken untreu werden können. Als ihm das alles jetzt so in den Sinn kommt, fühlt er sich auf einmal wieder freier und leichter, alle Bedrängnis fällt von ihm ab, und er ist beinahe beschämt, daß er in den dunklen Stunden des Vormittags hat vergessen können, daß er doch nicht allein ist, daß er einen verläßlichen Kameraden hat, der bei ihm steht, der ihm bedingungslos vertraut, in seiner Treue unerschütterlich.

Eine tiefe Dankbarkeit erfaßt ihn gegen Gina und gegen das gütige Schicksal, das ihm dieses wunderbare Mädchen zugeführt hat.

Im selben Augenblick schlägt die Kirchturmuhr, Markus hört, daß es bereits zwei Uhr ist, und er begibt sich nun eilends in das Landratsamt.

Alles ist wieder wie am Vormittag. Die Herren haben bereits Platz genommen, die Zigarrenkiste steht für ihn noch geöffnet auf dem Tisch, und das Mädchen mit dem aschblonden Haar sitzt wieder am Fenster. Der kleine Feldblumenstrauß steht vor ihr auf dem Tisch. Nur eines ist ein wenig anders geworden: Er selber nämlich, weil er weiß, daß sie ihn nun nicht mehr erschrecken können. Über ihn könnten sie hinweggehen, aber sie können nicht über ein ganzes Dorf hinweggehen, das geschlossen hinter ihm steht.

Markus erfährt nun noch viele Einzelheiten und bekommt sogar die Liste zu sehen, auf der die genauen Summen verzeichnet sind, mit denen die einzelnen Höfe und Häuser abgelöst werden sollen. Mit der Liste befaßt er sich ganz besonders und liest sie aufmerksam durch. An erster Stelle steht sein eigener Hof, für den eine Summe von 60 000 Mark verzeichnet ist. Dann sind sie der Größe nach verzeichnet:

Rotannerhof 53 000 Mark, Pointnerhof 52 000 Mark, Lechneranwesen 48 000 Mark, Niederegger 48 000 Mark, Hofbichler 45 000 Mark, Gartner 43 000 Mark, Hocheder 40 000 Mark.

Es folgen noch der Heindl, der Schmied, der Haller, der Weigl und so weiter. Ganz zum Schluß ist noch das Inventar der Witwe Ploner, der Mutter des schwachsinnigen Blasius, die im Armenhaus wohnt, mit 2000 Mark verzeichnet.

So nüchtern und kalt ihm diese Berechnung erscheinen will, eines muß Markus rückhaltlos anerkennen: Die Preise sind gut bemessen. Seinen eigenen Hof hat er nie höher als auf 50 000 Mark geschätzt, und wenn man die paar wurmstichigen Möbelstücke der Witwe Ploner ansieht, so ist das Ganze keine 400 Mark wert.

Natürlich wird niemand das Geld annehmen, denn wer in Torwalden sollte um einen Judaslohn seine Heimat verkaufen? Daher stellt Markus die Frage:

»Und wenn jemand das Geld nicht annehmen will?«

Dr. Wilpert weist sofort darauf hin, daß die Preise wohlweislich so hoch gesetzt worden seien, daß ein Feilschen nach oben hin abgelehnt werden müsse. »Außerdem«, fügt er mit bedeutungsvollem Blick hinzu, »außerdem gibt es auch noch einen anderen Weg.«

»Wie wäre der andere Weg?« fragt Markus gespannt.

»Die Regierung ist bereit, entweder die Anwesen abzulösen oder aber dafür auf eigene Kosten gleichwertige Höfe in einer anderen Gegend aufzubauen. Wie heißt doch dieses Tal gleich wieder? Mit Sünden hat es etwas zu tun. Vierzehn oder sechzehn Sünden, glaube ich, heißt es.«

»Es heißt Tal der sieben Sünden«, hilft der Landrat aus.

»Völlig ungeeignet zur Bebauung«, wirft Markus ein.

»Wird selbstverständlich vorher bebauungsfähig gemacht durch Kultivierung und so weiter«, erklärt der Assessor.

»Alles recht und schön«, gibt Markus zu. »Bliebe also nur noch die Frage offen, ob die geduldige Herde ihrem Leithammel dorthin folgen will.«

Die Herren bekommen einen roten Kopf. Dr. Wilpert räuspert sich, als ob ihm eine Mücke in den Hals geraten sei, und Herr Burghart zieht heftig an seiner Zigarre, bis er sein Gesicht völlig eingewölkt hat. Nur der Landrat lächelt kaum merklich und sagt dann:

»Ach, Fräulein Elisabeth, seien Sie doch so freundlich, und öffnen Sie das Fenster ein wenig!«

In dieser Situation fühlt sich Markus durchaus als der Überlegene, und es reizt ihn geradezu, nun auch noch zu fragen, wie den Herren der Kalbsbraten und der Wein hinter der Holzverkleidung gemundet habe. Aber in diesem Augenblick wird sein Blick durch etwas anderes gefesselt. Fräulein Elisabeth bemüht sich nämlich umsonst, das Fenster zu öffnen. Wahrscheinlich hat sich etwas verklemmt, und Markus findet es ganz selbstverständlich, daß er hingeht und ihr behilflich ist.

»Danke vielmals!« sagt sie und lächelt verwirrt an seinen Augen vorbei. Der frische Windhauch, der nun durch das geöffnete Fenster strömt, bewegt die feinen Härchen an ihren Schläfen und wirbelt auch die losen Stenogrammblätter ein wenig durcheinander. Ob wohl auch das Wort von der »geduldigen Herde« und vom »Leithammel« darin festgehalten ist?

Dann geht das Gespräch am Tische weiter. Da Markus immer seltener einen Einwurf macht, meint man auf der Gegenseite irrtümlich, man hätte ihn von der Notwendigkeit des Projekts endlich überzeugt. Dr. Wilpert wird wieder jovialer und verspricht, daß er seine ganze Persönlichkeit einsetzen werde, damit jede Härte vermieden wird. Der Regierungsassessor teilt mit, daß er jede Anfrage, die sich im Laufe der nächsten Zeit zwangsläufig in dieser Angelegenheit ergeben wird, wohlwollend behandeln und sofort an die höhere Instanz weiterleiten werde. Und was den Landrat betrifft, so erklärt er sich bereit, in allernächster Zeit nach Torwalden zu kommen und dort eine aufklärende Bürgerversammlung abzuhalten.

»Jawohl«, pflichtet ihm Dr. Wilpert sofort bei. »Es kommt meines Erachtens nur darauf an, wie man den Leuten das Tal der — wieviel Sünden?«

»... der sieben Sünden«, ergänzt der Landrat wieder.

»Ach ja, sieben sind es. Es kommt nur darauf an, wie man es den Leuten schmackhaft macht. Im Zeitalter der Technik ist es durchaus nichts Ungewöhnliches, daß man ein

Dorf umsiedelt. Weshalb sind es eigentlich sieben Sünden?«

Markus erklärt die Zusammenhänge, und die Herren sind sehr erstaunt über die exakten Geschichtsdaten, mit denen der Bürgermeister aufwarten kann.

»Sehr interessant«, meint Dr. Wilpert und beginnt seine Papiere in der Aktentasche zu verstauen.

»Dürfte ich vielleicht um ein Verzeichnis mit den Ablösesummen bitten?« fragt Markus.

»Ja, natürlich. Ich habe doch mehrere Durchschläge. Hier, bitte!«

Dann folgt ein freundliches Verabschieden mit herzlichem Händedruck. Markus versteht nur nicht ganz, warum Doktor Wilpert ihm auch noch »Hals- und Beinbruch« wünscht. Denn wer sich bei der ganzen Geschichte den Hals brechen wird, das ist wahrscheinlich ein ganz anderer als er, der Bürgermeister von Torwalden.

»Behüt Sie Gott, Fräulein!« sagt er zuletzt noch, weil er denkt, daß ihm keine Perle aus der Krone fallen werde, wenn er sich auch von ihr verabschiedet, nachdem sie doch die ganzen Stunden über so fleißig geschrieben hat.

Draußen im Vorzimmer nimmt er noch einen ganzen Packen Schreibpapier und Briefumschläge in Empfang, und eine Viertelstunde später prescht sein Goldfuchs schon mit scharfem Trab über den Stadtplatz zum unteren Tor hinaus.

Erst als er das Kreisstädtchen schon weit hinter sich hat, läßt er den Gaul in Schritt fallen. Die Zügel lose in den Händen, sitzt er weit zurückgelehnt und schaut gegen die immer näher heranrückenden Berge, über denen der Himmel sich schon gelblich färbt. Hoch über allen Gipfeln ragt das zerklüftete Wattengebirge auf.

Da er so mutterseelenallein dahinfährt, überfällt ihn mit

aller Gewalt wieder die Sorge um sein Dorf. Er begreift allmählich erst im ganzen Ausmaß, welche Tragödie da heraufzieht. Trotzdem hat man nicht verstehen wollen, daß er sich dagegen wehrt! Wie hat doch dieser Dr. Wilpert gesagt?

»Es ist immer so, daß die Behörden ihren Verdruß mit den Menschen haben, weil sie jeder gerechten Maßnahme einen Oppositionsgeist entgegensetzen möchten und dadurch das Gleichmaß der Gesetze durcheinanderbringen.«

»Die Behörden wollen ihrerseits das Gesetz der Selbsterhaltung über den Haufen werfen«, hat er darauf geantwortet.

Fruchtloses Gerede, wenn jeder die Schuld bei dem anderen sucht. Was sich nur dieses Fräulein Elisabeth gedacht haben mag bei allem? Merkwürdig, daß er bei seiner Schwäche für fremde Namen den ihren behielt, obwohl ihn der Landrat nur wie zufällig einmal ausgesprochen hat.

Immer brennender wird der Himmel über ihm. Der Abend naht mit seiner großen Stille, und über dem Wattengebirge beginnt das Abendrot zu leuchten. Es wird wohl tiefe Nacht werden, ehe er nach Hause kommt. Als er das Dorf Güllig durchfährt, muß er voll Wehmut denken, um wieviel leichter es sich hier leben ließe. Hier besteht wohl nie die Gefahr, daß man ausgesiedelt oder ertränkt wird. Beinahe friedlich zieht hinter diesem Dorf die Grill ihre geordnete Bahn und ist durchaus kein wilder Gebirgsfluß mehr.

Immer tiefer senkt sich der Abend über das Land; die ersten Sterne blinzeln schon um das Mondviertel. Markus läßt den Goldfuchs nun wieder scharf dahintraben und hält erst am Eingang zum Tal der sieben Sünden. Feierlich still liegen die weiten Moorwiesen da, die weißen Birkenstämme leuchten im Licht des Mondes, und Fledermäuse huschen gespenstisch hin und her. Noch niemals hat Markus hier angehalten; seit heute aber hat das Tal der sieben Sünden eine gewisse Bedeutung für ihn gewonnen. Wie er so dasteht, ganz eingesponnen in die Ruhe der Landschaft, muß er unwillkürlich denken, daß das Angebot, hier zu siedeln, viel eher diskutabel wäre als die Ablösung der Höfe durch Geld. Natürlich kommt weder das eine noch das andere in Frage.

Nur so probehalber geht er ein paar hundert Schritte weiter hinein, an Moortümpeln vorbei, die im Mondlicht grünlich schimmern. Es müßten mindestens drei oder vier ganz tiefe Gräben gezogen werden, überlegt er sich, in denen sich das Wasser der vielhundert Dränagerohre sammeln könnte. Einmal bückt er sich nach einer Handvoll Erde. Sie rieselt ihm nicht durch die Finger; naß und klebrig liegt sie in seiner Hand. Aber es ist auch kein Stein darunter, nein, kein einziges Steinlein.

»Da lebt es sich in Torwalden schon weit schöner«, sagt er laut vor sich hin und geht wieder zu seinem Fuhrwerk.

Der Goldfuchs, nun die Nähe des heimatlichen Stalles witternd, greift scharf aus und läßt sich nur ungeduldig am Eingang des Dorfes zum Stehen bringen.

Vielleicht hat Markus Larasser sich schon während der ganzen Heimfahrt nach diesem Augenblick des Verweilens gesehnt. Da liegt nun sein Dorf, ganz still und geborgen, wie von einem Zauber umgeben, mit spärlichen Lichtern hinter den kleinen Fensterscheiben und mit seinem Kirchturm, der vom Mondlicht weiß beglänzt von seinem Hügel schweigend über das Dorf hin sieht wie ein Wächter aus urgrauen Zeiten.

Er hat sich vorgenommen, daheim vorerst noch nichts zu erzählen. Aber als er Therese auf sich warten sieht, empfindet er plötzlich die große Notwendigkeit, das Wissen, das ihm so schwer auf der Brust liegt, mit einem Menschen, der ihm nahesteht, zu teilen. So erfährt Therese Larasser in der ersten Viertelstunde seiner Heimkehr schon, welches Schicksal dem Dorfe Torwalden droht.

Therese, es ist auch nicht anders zu erwarten, steht sofort ganz hinter seiner Ansicht. Wie hätte auch ihre Meinung eine andere sein sollen als die seine!

»Das kommt ja gar nicht in Frage«, sagt sie. »Ach, hätte ich bloß bei dir sein können, Markus. Denen hätte ich schon gesagt, was Torwalden ist!«

»Habe ich getan, Schwesterherz. Und nicht zu knapp.« Mit einer impulsiven Bewegung greift er nach ihren Händen. »Ist das schön, Schwester, zu wissen, daß man nicht allein dasteht. Sag aber vorerst noch niemandem etwas. In nächster Zeit wird sowieso eine Bürgerversammlung sein; dann erfahren sie es schon.«

»Glaubst du, Markus, daß die Regierung von dem Vorhaben Abstand nimmt, wenn ...«

»Wenn das Dorf geschlossen hinter mir steht — ja.«

»Und auch daran glaubst du, Bruder?«

»Auch daran glaube ich, Schwester.«

Eine halbe Stunde später aber erfährt seine hoffnungsvolle Stimmung bereits den ersten Schlag. Und er kommt von einer Seite, von der er ihn am allerwenigsten erwartet hätte.

Gina hört die kleinen Steinchen an ihr Fenster klirren und ist sofort hellwach. Wenig später schon gleitet sie über den Balkon hinunter, direkt in seine ausgebreiteten Arme hinein.

»Heute habe ich nicht mehr mit dir gerechnet«, sagt sie, die Arme fest um seinen Hals schlingend.

»Ja, Gina, entschuldige, daß ich dich so spät noch ...«

»Du brauchst dich doch nicht zu entschuldigen, Markus. Weißt du denn nicht, daß ich immer für dich da bin?«

»Zu jeder Zeit und in jeder Lage?«

»Natürlich! Warum fragst du so komisch?«

»Weil ich jetzt einer Zeit entgegengehe, in der ich mich auf dich verlassen können muß.«

»Markus, du hast etwas auf dem Herzen.«

»Ja, Gina. Deshalb bin ich heute noch zu dir gekommen, denn du stehst mir doch von allen Menschen am nächsten. Also höre zu, Gina. Heute habe ich erfahren müssen, daß das Dorf Torwalden geräumt werden soll. Sie wollen einen großen Stausee bauen, und das Dorf soll darin versinken.«

Nun geschieht etwas, das er nicht erwartet hat. In einer stürmischen Aufwallung preßt das Mädchen Gina ihren Mund an sein Gesicht.

»Du Dummerle! Und da hast du geglaubt, ich würde dann nicht mit dir gehen? Ich gehe mit dir überallhin.«

»Aber nein, Gina. Ich will ja gar nicht fort. Ich will mich einkrallen hier mit aller Kraft. Du sollst bei mir stehen, fester und zuverlässiger als alle andern.«

»Ach sooo«, sagt sie gedehnt. »Und ich habe mich schon gefreut, daß ich nun rauskommen soll aus diesem engen Kessel.«

Langsam schiebt er sie von sich und sucht ihre Augen.

»Wie meinst du das?«

»Ja, ja! Raus aus dieser Enge, die mir oft den Atem nehmen will. Nur du und deine Nähe haben mir das Leben hier einigermaßen erträglich gemacht. Du weißt freilich nichts anderes. Aber draußen, glaube mir, Markus, draußen lebt es sich viel leichter und schöner.«

»Du begreifst anscheinend nicht, um was es hier geht?« fragt er streng.

»Doch, doch. Das Dorf soll verschwinden. So sagtest du doch?«

»Es ist aber nicht meine Meinung, daß es verschwinden soll. Und — es darf auch nicht die deine sein. Du verstehst mich doch, Gina?«

»Ja — ich weiß nicht ...«

»Nein, das weißt du nicht, du bist noch nicht lange hier. Behalte es einstweilen für dich, was ich dir gesagt habe, und denke darüber nach, ob es trotz allem nicht doch schön ist, in Torwalden zu leben. Gute Nacht, Gina!«

»Aber, Markus, was hast du denn jetzt? So warte doch!«

Markus hört sie wohl rufen hinter sich, aber er bleibt nicht stehen. Zu sehr hat ihn ihre Antwort getroffen und zugleich erschreckt. Da glaubte er nun, wie gerne sie in Torwalden lebe und daß sie das Dorf schon seinetwegen liebgewonnen hätte. Statt dessen zeigt sie ihm unverhohlen die Freude darüber, recht bald von hier wegzukommen.

Nichts hätte Markus nach diesem ereignisvollen Tag schwerer treffen können als das. Ganz schwer ist ihm ums Herz. Vor seinem Hof angekommen, bleibt er lange stehen und blickt zu den Sternen auf. Da ist ihm, als fließe ein unendlicher Trost auf ihn hernieder, der ihn für alles entschädigen möchte, was an diesem Tage Schweres über ihn hergefallen ist.

Markus Larasser sieht sich genötigt, am nächsten Tag schon eine Bürgerversammlung einzuberufen mit vorheriger Gemeinderatssitzung. Grenzenlos enttäuscht hat er erfahren müssen, daß Gina, ausgerechnet seine Gina, nicht dichtgehalten hat und das ganze Dorf bereits Kenntnis von dem besitzt, was ihm droht. Das Überraschungsmoment ist also bereits vorweggenommen, und da es auf irgendeine Weise dem Weigl möglich gewesen sein muß, in die Liste Einsicht zu nehmen, weiß der eine und andere auch bereits, wieviel er für sein Haus oder Anwesen bekommen soll.

Schon in der Gemeinderatssitzung stellt Markus zu seinem Schrecken fest, daß die Gemeinderäte nicht vollzählig hinter ihm stehen. Das viele Geld hat bereits ihre Köpfe umnebelt. Der Pointner sagt frei heraus, daß er sich keinen Augenblick besinnen werde, weil er seinen Hof nie mehr so günstig losschlagen könne. Diese Meinung ist gefährlich, ansteckend, sie zwingt die anderen zum Überlegen, wo es nach Markus' Meinung überhaupt nichts zu überlegen gegeben hätte. Nur der Lehrer Schildhauer steht noch fest an seiner Seite. Er ist hier in Torwalden weiß geworden, und sein Herz hat sich in diesen vierzig Jahren ganz an Torwalden verloren. Schließlich kommt es so weit, daß Markus zögert, die Abstimmung bereits durchführen zu lassen. Er will zuerst noch sehen, wie die Versammlung sich dazu stellt.

Etwas nach acht Uhr geht er in den Saal hinauf, der bereits bis auf den letzten Platz gefüllt ist. Ein Zeichen, daß es wirklich der letzte schon erfahren hat, was heute zur Debatte steht. Gina sitzt in der ersten Reihe am Tisch neben dem Rotanner. Sein Blick streift sie flüchtig, und für einen Augenblick geht ein wehmütiges Lächeln um seinen Mund.

Das Licht der Abendsonne fällt durch die hohen Fenster in den Saal, aber es erweckt kein frohes Leuchten mehr, sondern läßt nur die dicken Rauchschwaden in einem mattgelben Schein deutlicher werden. Wirres Durcheinanderreden und lebhaftes Diskutieren lassen den Bürgermeister leicht erraten, wie die Stimmung geartet ist.

Da klopft er mit seinem Hausschlüssel schon gegen das Bierglas, zum Zeichen, daß er nun reden wolle. Hochaufgerichtet steht er eine Weile da und sieht alle an. Endlich wird es ganz ruhig; dann füllt Markus Larassers volltönende Stimme den Raum.

Vielleicht haben die guten Torwaldner etwas anderes erwartet, jedenfalls fällt Markus nicht gleich mit der Tür ins Haus, sondern gibt in einer präzisen und klaren Form einen Überblick über die Entstehung Torwaldens. Weit steigt er in die Jahrhunderte hinein, holt Bilder und ganze

Geschlechter aus der Tiefe herauf und stellt sie eindringlich vor die Menschen hin. Namen klingen auf, die mit dem Dorf Torwalden unvergeßlich verknüpft sind.

Wie hat doch jener Herr gestern gesagt? Man muß es den Leuten nur richtig beibringen? Nun, Markus denkt, daß es die richtige Art ist, wenn er sie auf diese Weise anpackt. Er ruft die Erinnerungen auf, stellt die Bilder der Heimat mit beschwörender Kraft in den Raum und fühlt sich selbst dabei erleichtert, zumal da er sieht, daß einige der Frauen verstohlen die Tränen wegwischen.

Markus spricht aus dem Stegreif und ist noch lange nicht bis zum Kern der Sache vorgestoßen. Eine einzige kleine Atempause aber genügt schon, und er sieht sich mitten hineingedrängt.

»Jetzt mach einmal weiter und sag, was wir bezahlt bekommen!« schreit einer aus der dritten Tischreihe. Mit einem Blick hat ihn Markus erfaßt und antwortet scharf:

»Wenn du dich jetzt schon besaufst auf das, was du kriegst oder nicht kriegst, Anderlpeter, dann ist es mir lieber, du gehst aus dem Saal.«

»Recht hat er!« ruft eine zweite Stimme, und dieser Stimme wird so ein starker Beifall gezollt, daß Markus unwillkürlich erschrickt. Bis er sich auf die Antwort konzentriert, ruft schon der Lederer:

»Du hast das Verzeichnis erhalten, und wir möchten genau Bescheid wissen. Handeln lassen wir schon gar nicht mit uns.«

»Mir kommt es aber doch so vor«, schreit Markus wutentbrannt zurück, »als ob ihr, die ihr so laut schreit, schon längst bereit wäret, eure Heimat zu verschachern.«

»Heimat ist dort, wo es uns gutgeht«, ruft der Lederer zurück.

»Ist es euch hier schlecht ergangen? Ja, ich gebe zu, wir haben allzeit ein hartes Leben gehabt. Aber wir haben es tapfer getragen, so tapfer wie die, die vor uns waren. Es ist schwer, zusehen zu müssen, wenn Hochwasser, Lawinen und Hagel die Frucht unserer Arbeit zerschlagen. Es hat uns aber niemals niederzwingen können. Am Ende haben wir immer wieder gesiegt. Jetzt aber wird Torwalden sterben, wenn wir nicht zusammenstehen. Gestern bin ich für euch eingetreten in dem Glauben, daß ihr alle so denkt wie ich. Ich habe mich gewehrt, nicht nur meinetwegen, sondern hauptsächlich euretwegen, weil ich vor der Geschichte bestehen will und weil es niemals heißen soll, ein Larasser hat Torwalden verraten und verschachert. Soll ich denn das alles nur in den Wind geredet haben? Sollen die da oben nun lachen dürfen über euren Bürgermeister, weil er so ein Narr war, zu glauben, daß seine Meinung die Meinung aller sei?«

»Du hättest uns auf alle Fälle zuerst fragen müssen«, verweist ihn der Pointner.

»Wann denn? Hat einer von euch etwas gewußt, daß in den Bergen droben bereits vermessen wurde? Wenn ja, warum ist dann keiner zu mir gekommen und hat es mir gesagt? Leute, ich beschwöre euch! Denkt doch nicht an das verfluchte Geld, das nur die Köpfe vernebelt! Denkt an eure Äcker und Wiesen, an eure Toten, die auf dem Kirchhügel ruhen und euch nicht zuschreien können, daß ihr zusammenstehen müßt, wenn es um Torwalden geht. Ist denn das gar so schwer zu begreifen?«

»Ich kriege zwölftausend Mark für mein Häusl, hat mir der Weigl gesagt«, grölt der Anderlpeter. »Wenn ich zwölftausend Mark hab, dann kann mir Torwalden mitsamt seinen Toten den Buckel runterrutschen! Und du auch, Bürgermeister, merk dir das, du auch!«

Aus dem Gesicht von Markus ist alle Farbe gewichen. Hart pressen sich des Bürgermeisters Fäuste um die Kanten des Tisches. Dann nimmt er den Kopf zurück. »Ja, ich merke mir das. Sind auch die anderen der gleichen Meinung?«

Sie sagen es zwar nicht laut, aber an dem beifälligen Gemurmel kann er ohne weiteres erkennen, daß sie nicht viel anders denken. Die paar Stimmen, die für Markus sprechen, dringen bei dem Lärm kaum durch, und auch sie hätten ihn nicht zu trösten vermocht. Mit aschfahlem Gesicht steht er da, schmerzliche Trauer in den Augen.

Auch das Lächeln, das Gina ihm nun zuwirft, kann ihn nicht trösten. In diesem Augenblick ist ihm zumute, als habe ihm jemand ganz leise das Herz aus dem Leib genommen. Der schöne Traum ist vergangen, dem er sich hingegeben hat in der Annahme, daß die ganze Gemeinde mit einem wilden Protestschrei hinter ihm stünde und sich lieber von den Fluten begraben lassen würde, als auch nur einen Schritt vom ererbten Väterboden zu weichen. Sogar der Vergleich vom Leithammel und der geduldigen Herde ist völlig danebengeraten.

Nie in seinem Leben hat Markus Larasser die Flinte gleich ins Korn geworfen. Es wäre der Gemeinde oft schlecht ergangen, hätte er es getan. Jetzt aber kommt er sich verlassen und einsam vor, und es dünkt ihm, als stünde er auf einem weiten Feld mit vielen Morgen und hätte nur eine einzige kleine Handvoll Saatkörner dafür.

Eine grenzenlose Gleichgültigkeit hat ihn nun erfaßt. Er braucht sich nun auf nichts mehr zu konzentrieren, denn das, was noch zu sagen ist, könnte auch der Weigl verlesen. Langsam nimmt er die Liste aus seiner Tasche und entfaltet sie. Dann hebt er die Augen, schaut über alle hinweg, auch über Gina, und sagt:

»Ich habe manche Enttäuschung erlebt. Jede einzelne Enttäuschung ist mir aber irgendwie Wegweiser geworden. Meine größte Enttäuschung ist aber nun die, daß ich einen falschen Glauben an die Menschen meiner Heimat hatte.

Ich habe mich geirrt. Da aber Irren menschlich ist, wiegt meine Schuld nicht schwerer als die Schuld derjenigen, die mich schmählich verlassen haben. Heute ist mein Glaube wie Glas zersplittert, und ich werde mir keine Mühe geben, die Scherben zu sammeln. So — das habe ich euch noch sagen müssen. Nun zur Sache selbst. Laut Regierungsbeschluß soll hier ein Kraftwerk mit einem großen Stausee entstehen. Am Westausgang unseres Dorfes wird die Staumauer aufgerichtet. Alles, was Torwalden heißt, wird mit Baum und Strauch, mit Wald und Wiesen und Häusern in den Fluten verschwinden. Die Regierung ist bereit, folgende Ablösungssummen zu leisten . . .«

Nun verliest er Namen für Namen und den jeweiligen Preis der Entschädigung. Hat er noch einen winzigen Augenblick die Hoffnung in sich getragen, daß der eine oder andere doch noch in sich gehen würde, so sieht er sich darin ebenfalls bitter enttäuscht, bereits bei der zweiten Zahl von 52 000, die den Pointner betrifft, klatscht die Hälfte der Anwesenden lebhaften Beifall. Es ist wie ein Signal. Jede Summe wird jetzt mit Jubel aufgenommen und begeistert beklatscht.

Markus kommt sich wie ausgehöhlt vor. Nicht einmal eines Zornes ist er mehr fähig. Nur Mitleid empfindet er mit der verblendeten Masse. Geduldig wartet er wieder Ruhe ab und fährt sachlich fort:

»Die Regierung ist ferner bereit, denjenigen, die sich nicht abfinden lassen wollen, auf ihre Kosten neue Höfe im Tal der sieben Sünden zu bauen. Wer sich dazu entschließen kann, möge es mir möglichst bald melden.«

Ihm bleibt jetzt nur noch der Weg, die Gemeinderäte zu bitten, sich bis morgen die Sache noch einmal gründlich zu überlegen. Dann will er abstimmen lassen.

Draußen empfängt ihn ein lauer Wind. Der Himmel ist ohne Sterne, und nur, weil der Mond im Wachsen ist,

ist die Nacht nicht ganz dunkel. Die ersten Regentropfen fallen in sein Haar. Plötzlich ist ein huschender Schritt neben ihm, eine Hand legt sich in seinen Arm.

»Bist du mir böse, Markus?«

Ohne stehenzubleiben, antwortet er: »Du hast den Mund nicht gehalten, Gina, obwohl ich dich darum ersucht habe. Kann man dir denn so wenig vertrauen?«

»Ich habe mir nichts dabei gedacht, Markus.«

»Ja, das ist es eben, weil ihr nie denkt. Nur lebt, aber nicht denkt. Du hast mich heute um vieles gebracht, Gina.«

Enger schmiegt sie sich an ihn.

»Aber du hast doch gesehen, Markus, wie sie alle hinauswollen aus dieser Enge.«

»Ich habe gesehen, wie wenig Wert es hat, für sie einzustehen und zu kämpfen.«

»Auch nicht für mich, Markus?«

Jetzt erst bleibt er stehen, obwohl der Regen stärker wird. Das vorspringende Dach des Ledereranwesens gibt ihnen einigen Schutz.

»Hör einmal zu, Gina. Ich weiß nicht, ob du mich in allem so verstehst. Mit Schrecken habe ich gestern gesehen, wie du dich freust, von hier wegzukommen. Was du dir draußen erwartest, weiß ich nicht. Eines aber mußt du dir merken: Wenn du schon zu mir gehören willst, dann mußt du mit mir durch dick und dünn gehen. Heute habe ich das Gefühl gehabt, als sei ich von allen verlassen, auch von dir. Ja, ja, ich weiß schon, ich bin keiner, der große Worte macht um die Liebe oder der kämpft um dich. Muß ich denn das überhaupt? Ich glaubte immer, du gehörtest mir, und es könnte überhaupt keiner kommen, der dich mir wegnähme.«

»Das wird auch nicht sein, Markus.«

»Wundern würde mich nach dem, was ich heute erlebt habe, gar nichts.«

Wie immer, wenn Gina unsicher wird und nichts zu antworten weiß, schweigt sie auch jetzt eine ganze Weile, um dann stürmisch ihre Arme um seinen Hals zu werfen.

»Ach du, ich kann doch nicht mehr leben ohne dich! Aber du bist immer so streng und manchmal kalt wie ein Fisch.«

Er weiß, wie es gemeint ist. Aber heute, nein, nach alldem, was geschehen ist, verspürt er keine Lust, die Verbitterung seines Herzens in der Wärme ihrer Zärtlichkeiten loszuwerden. Er spürt, wie sich ihr schmaler Körper leidenschaftlich an den seinen drängt. Wohl spielt auch er nun mit seinen Lippen über ihre Stirn, über ihr Haar. Aber in seiner Seele bleibt alles dunkel. Langsam schiebt er sie von sich.

»Geh heim jetzt, Gina! Der Regen wird stärker.«

»Und sonst keinen Trost für mich?«

»Doch, Gina. Wir werden bald heiraten. Das wird für uns beide das beste sein.«

»Bald? Wie bald?«

»Den Sommer wollen wir noch vorübergehen lassen, Gina. Ich muß ja nun wohl abwarten, wie jetzt alles kommt. Gute Nacht, Gina!«

Er verläßt das schützende Dach und geht die Straße entlang. Der Regen lärmt jetzt schon in den Dachrinnen und weicht die Straße auf. Da sieht er schon Licht in der Stube seines Hofes. Er empfindet es wie das Hinreichen einer freundlichen Hand.

Therese hat auf ihn gewartet und sieht ihm sofort an, daß ihn etwas quält.

»Iß zuerst einmal«, sagt sie und setzt ihm vor, was sie seit Stunden im Rohr schon warm gehalten hat für ihn. »Dann erzähle. Wie war es?«

»Es war — furchtbar, Therese. Fast alle waren gegen mich.«

»Fast alle? Auch Gina?«

»Gina hat nichts zu verkaufen und hat auch ihre Wurzeln nicht in Torwalden. Ich spreche von den andern, an die ich so felsenfest geglaubt habe.«

Therese setzt sich auf die Lehne seines Sessels und streicht mit ihrer Hand durch sein Haar.

»Was willst du jetzt tun?«

Er hebt die Schultern und läßt sie wieder sinken.

»Es wird mir nicht mehr viel zu tun übrigbleiben, Therese. Aber ich sehe schon, wie das Unglück hereinbricht. Es wird ärger werden als Schneelawinen und das Hochwasser der Grill. Kein einziger wird hinter mir stehen, ganz allein stehe ich da.«

»Du vergißt nur, Markus, daß auch ich bei dir bin«, sagt Therese, streicht ihm noch einmal übers Haar und räumt dann das Geschirr ab.

Das Kinn auf die Fäuste gestützt, sitzt er da und denkt an die vergangenen Jahre. Wie sehr hat er sie genossen, besonders seit dem Tag, da die Gemeinde ihn einstimmig zu ihrem Bürgermeister gewählt hat. Alles hätte er für sein Dorf hingegeben. Ist nicht in der vergangenen Nacht erst der Entschluß in ihm reif geworden, allen Gewalten zum Trotz fest zu bleiben und aufrecht vor seinen Torwaldnern zu stehen und, sollten die Fluten kommen, gemeinsam mit ihnen unterzugehen?

Wessen Hand hätte dann wohl die Schleusen geöffnet? Wohl keine, denn es kommt nicht alle Tage vor, daß ein Bürgermeister für seine Gemeinde bedingungslos einsteht.

Seufzend steht er auf und geht schlafen. In dieser Nacht jedoch hat er einen seltsamen Traum. Er steht in einem weiten silberschimmernden Kornfeld mit hohen Halmen, die im Winde rauschen und die Ähren neigen wie zum Dank, da über dem Feld einst der Makel der sieben Sünden lag.

Am andern Tag regnet es immer noch in Strömen. In der Luft liegt das schwere Brausen der ständig steigenden Grill. Markus Larasser geht ein paarmal hinauf in den Speicher und späht mit dem Fernglas durch das kleine Giebelfenster hinauf zum Damm, ob er wohl das viele Wasser halten würde.

Noch ist keine Gefahr, aber er weiß, wenn der Regen noch ein paar Tage anhält, wird sich das Wasser über die Saat ergießen und sie ersticken. Alles kommt eben zusammen, denkt er. Und es wird gerade Wasser auf ihre Mühle sein ...

Gegen Abend jedoch reißen die grauen Wolken auseinander, und im Westen spielt um den zerrissenen Gipfel des Hohen Kran ein schmaler Streifen rötlichen Lichtes. Das ist gerade um die Zeit, als die ersten Gemeinderäte auf dem Larasserhof erscheinen und in der großen Stube Platz nehmen.

Pünktlich um acht Uhr sind sie alle versammelt. Markus Larasser empfängt sie mit steinernem Gesicht. Kein Zug darin verrät seine Unruhe. Er weiß, daß er in dieser Sitzung nochmals eine Chance hat, wenn er mindestens fünf Stimmen zusammenbringt, die gegen den Kraftwerkbau sind.

Einmal kommt Therese herein und stellt ein paar Aschenbecher auf den Tisch. Kaum ist sie draußen, sagt der Pointner schon: »Also, was ist, fangen wir an?«

Sofort erhebt sich Markus.

»Ich eröffne die heutige Gemeinderatssitzung und heiße euch alle willkommen. Zur Abstimmung stehen nur zwei Punkte. Erstens: das Kraftwerkprojekt. Zweitens: Wünsche und Anträge. Hat jemand etwas gegen die Tagesordnung einzuwenden?«

Kopfschütteln. Der Lederer benützt die kurze Pause und entlockt seiner Pfeife dicke Rauchwolken, die nun unter der niedrigen Holzdecke hinziehen. Der Hocheder räuspert sich heftig und fragt:

»Was rauchst denn du für ein Zeug? Da bleibt einem ja gleich der Atem weg.«

»Wenn ich mein Geld bekommen werde, dann rauche ich schon eine bessere Marke.«

Markus hört es wohl, aber er verzieht keine Miene.

»Es ist also niemand gegen die Tagesordnung; dann gehen wir gleich zum ersten Punkt. Meine lieben Gemeinderäte von Torwalden! Ich habe euch gestern schon gesagt, um was es geht. Was ich euch nicht gesagt habe, war das, daß ich einen ganzen Tag fast im Landratsamt gestanden bin und mich mit Händen und Füßen gegen das gewehrt habe, was man unserm Dorf antun will. Ich kann und will nicht glauben, daß ihr so leichtfertig aufs Spiel setzen wollt, was der Herrgott in eure Hände gelegt hat. Ich bin, glaubt mir das, ich bin so zuversichtlich, daß wir alles abwenden können, wenn wir nur zusammenhalten, so wie wir es bisher immer getan haben. Ich nehme weiter an, daß ihr euch in der Zwischenzeit auch alles genau überlegt habt und daß der erste Rausch schon verflogen ist. Es steht euch selbstverständlich frei, nach eurem Gutdünken zu entscheiden. Bloß kann ich nicht glauben, daß ihr euren Bürgermeister jetzt im Stich lassen werdet.«

»Hast du die Grill gehört heute, wie sie wild getan hat?« wirft der Pointner ein.

»Ich habe sie gehört, aber sie hat schon wilder getan. Und der Damm ist gut.«

»Bis er bricht und der Saustall wieder fertig ist. Ich frage mich deshalb, ob es denn nicht ein Fingerzeig vom Herrgott ist, daß er uns den Weg hinausweisen will aus diesem verfluchten Tal, in dem wir nur Not und Drangsal erlebt haben.«

»Das Helle hat das Dunkle immer überwogen«, antwortet

Markus. »Wir haben viele schöne Stunden erleben dürfen in unserem Torwalden. Um aber mit dir zu reden, Pointner, dann könnte man es auch so ansehen, ob Gott nun sein Flammenschwert heben will, um uns hinauszujagen aus dem Paradies, dessen wir nicht würdig sind.«

In diesem Augenblick hebt der Rotanner die Hand und meldet sich zu Wort. Markus kennt ihn als einen nüchternen Menschen, dessen Wort schon bei manchen Entscheidungen ausschlaggebend gewesen ist. Vielleicht ist er jetzt noch der Strohhalm, an den Markus sich so gerne klammern möchte.

»Bürgermeister! Meine lieben Gemeinderäte! Der Bürgermeister hat vorhin gemeint, daß wir uns in der Zwischenzeit alles genau überlegt hätten. Daß ich es getan habe, Markus, darauf kannst du dich verlassen. Ich habe es ganz gründlich getan. Wenn ich dich so reden höre, Markus, dann muß ich dir recht geben. Du bist jung, steckst voller Idealismus und hast, das kann und wird dir niemand abstreiten, schon viel für unser Dorf getan. Wenn ich aber den Pointner höre, muß ich auch ihm recht geben. Das von der Drangsal und auch das vom Fingerzeig ist schon richtig. Ja, wir haben gelebt in Torwalden, glücklich und zufrieden. Aber nun ist etwas Neues vor uns hingetreten, etwas, mit dem keiner von uns gerechnet hat. Du, Markus, meinst, wenn wir nun geschlossen ablehnen, kommt das Kraftwerk nicht zur Durchführung. Im Augenblick mag es wie ein Sieg aussehen. Aber es wird nicht lange dauern, dann wird die Frage wieder vor uns hintreten, immer und immer wieder, bis wir mürb werden. Selbst wenn wir es noch verhindern könnten, wer gibt uns die Gewißheit, daß unsere Jungen genauso denken? Wer sagt uns, ob sie uns nicht einmal fluchen werden, weil wir so rückständig waren?«

Beifällig nicken die andern mit den Köpfen. Der Rotanner fährt fort:

»Haben wir uns jemals über unsere Ernte freuen dürfen? Oder hat sie uns gar Gewinn gebracht? Es hat immer gerade für die eigenen Mäuler gereicht, und das oft auch nicht. Draußen geht das Leben mit Riesenschritten weiter, wir aber bleiben stehen, wo wir vor zwanzig Jahren schon gestanden sind. Keine Bahnverbindung, kein Fremdenverkehr, nichts, gar nichts. Unsere Väter haben gearbeitet, wir haben gearbeitet. Was haben wir gewonnen? Hat einer von uns seinen Besitz vermehren können? In Torwalden gibt es keine Gelegenheit, reich zu werden. Du hast etwas gesagt vom Tal der sieben Sünden, daß man dort siedeln könnte. Das ist gar kein schlechtes Angebot. Dort kann man sich ausweiten, man kann sich verbessern und man ist nicht mehr so hilflos den Naturgewalten ausgesetzt wie hier. Aus diesem Grunde meine ich, daß wir das von der Regierung vorgeschlagene große Kraftwerkprojekt befürworten sollten.«

Von diesem Moment an weiß Markus, daß er endgültig verloren hat. Steil aufgerichtet sitzt er da, die Lippen fest zusammengepreßt.

»Hat noch einer etwas zu sagen?«

»Ich glaube, daß der Rotanner schon alles gesagt hat«, meint der Hocheder. »Auch für uns.«

»Dann wollen wir abstimmen. Wer dagegen ist, soll aufstehen. Wer dafür ist, bleibt sitzen.«

Da er selbst bereits steht, gesellt sich nur mit einem verlegenen Räuspern der Lehrer Schildhauer zu ihm. Da stehen sie nun, der junge, kraftstrotzende Bürgermeister Markus Larasser und der kleine, von der Schwäche seines Alters schon gebeugte Lehrer Schildhauer. Vielleicht ist aber auch er nur aufgestanden aus alter Anhänglichkeit zu Markus, und weil er ihn in dieser bitteren Stunde nicht ganz allein lassen will.

Die Abstimmung ergibt sechs zu zwei. Markus bringt es

nicht fertig, einen der Männer anzusehen. Es ist, als schäme er sich vor ihnen und noch mehr vor sich selber.

»Dann gehen wir zu Punkt zwei: Wünsche und Anträge«, sagt er nach einer langen Zeit. »Der Hocheder hat das Wort.«

Der Hocheder steht gar nicht erst auf, sondern redet gleich im Sitzen. Es müsse nun, sagt er, sofort nachgefragt werden beim Landratsamt, wie man sich das mit dem Tal der sieben Sünden denkt. Wieviel Grund dem einzelnen zugeteilt werde, ob die Regierung auch die Kanalisation übernehme und so weiter. Nach seiner Auffassung müsse er dort mehr Grund bekommen, als er hier habe, denn man könne ja die Obstbäume nicht mitnehmen und auch das nicht, was er hier schon in seine steinigen Äcker hineingegeben habe an Kunstdünger und so fort.

Der Lederer hat den Wunsch, daß eine breite Teerstraße ins Moor gelegt werde und daß man bei den zu stellenden Forderungen überhaupt nichts vergessen dürfe, weil es sonst nachträglich nicht mehr genehmigt würde.

Der Angerer schließlich verlangt, daß im Tal der sieben Sünden auch gleich eine Kirche gebaut werden müsse und ein Schulhaus. Überhaupt müsse alles, was man hier aufgebe, dort wieder vorhanden sein.

Markus notiert sich alles gewissenhaft und mit einem Gefühl, als sei dies seine letzte Arbeit als Bürgermeister von Torwalden. Ja, er denkt ernstlich daran, sein Amt nach dieser Niederlage abzugeben an einen andern, der weniger Herz, dafür kälteren Verstand hat.

Das aber redet ihm Pater Paulus am andern Morgen aus. Flucht ist Feigheit, sagt er. Er habe auch nicht flüchten dürfen, als wilde Horden das Missionsgebäude in Kenia überfallen wollten. Man habe sich eben zur Wehr gesetzt.

Gewiß begreift Pater Paulus die Not des jungen Bürgermeisters, und er spricht ihm aufmunternd zu. Markus hört jetzt zum zweitenmal schon — und diesmal sogar aus berufenem Munde —, daß es vielleicht ein Fingerzeig Gottes sei und daß es der liebe Gott sicher gut mit den Torwaldnern meine, nachdem seine Hand so oft schwer auf ihnen lag.

Zunächst aber ist für Markus die wichtigste Aufgabe, festzustellen, wie viele verkaufen und wie viele siedeln wollen. Dabei stellt sich heraus, daß nur sieben Bauern und der Schmied bereit sind, ins Tal der sieben Sünden umzusiedeln. Die andern wollen verkaufen und anderswo ansässig werden, einfach irgendwo untertauchen, wenn sie es damit auch nicht so eilig haben wie der Anderlpeter, der nun jeden Tag gerannt kommt und nachfragt, ob sein Geld schon eingetroffen sei.

Das ganze Leben in Torwalden ist plötzlich anders geworden. Wunderschöne Tage steigen auf mit einem so blauen Himmel wie die Enzianblüten auf den Bergen. Mit bimmelnden Glocken ziehen die Rinder am Morgen auf die Weide und am Abend wieder heim, begleitet von der Flötenmelodie des Blasius, den Markus in dieser Zeit wegen seiner Einfältigkeit oft beneidet.

Da kommt ein Sonntag, so strahlend schön, wie man es selten erlebt. Markus Larasser hat eine anstrengende Woche hinter sich. Es ist ein Kommen und Gehen gewesen, und noch nie hat er die Bürde des Bürgermeisters so drückend empfunden wie in diesen Tagen.

Nun genießt er seinen Sonntag. Er sitzt auf der Hausbank und sieht den Schwalben zu, die blitzschnell über den Dachfirst des Querstadels hin flitzen und wiederkehren. Eigentlich könnte er mit Gina ein wenig in den Wald hinaufgehen. Aber Gina ist seit zwei Tagen verreist, ist zu einer Beerdigung gefahren ins Unterland und kommt erst morgen zurück. Es ist doch sehr einsam ohne Gina. Sie hat nun wieder recht tapfer zu ihm gehalten in den letzten Tagen, hat versucht, ihn aufzurichten und ihm Mut zuzusprechen. Jetzt, da er so allein hier sitzt, fühlt er, wie sehr er sich nach dem Mädchen sehnt, und er wird vielleicht doch nicht mehr warten mit der Hochzeit bis zum Herbst. Warum auch noch zuwarten?

Hat er nun wirklich eine ganze Weile die Augen geschlossen gehabt und vor sich hin geträumt? Ja, natürlich, sonst hätte er doch das Mädchen längst sehen müssen, das soeben auf dem schmalen Fußweg durch den Obstgarten auf sein Haus zukommt.

Es trägt ein helles, duftiges Sommerkleid mit Rosenmuster, hat so eine Art Wandertasche über die linke Schulter gehängt und lächelt ihm im Näherkommen herzlich zu.

Da gibt es ihm einen Riß. Verwirrt streicht er sich mit der Hand über die Augen, steht auf und sucht in seiner Erinnerung nach ihrem Namen. Da hat er ihn auch schon.

»Elisabeth«, sagt er. »Fräulein Elisabeth . . .«

Nun steht sie vor ihm, für einen Augenblick etwas hilflos, aber dann findet sie ihr schönes Lächeln wieder. Zaghaft streckt sie ihm die Hand hin.

»Sind Sie mir nicht böse, wenn ich Sie so überrumple?«

»Aber nein, warum denn? Wo kommen Sie eigentlich her? Heute geht ja kein Postauto.«

»Leider nicht. Das habe ich vorher nicht gewußt. Bis Ambergen bin ich mit dem Zug gefahren und von dort aus bin ich zu Fuß gelaufen.«

»Das sind genau gerechnet zwei Stunden Fußmarsch.«

»Muten Sie mir das nicht zu?«

»Doch, doch, aber ich meine — das heißt, ich freue mich . . .«

»So? Wirklich? Wissen Sie, warum ich hier bin? Weil Sie damals gesagt haben, daß sich wahrscheinlich niemand die

Zeit nehmen wird, hinauszufahren nach Torwalden, das man ans Herz nehmen und liebhaben möchte wie ein Kind.«

Markus errötet ein wenig.

»Habe ich das wirklich gesagt?«

»Mhm. Wortwörtlich sogar. Es ist alles niedergeschrieben, Herr Larasser, und ich merkte es mir gut.«

»Ach ja, freilich. Sie haben ja alles mitgeschrieben. Auch das von den Idioten?«

»Das natürlich nicht«, antwortet sie lachend. Das Lachen ist so schön und frei, daß er davon angesteckt wird. Ganz hell und kraftvoll lacht er heraus, so daß Therese verwundert unter der Tür erscheint, um nachzusehen, was die Ursache dieser Fröhlichkeit sei.

»Markus«, sagt sie, »so fröhlich habe ich dich schon eine halbe Ewigkeit nicht mehr lachen hören.«

»Ach ja, Therese, das habe ich dir noch gar nicht erzählt. Übrigens — das ist meine Schwester Therese, und das ist Fräulein Elisabeth vom Landratsamt.«

Therese heftet ihre dunklen Augen eindringlich auf das fremde Mädchen, so lange und forschend, daß Elisabeth darüber in einige Verlegenheit gerät. Dann aber scheint Therese mit ihrer Musterung zufrieden zu sein, streckt dem Mädchen mit herzlicher Gebärde die Hand hin und sagt:

»Herzlich willkommen! Es freut mich, daß Sie den da«, sie streckt dabei das Kinn gegen Markus hin, »wieder einmal zum Lachen gebracht haben. Aber willst du denn deinen Gast hier stehen lassen, Markus?«

»Nein, natürlich nicht. Entschuldigen Sie, Fräulein Elisabeth. Sie werden durstig und müde sein. Koch Kaffee, Therese!«

Dann bietet er dem Mädchen Platz auf der Hausbank an, setzt sich neben sie und muß sich Gewalt antun, nicht immerzu in ihr Gesicht zu sehen, das von der weiten Sonntagswanderung leicht gerötet ist.

»Sie haben mich noch gar nicht gefragt, ob mir Ihr Torwalden wirklich gut gefällt!«

Markus läßt merkwürdig lange mit der Antwort warten. Er verschränkt die Hände über dem aufgezogenen Knie und blickt über die blühenden Apfelbäume hin.

»Wissen Sie, seit damals hat sich manches verändert. Dabei ist es gerade eine Woche her. Aber seitdem sehe ich Torwalden mit anderen Augen als bisher. Mir ist, als läge über allen Blüten ringsum ein unsichtbarer Trauerflor.«

»Sie haben eine schwere Enttäuschung erlebt, Herr Larasser.«

»Wieso? Was wissen Sie davon?«

»Sie haben an die Menschen geglaubt und sind enttäuscht worden.«

»Ach so, natürlich. Sie wissen ja von dem Ergebnis der Abstimmung. Sechs zu zwei. Ist das nicht beschämend?«

»Doch nicht für Sie. Sie haben ja nur das Beste gewollt.«

»Ich kann mir ja denken, wie sie über mich jetzt spotten werden, diese Herren. Wenn man von einem Menschen enttäuscht wird, dann ist das schließlich noch tragbar. Wenn man aber von einem ganzen Dorf enttäuscht wird, dann ist das eine Wunde, die nie mehr aufhört zu bluten.«

»Das meinen Sie nur jetzt. Aber das Leben bleibt ja nicht stehen, es geht weiter, wir werden mitgetrieben vom Rad der Zeit, und dabei vernarben die Wunden. Sie denken auch nicht ganz richtig, Herr Larasser. Darf ich Ihnen sagen, was der Herr Landrat geäußert hat, als Ihr Bericht einging?«

»Was denn?«

»Das tut mir leid, hat er gesagt. So froh ich über diesen Beschluß bin, aber wegen des Larassers bedaure ich ihn. Der Mann hätte eine andere Abstimmung verdient.«

Impulsiv greift Markus nach ihrer Hand.

»Das ist schön, daß Sie mir das sagen. Das tut — gut.«

Im selben Augenblick erscheint Therese mit Kaffee und

Kuchen. Markus springt auf und stellt das kleine Tischchen vor die Hausbank.

»Bei soviel Sonne brauchen wir uns nicht im Haus zu verstecken«, sagt er und begegnet damit unbewußt Elisabeths Gedanken, die sich so sehr auf diesen Tag in Licht und Sonne gefreut hat, nachdem sie die ganze Woche im Büro hat sitzen müssen.

»Stell dir vor, Therese«, spricht er dann weiter, »Fräulein Elisabeth hat mir erzählt, was der Landrat zu der Abstimmung geäußert hat. Ich hätte es anders verdient, meinte er.«

»Wie gut, daß jemand gekommen ist, der dich auf andere Gedanken bringt! Du grübelst viel zu sehr über Dinge, Markus, die sich doch nicht mehr ändern lassen. Es geht jetzt eben alles seinen Gang.«

»Fräulein Elisabeth müßte es schon wissen, wie weit die Sache nun eigentlich gediehen ist.«

»Sie Schlaumeier«, lacht Elisabeth und droht mit dem Finger. »Sie wollen mich wohl verleiten, daß ich mein Dienstgeheimnis verletze? Übrigens müßte der Brief bereits in Ihren Händen sein. Es wurde Ihnen ausführlich berichtet.«

»Sonntags gibt es bei uns keine Post.«

»Danke, keinen Zucker«, wehrt Elisabeth ab, als Therese ihr die Zuckerbüchse reicht. »Aber Milch, viel Milch, wenn ich bitten dürfte. Vorgestern war der für das Torwaldenprojekt zuständige Chefingenieur bei uns im Amt. Soviel ich dabei vernommen habe, soll es bald losgehen. Weil Sie mich wirklich nicht angelogen haben, daß man Torwalden ans Herz nehmen und liebhaben könnte wie ein Kind, darum will ich Ihnen verraten, daß auch bereits die ersten Gelder für den Abfindungsfonds eingegangen sind. Am Mittwoch, glaube ich, kommt der Herr Landrat heraus. Verraten Sie mich aber bitte nicht!«

»Mit keiner Silbe.«

»Hand darauf!«

»Hand darauf!« lacht Markus und schlägt ein. »Haben Sie denn übrigens geglaubt, daß ich lüge?«

»Nein! Ein Mann wie Sie lügt nicht. Ich verstehe Sie auch ganz gut jetzt, warum Sie sich so glühend eingesetzt haben für das liebe Nest. Aber wissen Sie, was ich gerne noch gesehen hätte? Ich weiß zwar nicht, ob mein Wunsch nicht recht unbescheiden ist. Aber ich hätte gerne das Tal der sieben Sünden gesehen.«

Markus überlegt.

»Weit ist es schon, nachdem Sie schon zwei Stunden Fußmarsch hinter sich haben.«

Doch da schaltet sich Therese energisch ein.

»Was ist weit? Der Goldfuchs steht die ganze Woche im Stall und ist froh, wenn er herauskommt. In einer Stunde seid ihr dort. Und wenn dir die zwei Stunden Fußmarsch für das Fräulein leid tun, so kannst du sie leicht zum Bahnhof Ambergen fahren.«

Verwundert schaut Markus seine Schwester an. Von dieser Seite her kennt er sie gar nicht. Überhaupt ist sie so aufgeschlossen wie noch nie und freundlich dem Mädchen gegenüber.

Immer wieder schiebt sie ihr ein Stück vom goldgelben Kuchen zu und nötigt zum Essen. Gina gegenüber aber ist sie immer voll eisiger Ablehnung.

»Wenn es Ihnen jedoch ungelegen kommt«, meint Elisabeth, »es muß nicht unbedingt sein.«

»Gefahren wird«, entscheidet er und steht auch gleich auf, um das leichte Wägelchen aus dem Schuppen zu ziehen. Hernach schirrt er im Stall den Goldfuchs an, und man hört ihn dabei so lustig vor sich hin pfeifen, wie er es in längst vergangenen Bubentagen getan hat.

»Sie müssen öfter kommen«, sagt Therese plötzlich und faßt nach Elisabeths Hand.

»Ja? Darf ich denn? Ich hatte, offen gestanden, ein wenig Angst heute.«

»Wenn er es vergessen sollte, Sie einzuladen, wiederzukommen, so lade ich Sie ein. Kommen Sie, sooft Sie wollen! Daß er bei Ihnen das Lachen wieder gelernt hat, sagt mir, daß Sie ein guter Mensch sind.«

»Ich komme gerne, wenn Sie es wünschen.«

»Es schadet Ihnen nämlich gar nicht, wenn Sie mehr in die frische Luft kommen. Ein andermal zeig ich Ihnen dann am Hof hier alles.«

Wiehernd drängt der Goldfuchs ins Freie und kann kaum ruhig stehen, als Markus ihn vor den Wagen spannt. Unter der Haustür verabschieden sich Therese und Elisabeth. Unwillkürlich behält Markus dieses schöne Bild länger in seinem Blick. Beide sind gleich groß, die eine schwarz, die andere blond. Jede ist schön auf ihre Art. Elisabeths Gesicht hat weiche, fließende Linien, Thereses Gesicht ist von einer herben Strenge, jedoch nicht minder schön.

Dann hilft er Elisabeth auf den Wagen und steigt selbst auf. Sofort schnellt der Goldfuchs davon, so scharf, daß das leichte Gefährt bei der Kurve zur Straße hinaus beinahe ins Schleudern kommt. Schon hinter den letzten Häusern dreht Elisabeth noch einmal das Gesicht zurück und hebt dann grüßend die Hand. Immer noch steht Therese oben am Haus, hoch und schlank.

»Ein herrliches Mädchen, Ihre Schwester!« sagt Elisabeth nach einer Weile. »Ich muß immer an sie denken. Sie ist eine so herbe Schönheit, aber ihr Inneres leuchtet.«

»Hoffentlich haben Sie ihr das nicht gesagt.«

»Warum? Ist sie hoffärtig?«

»Nein, aber sie haßt jede Schmeichelei.«

»Glauben Sie denn, daß ich schmeichle? Ich halte es immer mit der Wahrheit. Der Mann, der sie einmal bekommt, kann sich glücklich preisen.«

»Der Mann? Hahaha! Ich weiß nicht, wie der Mann aussehen muß, dem sie einmal geneigt sein wird. In dieser Beziehung sind wir Larasser überhaupt ein wenig komisch.«

Elisabeth hört das »wir« heraus und sieht den Mann, der sich selbst komisch nennt, verstohlen von der Seite an; seine breiten Schultern, den adelig geformten Kopf mit dem dichten, fast schwarzen Haar, das männlich starke Kinn und den schmalen, fast knabenhaften Mund. In seine Augen getraut sie sich nicht zu schauen, aber sie weiß, daß sie dunkel sind, mit einem eigentümlichen Glanz.

Sonnentrunken taumeln Schmetterlinge um die flatternde Mähne des Pferdes, dessen Hufe in gleichmäßigem Rhythmus auf die Straße klopfen. Elisabeth meint, daß es noch nie in ihrem Leben so schön gewesen sei, und denkt mit Schaudern an den nächsten Tag, da sie nur durch die Fenster des Büros ein Stückchen des blauen Himmels sehen darf, der sich heute über sie wölbt. Ein klein wenig müde ist sie jetzt, und sie hätte nur zu gerne ihren Kopf an die Schultern des Mannes gelehnt. Aber sie getraut sich nicht; ganz sicher würde er das aufdringlich finden.

So schweigsam ist er! Auch darüber muß Elisabeth sich wundern, denn sie hat den Mann anders erlebt; sie hat seinen lodernden Zorn gesehen und die glühende Beredsamkeit vernommen, als er sich gegen die Herren von der Regierung zur Wehr gesetzt hat. Wie überzeugend sich das alles anhörte! Sie kann es ihm nachfühlen, wie schwer es ihn getroffen haben muß, da er sich um seinen schönen Glauben betrogen gesehen hat.

Ach, sie hätte ihm ja so viel zu sagen und hat sich alles so schön zurechtgelegt gehabt. Nun ist alles ganz anders. Sie weiß nur, daß sie jetzt erst recht Tag und Nacht an ihn denken muß.

»Sie sagen ja gar nichts«, erinnert sie ihn, als ihr das Schweigen unerträglich wird.

Wie aus schweren Gedanken fährt er auf.

»Oh, Entschuldigung! Ich bin ein schlechter Gesellschafter. Man sagt mit Recht, daß einer ein halber Narr ist, wenn er an schwere Dinge denkt, während ein schönes Mädchen neben ihm sitzt und mit ihm durch den Frühling fährt.«

»Nun sind Sie es, der schmeichelt. Und das — offen gestanden — paßt gar nicht zu Ihnen.«

»Wenn ich es aber auch, wie ein gewisses Fräulein Elisabeth, lieber mit der Wahrheit halte und nichts vom Schmeicheln verstehe? Übrigens, das wissen Sie doch ganz genau, wie schön Sie sind.«

»Ich habe noch nie darüber nachgedacht.«

»Ich will es glauben, möchte Ihnen aber einmal empfehlen, darüber nachzudenken. Im übrigen kann ich Ihnen mitteilen, daß wir nun da sind.«

Mit einem Ruck bringt er den Goldfuchs zum Stehen, führt ihn nur noch ein wenig abseits in den Schatten und bindet ihn an den Stamm einer Birke. Mit schmalen Augen sieht er zu, wie Elisabeth nun hingeht zu dem Pferd und ihr Gesicht an seinen Hals schmiegt. Die helle Mähne des Goldfuchses vermischt sich mit ihrem aschblonden Haar, und ihre Hand streichelt zärtlich über den Hals des Tieres. Ganz plötzlich hat sie das überwältigt, ein Bedürfnis nach Liebe und Zärtlichkeit. Dann wendet sie sich um.

»Jetzt sind wir also im Tal der sieben Sünden?«

»Am Eingang davon. An der Pforte zur Hölle sozusagen.«

»Oder am Eingang zu einem werdenden Paradies«, lächelt sie zurück. Dann geht sie an seiner Seite durch das raschelnde Kraut. Es duftet nach Moos und Frühling, und würden nicht in den Tümpeln die Frösche lärmen, wäre es so still wie in einem Dom. Nur ein paar Hummeln summen in der Luft, und die Sonne steht glänzend über den Birken.

»Herr Larasser«, nimmt Elisabeth nach einer Weile das

Wort und sieht nicht, wie er wieder die Brauen zusammenzieht. Sie hat keine Ahnung, daß ihn dieses »Herr« aus ihrem Mund unangenehm berührt.

»Wenn Sie mich Herr nennen, dann müßte ich wohl auch Ihren anderen Namen wissen, denn es geht nicht an, daß ich einfach Elisabeth zu Ihnen sage.«

»Aber ich kann doch nicht nur Larasser sagen.«

»Nein, aber Markus kann man zu mir sagen

Zum erstenmal sieht Elisabeth ihm jetzt lange und fest in die Augen, voll Angst, er könnte das schnelle Klopfen ihres Herzens bemerken.

»Wissen Sie, Herr Markus . . .«

»Markus, heißt es«, verbessert er.

»Wissen Sie, Markus Larasser, was ich gerne wissen möchte?«

»Ja — und?«

»Wozu Sie sich entschlossen haben: Ablösung oder hier siedeln.«

Sein Mund wird ganz hart. Mit schmalen Augen blickt er über ihren Scheitel in die Ferne.

»Ich habe mir die Frage bis heute noch nicht beantwortet. Manchmal ist mir, als müßte ich bleiben, bis die Fluten kommen.«

»Nein, nein, das dürfen Sie nicht denken. Wissen Sie, was der Landrat gesagt hat?«

»Es wird nicht so bedeutungsvoll gewesen sein.«

Elisabeth wog den Kopf ein wenig hin und her.

»Das käme gerade darauf an. Ich möchte Ihnen nur sagen, daß ich auch der gleichen Meinung bin.«

»So? Und wie ist Ihre Meinung?«

»Daß Sie vielleicht noch gar nicht wissen, wie notwendig Sie für alle sein werden in dem Tal der sieben Sünden.«

»Denken Sie?«

»Das hat der Herr Landrat wörtlich gesagt.«

Markus lächelt verbittert.

»Sie haben ja erfahren, wie schmählich die Herde ihren Leithammel im Stich gelassen hat. Wer gibt mir die Garantie dafür, daß sie mich nicht auch hier im Stich lassen werden?«

»Das kann nicht gut möglich sein, denn wenn hier etwas entstehen soll, dann kann es nur entstehen, wenn einer für alle und alle für einen da sind.«

»Schön, wie Sie das sagen. Aus Ihrem Mund hört es sich wie eine frohe Botschaft an. Es mag auch sein, daß es sich aus der Perspektive Ihres Bürozimmers ganz heroisch betrachten läßt: Siedeln, aufbauen, die Erde aufbrechen. Der Boden ist in eurer Theorie jungfräulich und wartet so sehnsüchtig darauf, daß man ihm die Saat willig und gläubig in den Schoß wirft.« Markus lächelt verzerrt und stößt mit dem Fuß nach ein paar Mooskolben. »Man müßte der liebe Gott sein und sagen können: Es werde.«

»Ich kann Ihre Verbitterung schon verstehen, Markus Larasser. Aber das Große läßt sich nicht mit einem verbitterten Herzen schaffen, sondern nur mit einem starken Glauben an das Zukünftige.«

»In Torwalden wird es vielleicht vor vier- oder fünfhundert Jahren genauso gewesen sein. In einer alten Chronik habe ich einmal gelesen, daß es ursprünglich Waldentor geheißen hat. Also das Tor in den Wald. Wer den Namen dann umgedreht hat, ist mir nicht bekannt. Ich kann mir nur denken, daß die ersten Siedler auch mit einem starken Glauben an die Zukunft begonnen haben. In dem schönen Glauben, daß die späteren Geschlechter es erhalten und bewahren werden. Ich bin nun — das heißt, wir Jungen alle von Torwalden, wir sind jetzt das spätere Geschlecht. Glauben Sie, Elisabeth, daß es uns an der Wiege gesungen worden ist, daß wir zugleich das letzte Geschlecht von Torwalden sein werden?«

»Das glaube ich nicht. Aber mein kleiner Verstand sagt mir nur, daß vor dreißig Jahren die Technik noch in den Kinderschuhen stand. Jetzt jedoch ist sie in vollem Aufbruch. Die Zeit hat sich ihr unterzuordnen. Und die Menschen. Ich weiß genau, daß unsere Meinungen hier auseinandergehen. Sie betrachten die Technik als den Feind der Menschheit. Ich dagegen möchte sagen, daß sie zum Helfer der Menschheit werden kann, wenn sie vernünftig angewandt wird.«

Der spöttische Zug um seinen Mund hat sich verloren.

»Zum Beispiel?« fragt er.

Da hebt sie ihren Kopf und sieht dem Mann in die Augen.

»Als Sie letzthin bei uns im Amt waren«, sagt sie dann, »und sich für Ihr Dorf so leidenschaftlich eingesetzt haben, habe ich mir die Mühe genommen, in den alten Aufzeichnungen des Landratsamtes nachzusehen. Da habe ich gelesen, daß man sich in Torwalden vor zehn Jahren noch mit Talgkerzen und Petroleum beholfen hat. Auch das Telefon gab es damals hier noch nicht. Ist das alles nun eine Errungenschaft der Technik oder nicht?«

»Ja, wenn Sie es von diesem Standpunkt aus betrachten, dann schon. Ob die Menschen allerdings vorher in Torwalden unglücklicher waren, weiß ich nicht. Ich glaube kaum. Immerhin ist es interessant, was Sie mir da sagen. Ich hätte nicht geglaubt, aus Ihrem Munde dies zu hören. Woher haben Sie diese Kenntnisse?«

»Oh, ich lese viel. In meinen freien Stunden beschäftige ich mich viel mit Literatur. Sie brauchen gar nicht so spöttisch zu lächeln. Ich weiß schon, was Sie jetzt wieder denken. Romantische Bücher über die Liebe oder so. Auch das, natürlich. Jeder junge Mensch liest einmal sentimentale Geschichten. Doch das nur nebenbei. Hauptsächlich interessiere ich mich für technische Abhandlungen. Bei einem Mädchen vielleicht etwas seltsam. Aber es kommt sicher daher, weil mein Vater Ingenieur gewesen ist.«

»Gewesen ist? Jetzt nicht mehr?«

»Er starb, als ich zwölf Jahre alt war. Fünf Jahre später verlor ich auch meine Mutter. So, nun wissen Sie eigentlich alles von mir.«

»Nicht alles«, meint er. »Was Ihr Freund zum Beispiel gesagt hat, daß Sie ihn an diesem schönen Sonntag allein gelassen haben und hierhergefahren sind, das haben Sie mir noch nicht erzählt.«

»Warum glauben Sie, daß ich einen Freund haben müsse?«

Überrascht sieht er sie an.

»Das halte ich für selbstverständlich, bei Ihrem — Aussehen.«

»So selbstverständlich ist das nun wieder nicht«, erklärt sie und stolpert im gleichen Augenblick über ein Moosbüschel. Rasch und sicher faßt sein Arm zu. Nur für eines Herzschlags Länge lehnt sie an seiner Brust. Markus weiß nicht, ob dieser kleine Augenblick schön oder feierlich gewesen ist. Aber sie dürfte öfter so stolpern; es würde ihm nichts ausmachen, und es ist vielleicht am besten, wenn er sie bei der Hand nimmt und durch das bucklige Gelände führt, das sie schon bald gemeinsam bis zur Hälfte ausgeschritten haben.

Nein, sie entzieht ihm ihre Hand nicht. Still, wie ein gefangener Vogel, liegt sie in der seinen.

»Sie haben mir noch gar nicht gesagt, wie Sie sich das alles denken hier«, nimmt Elisabeth nach einer Weile wieder das Wort.

»Zuerst war es so«, begann er, »daß ich jeden Gedanken an ein Siedeln hier weit von mir gewiesen habe. Dann hatte ich merkwürdigerweise einen schönen Traum von einem silberwiegenden Kornfeld. Es kann vielleicht gerade hier gewesen sein, wo wir gehen. Seitdem ist mir, als müßte ich nun sofort anfangen. Natürlich nicht gleich mit Korn. Zuerst müssen es Kartoffeln sein.«

»Und Blumen in einem Garten ums Haus«, ergänzt sie. »Ach, es muß schön sein, eine so große Aufgabe vor sich zu haben. Sehen zu dürfen, wie einem das Werk unter den Händen aufwächst. Der erste Gang dann über die jungen Felder! Am Abend das zufriedene Rasten auf der Bank vor dem Haus. Das könnte der Sinn des Lebens sein.«

Markus weiß nicht, wie es kommt. Die Worte des Mädchens berühren ihn freudig. Tief in seinem Herzen zeigt sich eine versöhnliche Bereitschaft, das erleben zu dürfen, was ihm hier mit so schlichten Worten aufgezählt wird.

»Der Sinn des Lebens, meinen Sie, wäre dies?« fragt er nach einer Weile.

»Ja, ich stelle mir das herrlich vor.«

»Schweiß und Mühsal wird es geben, und die Freuden werden kärglich sein.«

»Wenn zwei ...«

»Warum sprechen Sie nicht weiter?«

»Weil ich nicht weiß, ob Sie mich verstehen werden. Ich meine, wenn zwei Menschen in einer echten Kameradschaft zusammenstehen, dann kann keine Mühe so groß sein, daß dahinter nicht die Freude lächelt.«

»Zwei Menschen? Nun ja, ich glaube, daß Gina schon tapfer hinter mir stehen wird. Ach ja, schade, daß Sie Gina nicht kennenlernten. Wir werden im Herbst heiraten.«

Augenblicklich zieht Elisabeth ihre Hand aus der seinen. Es fällt nicht weiter auf, weil sie gerade einen kleinen Tümpel umgehen müssen. Auf der anderen Seite weiß sie es dann so einzurichten, daß sie sich nach ein paar Blumen bückt, und als sie sich wieder aufrichtet, ist ihr Gesicht ruhig und still. Nichts deutet darauf hin, daß ihr Herz soeben einen kleinen Stoß erlitten hat. Weil man nun an einem buschbestandenen Rain angekommen ist, der wie eine Grenze aussieht, fragt sie, ob man umkehren wolle. Die Sonne stünde ja auch schon tief, und den Zug dürfe sie nicht versäumen.

Auf dem Rückweg plätschert das Gespräch in einem gleichgültigen Allerlei dahin. Markus erfährt einiges aus dem Alltag einer braven Sekretärin, deren Dienst um acht Uhr beginnt und um fünf Uhr endet. Sie gibt zu, daß es schön wäre, nach Feierabend noch in einem Garten zu graben, um einen körperlichen Ausgleich zu finden. Aber ihre Hausfrau habe keinen Garten.

»Ja, ja«, lacht Markus. »Da sollten Sie hier in der Nähe wohnen! Wenn es hier einmal losgeht, gibt es Erde genug, in der man wühlen kann bis zum Überdruß.«

»Wenn Sie mich einmal brauchen sollten, rufen Sie mich! Ich komme gerne.«

»Hoffentlich brauche ich Sie nicht beim Wort zu nehmen. Es würde Ihnen hernach leid tun.«

»Sie trauen mir aber schon gar nichts zu!«

»Doch, doch. Aber das, was Sie hier als ein leichtes Spiel mit der Erde ansehen, ist doch ein wenig anders als acht Stunden Bürozeit.«

Jetzt sind sie auch schon wieder beim Goldfuchs angekommen. Auf der Fahrt nach Ambergen sprechen sie nicht mehr viel. Gerade noch rechtzeitig kommen sie zum Bahnhof. Mit einem leisen Erschrecken stellt Elisabeth Mang fest, daß es der letzte Zug ist, der zur Stadt fährt. Was wäre geworden, wenn sie ihn versäumt hätte? Sicher hätte Markus es auf sich genommen, sie heimzubringen, und sie hätte noch ein paar Stunden in seiner Nähe sein dürfen. Aber das gerade ist es, was sie nicht will. Nur allein sein will sie jetzt, mit sich und ihren Gedanken.

Über die Bahnsteigsperre hinweg reicht sie ihm die Hand.

»Leben Sie wohl, Markus Larasser. Und haben Sie schönen Dank für den herrlichen Tag in Sonne und Wind!«

»Dazu habe ich nichts beigetragen.«

»Oh, vielleicht doch. Vergessen Sie nicht, daß Sie mich rufen, wenn Sie mich brauchen. Und nochmals vielen herzlichen Dank, Markus Larasser!«

Der Zug fährt ein. Leichtfüßig springt Elisabeth auf das Trittbrett, winkt im Abfahren noch aus einem Fenster, und Markus winkt zurück. Dann verschwindet der Zug hinter einer Waldbiegung.

Langsam geht Markus zu seinem Gefährt zurück. Er weiß nicht, woher es kommt, aber es tut ihm leid, daß das Mädchen nun weggefahren ist. Das Wandern im Moor hat eine seltsam beruhigende Stimmung in ihm hinterlassen. Auch das, was sie gesagt hat, ist nicht spurlos an ihm vorbeigegangen. Nein, im Gegenteil, jetzt auf der Heimfahrt denkt er fast unentwegt darüber nach, während langsam das Abendrot über den Bergen verglüht und die ersten Sterne schüchtern aufflimmern.

Es ist der letzte ruhige Sonntag in Torwalden gewesen. Am Montag bereits rollen die ersten Lastzüge ins Dorf, fahren so weit in den Wald hinauf, als es möglich ist, und werden dann entladen. Große, mächtige Kisten werden aufgestapelt, Tausende von Zentnern Zement gelagert, während ein anderer Bautrupp Rollgleisschienen zu legen beginnt.

Die Ruhe ist dahin. Das ganze Tal ist erfüllt von Motorengeräusch, von Hämmern und Eisengeklirr. Mit einer Präzision ohnegleichen entsteht bereits am ersten Tag unter der Leitung eines jungen Ingenieurs am Rauscherberg eine Baracke für die Arbeiter und ein großer Lagerschuppen für Zement und Geräte. Natürlich finden alle diese Menschen in der einen Baracke keine Unterkunft, und so wird nun auch jedes freie Zimmer im Dorf belegt. Auch bei Larasser erscheint der Quartiermacher und fragt nach freien Zimmern. Markus sieht ihn nur stumm an und schüttelt dann den Kopf. Schmerzhaft empfindet er seine Ohnmacht gegen alles, was jetzt beginnt.

»Findet es der zuständige Ingenieur überhaupt nicht für nötig, sich beim Bürgermeister vorzustellen?« fragt er verbittert.

»Der Chefingenieur kommt erst in den nächsten Tagen nach«, antwortet der Mann. »Das hier ist nur das Vorkommando.«

»Und schon soviel Lärm? Das kann ja nett werden.«

»Das ist nur der Anfang, und man hat sich schnell daran gewöhnt«, versichert der andere und geht wieder.

Der zweite, der an diesem Tag auf dem Larasserhof vorspricht, ist ein gewisser Engelbert Forster. Er ist eigentlich nur Bautruppführer, nennt sich aber Ingenieur, trägt Kragen und Krawatte und blitzblanke Schaftstiefel. Sein schmales tiefgebräuntes Gesicht mit dem kleinen schwarzen Bärtchen auf der Oberlippe erinnert an einen südländischen Typ.

Vielleicht wäre alles gut abgelaufen, wenn er sich eines anderen Tones bedient hätte. Aber er spielt sich als Herr auf, dem der Bauernbürgermeister zu gehorchen hat. Ganz kategorisch verlangt er zunächst, daß die Viehherde des Dorfes nicht mehr dorthin getrieben werden dürfe, wo gearbeitet werde. Das versteht Markus wohl, aber er versteht den drohenden Ton nicht, mit dem dies von ihm gefordert wird. Darum sagt er:

»Dazu bin ich bis jetzt von niemand aufgefordert worden.«

»Ich glaube aber, daß ich mich deutlich genug ausgedrückt habe.«

Da zieht Markus die Brauen hart zusammen und macht ein paar federnde Schritte auf den anderen zu.

»Merken Sie sich, junger Mann! Sie haben mir nichts zu befehlen! Da muß schon ein ganz anderer kommen. Noch lebt das Dorf, noch bin ich der Bürgermeister! Wenn Ihre Firma keinen anderen Verbindungsmann zu mir schicken kann, mit uns zwei wird das kaum gut ausgehen.«

Der Herr Ingenieur nickt nur, denn in dem Sinne zu antworten, wie er es möchte, scheint ihm nicht ganz ratsam zu sein. Dann dreht er sich auf seinem Absatz um und geht hinaus, nicht mehr ganz so forsch, wie er vorhin gekommen ist, und ein wenig rot im Gesicht vor Scham und Zorn. Man kann das bei ihm nicht genau feststellen. Auf alle Fälle soll dem Bürgermeister die Abfuhr nicht geschenkt sein. Er, der Bautruppführer Engelbert Forster, wird es nicht vergessen. Und — er hat Zeit, es muß nicht heute sein und nicht morgen.

Junger Mann, hat er gesagt. Um wieviel mag der Bauernbürgermeister schon älter sein als er? Überhaupt nicht respektiert hat er ihn. Ihn, der zwar nur über eine ganz kleine, beschränkte Macht verfügt, der sich aber doch haushoch erhaben fühlt über so einen Bauernlümmel.

Wer nur das bildhübsche Frauenzimmer gewesen sein mag, das ihm im Flur begegnet ist? Ob sie etwa seine Frau ist? Das hätte er vorher wissen müssen, dann hätte er vielleicht etwas freundlicher mit dem Larasser reden können.

Eigentlich ist noch nicht Feierabend, und der Bauführer hätte noch einiges zu tun droben beim Barackenbau. Da aber die hübsche Wally beim Hirschwirt so einladend zum Fenster herausschaut, lenkt er seine Schritte dorthin. Kein Mensch ist um diese Stunde in der Gaststube. Die Kellnerin Wally dreht sich sofort am Fenster um und reicht ihm die Hand.

»Grüß Gott, Herr Ingenieur. Nett, daß Sie hereinkommen auf ein Krügel. Oder darf es ein Schöpperl Wein sein, Herr Ingenieur?«

Geschmeichelt legt Engelbert Forster den Kopf zurück und kneift das Mädel in die Wange.

»Na ja, bringst mir halt ein Schöpperl Weißwein. Für

dich aber auch eines, damit wir anstoßen können zusammen.«

Es dauert eine Weile, bis die Wally wieder aus dem Keller kommt mit dem Wein. Wenn nichts Besseres zu finden ist, werde ich halt mit ihr vorliebnehmen müssen, denkt Forster und legt sich ein paar nette Worte zurecht. Daß die Wally bereits Feuer gefangen hat, das hat er schon beim Frühstück gemerkt. Zunächst hebt er sein Glas, legt etwas Schwermut in seine Augen und sucht die ihren.

»Auf daß es dir immer recht gut geht!« lächelt er.

»Ihnen auch, Herr Ingenieur!«

Nachdem sie getrunken haben, legt er vertraulich den Arm um ihre Hüfte.

»Sag doch nicht immer Herr Ingenieur zu mir. Darfst ruhig Bertl sagen. Als ich dich zum erstenmal gesehen habe, da hast du mich sofort an einen geliebten Menschen erinnert, den ich habe verlieren müssen.«

»Ist es wahr?« fragt die Wally teilnahmsvoll.

»Auf Ehr und Seligkeit!« beteuert Forster und legt beschwörend drei Finger an sein Herz. »So etwas wie du ist immer schon mein Typ gewesen.« Zum Zeichen, daß er es ernst meine damit, tätschelt er sie zärtlich.

»Aber, Herr Ingenieur! Sie sind aber einer!«

»So? Was denn für einer?«

»Ein ganz Gefährlicher, meine ich.«

»Das — müßtest du erst darauf ankommen lassen. Jetzt bitte ich, mich zu entschuldigen. Ich muß auf mein Zimmer und einen Bericht an meine Firma machen. Mach's gut!«

Wenig später hört man ihn im oberen Stockwerk auf der Schreibmaschine klappern.

». . . und gehen die Vorarbeiten flott vonstatten«, weiß er zu berichten, um dann fortzufahren: »Leider tauchen auch bereits die ersten Schwierigkeiten auf. Nicht durch die Bevölkerung, sondern durch deren Bürgermeister, der ein äußerst unzugänglicher Kerl ist. Nach meiner unmaßgeblichen Meinung ist dieser Mensch jederzeit bereit, unsere Arbeiten hier zu boykottieren. Ich bitte daher, den Herrn Chefingenieur mit den nötigen Vollmachten zu versehen, damit er energisch durchgreifen kann. Hochachtungsvoll! Engelbert Forster, Bauführer.«

Befriedigt steckt er den Brief in einen Umschlag und tritt an das offene Fenster. In diesem Augenblick fährt wieder ein Lastwagen mit Zement durch das Dorf und hält gerade vor dem Hirschwirt. Der Schlag öffnet sich, und ein junges Mädchen steigt aus, bedankt sich beim Wagenführer fürs Mitnehmen und tritt dann ein wenig zurück, um den Wagen vorbeizulassen.

Engelbert Forster gibt es einen Riß. »Donnerwetter«, sagt er vor sich hin. »Ist die hübsch! Wenn in dem Nest solche Blumen blühen, dann läßt es sich hier schon aushalten!« Er räuspert sich, daß das Mädchen da unten unwillkürlich den Kopf wendet und zu ihm heraufschaut. Engelbert macht eine tadellose Verbeugung, die das Mädchen mit einem huldvollen Lächeln entgegennimmt. Dann springt es über die Straße und eilt, ohne sich nochmals umzublicken, auf den Rotannerhof zu.

Engelbert Forster aber geht wieder in die Gaststube hinunter und fragt die Wally, wann hier der Briefkasten geleert würde.

»Erst morgen vormittag, wenn der Postbote wieder kommt.«

Der Bauführer schaut auf die Uhr an seinem Handgelenk.

»Tja, dann werde ich den Brief doch lieber einem von unseren Lastwagenfahrern mitgeben.«

»Bis wann kommst du denn zum Abendessen, Bertl?«

»Wie bitte?« Unwillig dreht Forster das Gesicht über die Schulter. »Ach so, ja, es ist sehr nett, daß du Bertl zu mir sagst. Übrigens, mein Liebes, was ist denn das für ein Hof da drüben?«

»Der Rotannerhof.«

»Ich weiß nicht, ob du es gesehen hast. Aus dem Lastwagen stieg vorhin ein Mädchen aus. Natürlich nicht so nett wie du, aber es ging auf den Hof zu.«

»Die Gina war es«, antwortet die Wally, und das helle Mißtrauen steht plötzlich in ihren Augen. »Das ist aber nichts für dich«, fügt sie hinzu. »Die Gina ist die Braut von unserem Bürgermeister.«

»So, so«, lächelt Engelbert zufrieden. »Das ist interessant. Sehr interessant.« Dann schlendert er mit seinem Brief auf die Straße hinaus und übergibt ihn dem ersten Lastwagenfahrer, der des Weges kommt.

Wenig später geht ein schrilles Pfeifen durch die Stille des Tales. Es ist das Zeichen für den Feierabend, das heute zum erstenmal ertönt. So wird es nun jeden Tag sein, viele Wochen und Monate lang. Das Alte beginnt zu stürzen, das Neue steigt auf, und das fröhliche Flötenspiel des Blasius wird nun immer ungehört — in den Lärm des Abends verwehen.

Beim Hirschwirt geht es laut her an den Abenden. Das ganze Dorf ist erfüllt von dem Lärm und wird davon erfüllt bleiben bis in die späte Nacht hinein, weil die fremden Arbeiter offenbar die Absicht haben, den Hirschwirt in den ersten Wochen schon reich zu machen.

Nur einer scheint keine rechte Lust zu haben, die laute Zecherei mitzumachen. Der Bauführer Engelbert Forster. Als die Dämmerung sich immer tiefer senkt, empfindet er das heftige Bedürfnis nach frischer Luft. Gemächlich schlendert er durch das Dorf, setzt sich beim Kirchenhügel ein wenig auf die Bank, bis man den Abendsegen läutet. Hernach reißt er sich bei einem Haus ein weißes Fliederzweiglein ab und spaziert damit langsam am Rotannerhof vorüber, ohne das Mädchen zu sehen. Drei- oder viermal geht er vorbei. Sein Gefühl sagt ihm, daß er die Gina heute schon noch sehen wird. Zum mindesten wird sich feststellen lassen, hinter welchem Fenster sie schläft.

Er sieht, daß im Stall das Licht aufflammt, und schleicht sich näher heran. Es ist aber nur eine ältere Frau. Befriedigt stellt Forster übrigens fest, daß man hier keinen Hund hält. Da es aber soeben vom Kirchturm zehn Uhr schlägt, will er es für heute aufgeben und geht wieder auf die Straße hinaus.

Da hört er einen schnellen, klappernden Schritt auf der harten Straße. Unwillkürlich bleibt Forster stehen und erkennt im Schein der Hoflampe, die über der Tür des Hirschwirts brennt, das Mädchen, das von der entgegengesetzten Seite daherkommt.

Gina ist bei Markus gewesen, nachdem sie am Nachmittag von ihrer Reise zurückgekehrt ist. Jetzt biegt sie auf den Wiesenpfad ein und bleibt erschrocken stehen, als sie den Schatten neben der Straße gewahrt. Schon tritt Forster ein paar Schritte vor.

»Oh, meine schöne Nachbarin! So spät noch und — so einsam?« fragt er schmeichelnd.

Unwillig mustert Gina den Menschen vor sich.

»Was Nachbarin?« fragt sie mürrisch.

»Natürlich, ich wohne gleich da drüben. Wir haben uns heute bereits gesehen. Sie kamen mit einem unserer Lastwagen und . . .«

»Ja, jetzt weiß ich es. Sie standen am Fenster oben.«

»Und erlaubte mir, Ihre Grazie und Anmut zu bewundern.« Er verbeugte sich wieder galant. »Gestatten Sie. Forster ist mein Name. Ingenieur Forster.«

Jawohl, Gina kommt geradewegs von Markus. Von Sorgen beherrscht ist er vor ihr gestanden, gedankenlos ihre Zärtlichkeiten erwidernd. Er sei mit Sorgen und Ärger übermäßig beladen, hat er ihr erzählt.

Dieser Forster ist viel flotter. Er riecht an seinem Fliedersträußlein und taucht darüber hinweg seine Augen in die ihren.

»Dann haben Sie ja hier einiges zu sagen?« fragt sie.

»Na ja, einiges immerhin.«

»Können Sie auch den Lärm da drinnen abstellen?« fragt sie weiter und deutet zu den hellerleuchteten Wirtshausfenstern hinüber, hinter denen grölend gesungen wird.

Ein wenig aufgeregt streichelt er sein Bärtchen.

»Wenn Sie es wünschen, selbstverständlich«, antwortet er, wünscht sich aber brennend, daß sie das nicht unbedingt von ihm verlangen möge, denn die Antwort, die man ihm da drinnen erteilen würde, weiß er auswendig. Hurtig schlägt er deshalb vor: »Man müßte aber auch nicht ausgerechnet hier stehen und sich den Lärm anhören.«

»Sondern?« fragt sie zurück.

»Man könnte ein wenig über das Dorf hinausspazieren. Die Nacht ist heute so warm und . . .«

»Das könnte Ihnen so passen! Sagen Sie einmal, für was sehen Sie mich denn eigentlich an?«

»Für ein schönes und äußerst vernünftiges Mädchen.« Impulsiv streckt er ihr die Hand hin. »Niemand hat mich hier noch willkommen geheißen. Können Sie es auch nicht tun?«

»Wenn es weiter nichts ist, warum denn nicht? Willkommen also in Torwalden!«

»Ich danke Ihnen!« antwortet er und zieht ihre Hand an die Lippen. Dann sieht er sie wieder mit schmachtenden Augen an. »Wissen Sie«, beginnt er, indem er langsam zu gehen anfängt, »wissen Sie, ich kann mir ohne weiteres denken, daß man uns hier nicht mit offenen Armen aufnimmt. Wir bringen Unruhe in das schöne Dorf, und ich begreife vollkommen, daß man uns lieber gehen als kommen sähe.«

»Da können Sie recht haben«, platzt Gina heraus und denkt zugleich, wieso es denn kommt, daß sie nun neben dem fremden Menschen her geht und durch das Dorf wandert.

»Nun ist es aber so, daß wir doch gar nichts dafür können. Wir sind doch auch nur ausführendes Organ.«

»Immerhin — Sie wollen unser Dorf vernichten.«

»Mein liebes Fräulein, glauben Sie mir, es lebt sich anderswo genauso schön, wenn nicht noch schöner. Was haben Sie hier schon von Ihrer Jugend? Arbeit, Einsamkeit, Alltäglichkeit. Aber das ist doch nicht der Sinn des Lebens.«

Gina weiß das wohl und hört immer gieriger auf die Worte des Mannes an ihrer Seite. Endlich ein Mensch, der auch von draußen kommt und Bescheid weiß, wie karg sich das Leben und Treiben in diesen Gebirgsdörfern abspielt.

»Sie haben schon recht«, sagt sie nach einer Weile. »Aber es sind eben Menschen hier, die mit ihrem Boden verwachsen sind. Da kommen Sie nun mit Ihrer Technik und wollen vernichten, was Jahrhunderte geschaffen haben. Wundern Sie sich nicht, wenn man Ihnen feindselig gesinnt ist.«

»Das sind wir schon gewöhnt. Es stumpft ab mit der Zeit. Leid täte es mir allerdings, wenn auch Sie mir böse wären.«

»Warum das?«

»Muß ich Ihnen das wirklich sagen? Wir sind Zugvögel der Firma Mulzer & Co. Einmal da, einmal dort. Nirgends ist Heimat, und das Herz ist oft so schwer. Es sehnt sich nach einem Menschen, dem man sich mitteilen darf. Nicht alle sind so, Sie hören es ja. Sie ertränken ihre Sorgen im Alkohol. Manchmal bin ich selbst versucht, das mitzumachen. Aber es ist nicht meine Art. Ich habe es lieber, mit einer verstehenden Seele so durch die Nacht zu wandern. Ich möchte mich nach des Tages Mühen freuen dürfen auf den Abend, der mir die Freude einer solchen Stunde schenkt. Vielleicht, liebes Fräulein, werden Sie mir nicht glauben, aber ...«

Es ist nicht zu leugnen, daß Gina gerne hinhört auf die dunkel klingende Stimme mit dem fremden Akzent. Natürlich müßte man längst umkehren, und erschrocken denkt sie daran, was Markus sagen würde, wenn er es wüßte. Niemals darf er es erfahren. Aber spricht Markus jemals in solcher Weise zu ihr? Für ihn ist es schon zur Selbstverständlichkeit geworden, daß sie ihm gehört und daß sie sich seinen Launen unterordnet.

Da ist sie schon wieder, die dunkle, weiche Stimme.

»Als ich Sie heute sah, erinnerten Sie mich schlagartig an einen geliebten Menschen, den ich habe verlieren müssen.«

»An ein Mädchen?«

»Ja, an Paula Peters. Ich habe sie durch einen Autounfall verloren. Aber merkwürdig, Sie gleichen ihr aufs Haar. Die gleichen Bewegungen, die gleiche Anmut des Schreitens.«

»Ja? Wirklich?«

»Ich wüßte nicht, warum ich Sie belügen sollte. Sofort hatte ich das Gefühl, daß Sie mit Ihrer Schönheit gar nicht hereinpassen in dieses einsame Nest.«

»Das habe ich auch zuerst geglaubt und habe mich gar nicht eingewöhnen können, als ich hierherkam.«

»Ach so? Sie sind gar nicht hier geboren?«

»Nein, ich bin aus der Stadt.«

»Das habe ich mir doch gedacht«, sagt er begeistert. »Und Sie haben sich hier ohne weiteres eingewöhnen können?«

»Ja und nein. Aber ich muß nun umkehren.« Ganz plötzlich hat sie ein schlechtes Gewissen. »Es wäre mir lieber, wenn Sie mich bei den ersten Häusern allein lassen würden.«

»Selbstverständlich, ganz wie Sie wünschen.«

»Fassen Sie es nicht falsch auf. Aber in so einem Dorf hat der Tratsch schnelle Füße.«

»Das weiß ich selbst zur Genüge. Aus allem Schönen machen die Menschen etwas Häßliches.«

Gina reicht ihm nun die Hand.

»Gute Nacht, Herr Ingenieur!«

»Recht, recht angenehme Ruhe! Merkwürdig, die Zeit mit Ihnen ist mir wie im Fluge vergangen. Es wird sich wohl kaum ermöglichen lassen ... Nein, nein, ich will nicht unbescheiden sein. Aber morgen abend hätten Sie wohl nicht eine Viertelstunde Zeit?«

Gina sieht lange zum Gitterwerk der funkelnden Sterne hinauf, als erwarte sie von dort oben die Antwort, was sie tun soll.

»Nein, wo denken Sie hin!« sagt sie dann. »Das muß immer reiner Zufall sein, wenn wir uns begegnen. Nochmals gute Nacht!«

Mit schnellen Schritten eilt sie von ihm fort. Wie angewurzelt bleibt Forster stehen, hört auf die klappernden Schritte, die dann plötzlich verstummen. Eine Haustür fällt irgendwo ins Schloß. Dann ist es wieder ganz still, und nur das Lärmen der zechenden Bauarbeiter aus dem Wirtshaus ist zu hören.

Selbstgefällig richtet sich Engelbert Forster in den Schultern auf. Als erfahrener Schürzenjäger hat er bereits erkannt, daß sein altes Märchen von der verunglückten Paula Peters auch hier einen gewissen Eindruck gemacht hat, und er müßte sich schon schwer täuschen, wenn der »Zufall« dieses Mädchen morgen abend nicht wieder auf die Straße wehen würde. Notfalls weiß er ja auch, wo sie wohnt, und eine Ausrede, dort vorzusprechen, läßt sich immer finden.

Beim Hirschwirt benützt er jetzt den hinteren Eingang, um in sein Zimmer zu kommen, weil er keine Lust mehr verspürt, der Wally zu begegnen.

Fernab von Torwalden liegt Elisabeth Mang hellwach in ihrem kleinen, freundlichen Mansardenzimmer. Die Hände hinter dem Kopf verschränkt, liegt sie regungslos da und schaut gegen die Decke. Das Zimmer ist nicht ganz dunkel, weil das Licht einer Straßenlampe hereinfällt, und man kann die einzelnen Gegenstände unterscheiden.

Elisabeth muß immer an Markus Larasser denken, den sie mit der ganzen Kraft ihres jungen Herzens liebt. Aber sie ist so einsam mit ihrer Liebe, weil der Mann ihr so unendlich ferne bleibt. Nicht die räumliche Ferne ist damit gemeint, sondern die betonte Zurückhaltung, mit der er ihren Besuch hingenommen hat. Natürlich hat er nicht wissen können, daß sie diesen Weg heute nur gemacht hat, weil sie von einer namenlosen Sehnsucht dazu getrieben worden ist. Seit sie Markus Larasser zum erstenmal im Landratszimmer gesehen hat, ist es mit ihrer Ruhe vorbei. Gerade wegen dieser Ruhe und Ausgeglichenheit ihres Wesens aber hatte der Landrat sie aus einem der vielen Zimmer herausgenommen und zu seiner Sekretärin bestimmt.

Mit jeder Faser ihres Herzens hat sie die leidenschaftliche Abwehr erlebt, mit der Markus gegen den Plan des Stausees gekämpft hat. So gerne hätte sie ihm gewünscht, daß er in dem ungleichen Kampf Sieger geblieben wäre, denn was ihr noch nie im Leben passiert ist, in den Mann hat sie sich in den ersten Minuten schon rettungslos verliebt. Das kann aber bei ihr nur echte Liebe sein, weil sie niemals vorher einem Manne nahe gewesen ist.

Ihr Leben ist bisher in ruhigen Bahnen verlaufen. Es ist kein ängstliches Warten in ihren Tagen und Nächten gewesen, ob wohl der schicksalhafte Gefährte einmal kommen oder nicht kommen wird. Nicht die leiseste Verzagtheit ist je in ihr aufgekommen, ob sie wohl allein durch das Leben gehen müßte. Nein, sie wird von ihrem Beruf voll und ganz ausgefüllt. Sie steht mit festen Füßen im Leben, kann sich an allem Schönen freuen und ist immer zuversichtlich.

Vierundzwanzig Jahre hat sie nun alt werden müssen, um zu erleben, wie es ist, wenn das Herz von einem plötzlichen Sturm erfaßt wird. Seitdem empfindet sie das Dasein im Amt wie eine Fron. Wohl gibt sie sich alle Mühe, ihre Gedanken an diesen Mann als unsinnig zu erkennen, und sie sagt sich selbst oft genug vor, daß sie auf eine falsche Spur geraten ist. Aber die Sprache ihres Herzens ist viel stärker. Immer wieder überfällt sie die Sehnsucht und das Heimweh nach diesem Mann, ohne daß sie darüber hätte mit jemandem sprechen können, denn sie lebt still für sich und hat unter den Kolleginnen im Amt keine Freundinnen.

Dann hat Elisabeth den Bericht der Abstimmung in Torwalden in die Hände bekommen, zu dem Markus Larasser in seiner kargen Art nur hinzugefügt hat, daß die Abstimmung dieses Ergebnis gezeitigt habe. Aber sie hat zwischen den Zeilen lesen können, wie dabei sein Herz geblutet haben muß. Und nicht nur sie hat das gefühlt, sondern auch der Landrat, der hernach eine ganze Weile zum Fenster hinausgesehen hat. Dann hat er sie angeschaut und sie gefragt:

»Haben Sie das gelesen, Fräulein Mang? So froh ich über diesen Beschluß bin, um dieses Larassers willen tut er mir leid. Der Mann hätte eine andere Abstimmung verdient.«

Jetzt war sie fest entschlossen, einmal nach Torwalden hinauszufahren, um nach dem Mann zu sehen, der in seinem Vertrauen so bitter enttäuscht worden ist. In ihrer fast kindlichen Einfalt meinte sie, daß er einen Trost brauche. Und sie ist bereit gewesen, ihm zu sagen, daß er an sie glauben dürfe, daß sie zu ihm stehen würde, selbst wenn alle anderen ihn verlassen.

Aber Markus Larasser hat sie gar nicht gebraucht. Sie ist mit ihm durch das Tal der sieben Sünden gegangen. Da hat er ihr erzählt, daß er im Herbst heiraten würde.

Elisabeth Mang hätte nun eigentlich wieder das ruhige und zuverlässige Mädchen der vergangenen Tage sein müssen, da sich ihr Traum zerschlagen hat. Aber sie ist es nicht mehr. Wenn sie sich auch tagsüber im Büro noch eisern in der Gewalt hat, in den Freistunden kann sie fast an nichts anderes denken als an den Mann, der mit ihr durch das Moor gegangen ist, und dessen Herzschlag sie einen Augenblick lang fühlen durfte, da er sie auffing, als sie stolperte.

Darum liegt sie auch jetzt hier hellwach und starrt gegen die Decke. Sosehr sich Elisabeth auch bemüht, nicht mehr an den Mann da draußen in Torwalden zu denken, immer wieder steigt sein Bild mit beschwörender Kraft vor ihr auf, fühlt sie seine Augen auf sich gerichtet. Selbst in ihre Traumwelt nimmt sie das Bild des Bürgermeisters von Torwalden ganz klar und unverwischt mit hinein. Sie weiß auch, daß sie mit dem Gedanken an ihn am Morgen wieder erwachen wird.

Drei Tage später.

Der Morgen strahlt von Licht und Sonne. Unentwegt rumpeln die schweren Lastwagen straßauf, straßab.

Die Straße ist nicht nur schlecht, sondern auch recht schmal, und der dunkelgrüne Mercedeswagen, der ebenfalls in Richtung Torwalden fährt, muß jedesmal mit den rechten Rädern in den Straßengraben, wenn ihm wieder ein Lastwagen begegnet.

Am Steuer des Mercedes sitzt der Chefingenieur Walter Baumann, ein Fünfunddreißiger, mit einem etwas blassen, aber gutgeschnittenen Gesicht und einer schmalen Narbe über der linken Wange. Neben ihm sitzt der Landrat Albrecht aus Murbach, der dem Chefingenieur die Gegend erklärt.

»Und hier«, sagt er soeben, »rechter Hand, zieht sich das Tal der sieben Sünden hin.«

Der Chefingenieur kann nur einen flüchtigen Blick hinüberwerfen, weil er auf die Straße achten muß.

»Das muß ich mir später einmal ansehen«, sagt er. »Wie haben sich die Torwaldner nun eigentlich geeinigt?«

»Nur etwa die Hälfte wird siedeln. Die anderen wollen abgelöst werden.«

»Wie steht jetzt die Sache mit dem Bürgermeister Larasser? Dr. Wilpert erzählte mir, daß dieser Mann der schärfste Gegner des Projekts sei. Und erst gestern hat mir meine Firma einen Bericht zugeleitet, nach dem Larasser unser Werk offenbar sabotieren will.«

»Das sollte mich wundern! Larasser ist ein anständiger Kämpfer und wird niemals zu unrechten Mitteln greifen.«

»Sehen Sie übrigens, Herr Landrat, von dem Gipfel da drüben aus — ich glaube, er heißt der Hohe Kran — habe ich mir das erstemal das Tal betrachtet und die ersten Berechnungen angestellt. Ich meine, es sei schon eine halbe Ewigkeit her.«

Walter Baumann fährt jetzt mit größerer Geschwindigkeit, und bald schon rollt der Wagen in Torwalden ein.

»Beim Gasthaus vorne müssen wir rechts hinauf«, sagt der Landrat. Nach kurzer Zeit hält das Auto mit scharfem Ruck vor der Haustür des Larasserhofes. Die beiden Herren steigen aus. Niemand läßt sich sehen. Nur ein paar Schwalben flattern aus der Haustür.

Walter Baumann, die gelbe Aktentasche unter dem Arm,

mustert aufmerksam die Gebäude und nickt zufrieden vor sich hin. Alles in dem Hof ist peinlich geordnet. Sogar der große Misthaufen ist sauber aufgerichtet wie ein Mauerwerk.

Jetzt erst kann man sehen, wie groß der Chefingenieur ist. Der gutsitzende hellgraue Straßenanzug bringt seine schlanke Figur richtig zur Geltung. Sein Haar ist hellblond und in der Mitte gescheitelt. Graue scharfe Augen nehmen jeden Gegenstand kritisch wahr. Mund und Kinn sind von harten Linien gezeichnet und deuten auf eine große Willensstärke hin.

In diesem Augenblick tritt Therese Larasser aus dem Haus. Walter Baumann schaut mit leichter Verwunderung auf ihre hohe Gestalt. Nur für Sekunden streifen ihre dunklen Augen sein Gesicht. Dann geht sie auf den Landrat zu und begrüßt ihn.

»Donnerwetter«, lacht Landrat Albrecht und schüttelt herzlich ihre Hand. »Sie werden immer hübscher! Wir haben uns eine lange Zeit nicht mehr gesehen. Übrigens — wenn ich vorstellen darf —, das ist Chefingenieur Baumann — Fräulein Larasser.«

Wieder geht Thereses Blick nur flüchtig über das Gesicht des Chefingenieurs. Ihr Mund öffnet sich zu keinem Lächeln, und sie sagt auch nicht, daß sie sich freue, den Chefingenieur kennenzulernen.

Schön wie ein Standbild, denkt Walter Baumann. Aber auch genauso kalt wie ein solches.

»Wir hätten gerne Ihren Bruder gesprochen«, fährt der Landrat fort.

»Markus ist auf dem Acker draußen«, antwortet Therese. Dann dreht sie sich mit einem Ruck um, so daß der weite Rock ein Rad schlägt, geht in den Flur und zieht den Glokkenstrang. Hell gibt die Dachglocke in dreimaligem Absetzen das verabredete Zeichen, daß der Bürgermeister sofort nach Hause kommen soll. Dann geht Therese wieder hinaus.

»Er wird gleich kommen.«

»Danke für die Bemühung«, sagt Baumann und legt seine Aktentasche auf die Hausbank.

Ein leiser spöttischer Zug ist plötzlich um Thereses Mund. Denkt der Mann vielleicht, daß sie sich seinetwegen bemüht hat? Eine feindselige Stimmung gegen ihn steigt gleich in ihr auf, und sie fragt:

»Sie sind also der Mann, der hier die gesamten Arbeiten leitet?«

»Das läßt sich nun einmal nicht ändern«, antwortet Walter Baumann.

»Und — nach Ihren Plänen entsteht das Werk?«

»Allerdings.«

»Nach Ihrem Willen also wird das Dorf in den Fluten versinken.«

Baumann betrachtet sie jetzt aufmerksamer. Instinktiv spürt er von dieser Frau die Feindschaft, die ihm hier entgegenschlägt.

»Nicht nach meinem Willen, sondern nach einem Regierungsbeschluß. Ich bin auch nur ausführendes Organ. Wäre ich es nicht, stünde eben ein anderer an meiner Stelle.«

»Das mag sein. Aber Sie dürfen versichert sein, daß Sie in Torwalden nicht willkommen sind.«

Amüsiert lächelt Walter Baumann.

»Das sieht ja verdammt nach Feindschaft aus.«

»Nennen Sie es, wie Sie wollen. Sympathie ist es auf keinen Fall.«

»Das tut mir außerordentlich leid, Fräulein Larasser. Aber vielleicht läßt sich das doch ändern.«

»Da können Sie lange warten«, entgegnet Therese und geht ins Haus.

Walter Baumann lacht. »Die hat Haare auf den Zähnen!

Schade, bei soviel Schönheit. Vermutlich weiß sie gar nicht, wie schön sie ist.«

»Sollte es wirklich eine Frau geben, die das nicht weiß?« zweifelt der Landrat. »Aber da kommt ja schon der Larasser.«

Mit leiser Verwunderung sieht der Chefingenieur der kraftstrotzenden Gestalt entgegen und stellt sofort die Ähnlichkeit der Geschwister fest. Markus trägt heute eine etwas abgeschabte kurze Lederhose und schwergenagelte Schuhe. Die Ärmel seines Hemdes sind hochgekrempelt, aber im Näherkommen zieht er sie über die braungebrannten Arme herunter und knöpft sie zu.

Nach der Begrüßung bittet er die Herren, mit ins Haus zu kommen, und öffnet die Tür der guten Stube, die sonst nur bei besonderen Anlässen und an hohen Festtagen benützt wird. Wieder ist Baumann angenehm berührt von der peinlichen Sauberkeit, die hier überall herrscht. Die weißen Wände sind mit Bildern und Hirschgeweihen bedeckt. Um das Eckfenster, vor dem der große blankgescheuerte Tisch mit den geschnitzten Stühlen steht, rankt sich kleinblättriger Efeu, der sich bis in den Herrgottswinkel hinaufzieht.

»Was darf ich den Herren jetzt anbieten?« fragt Markus. »Most oder Milch?«

»Danke, ich möchte vorerst nichts trinken«, antwortet Baumann. »Wollen wir zunächst einmal das Geschäftliche erledigen? Es ist mir bekannt, Herr Bürgermeister, daß Sie dem Kraftwerkbau ablehnend gegenüberstehen.«

»Wundert Sie das?«

»Nein, eigentlich nicht. Ich kenne und schätze Ihre Beweggründe, Herr Bürgermeister. Aber man muß sich eben mit den Tatsachen abfinden.«

»Habe ich auch bereits getan.«

»Wirklich? Es würde das niemanden mehr freuen als

mich. Es ist mir heute bereits einmal gesagt worden, daß ich hier mit keinerlei Sympathien rechnen dürfe.«

»Wahrscheinlich hat das Therese gesagt«, lacht Markus. »Machen Sie sich nichts daraus; meine Schwester ist eben einmal so.«

»Ich werde sie so nehmen, wie sie ist. Vor allem lege ich größten Wert auf eine gute Zusammenarbeit mit Ihnen, Herr Bürgermeister. Ich weiß, daß es Reibungen geben wird. Wollen wir doch beide versuchen, die Dinge immer objektiv zu prüfen und zu bereinigen. Wenn Sie nun irgendwelche Wünsche haben, Herr Bürgermeister, sprechen Sie sich ruhig aus. Wenn ich Ihnen behilflich sein kann, tue ich es von Herzen gerne.«

Angenehm berührt von dem ruhigen, freundlichen Ton, schaut Markus sein Gegenüber offen an. Dann wendet er sich an den Landrat.

»Es müßte sofort eine Verfügung herausgegeben werden, daß um zehn Uhr Polizeistunde ist. Gestern ging der Lärm beim Hirschwirt bis weit nach Mitternacht.«

Der Landrat nickt und verspricht, dies sofort zu veranlassen.

»Ich bin auch dafür«, pflichtet der Chefingenieur bei. »Im übrigen wird sowieso bei uns eine Werkkantine eingerichtet. Ich weiß aus Erfahrung, daß es besser ist, wenn die einheimische Bevölkerung mit den Arbeitern so wenig wie möglich in Berührung kommt. Wenn erst einmal alle zweitausend Mann da sind . . .«

»Wieviel?« fragt Markus erschrocken.

»Zweitausend.«

»Armes Torwalden!« flüstert Markus.

»Ich verstehe Sie vollkommen, Herr Bürgermeister, und begreife Ihre Bedenken und Ihre Sorgen. Da es aber nun einmal nicht mehr zu ändern ist, glaube ich, daß es besser ist, wenn alles schnell und zügig vorangeht. Mir ist ja auch ein Termin gestellt worden. Wenn Sie Arbeitskräfte haben, stelle ich sie sofort ein.«

»Hier ist überwiegend Landwirtschaft, und die Leute sind vollauf beschäftigt.«

Langsam und umständlich zündet sich Walter Baumann eine Zigarette an. Dann sagt er:

»Nun hätte auch ich einen kleinen Wunsch, Herr Bürgermeister. Es steht Ihnen natürlich frei, ihn abzulehnen. Aber da Sie als einziger Telefon im Hause haben, wäre es für mich am günstigsten, wenn ich hier bei Ihnen wohnen könnte.«

Markus blickt überrascht auf. Offenbar hat er das nicht erwartet.

»Das fällt nicht in mein Ressort. Dafür ist meine Schwester zuständig.«

»Bei dieser Antipathie gegen mich habe ich da wenig Hoffnung.«

»Na ja, wir wollen einmal sehen, was sie sagt.« Markus steht auf und klopft gegen die Rückwand beim Ofen. Unmittelbar darauf erscheint Therese.

»Der Herr Chefingenieur hätte gern ein Zimmer bei uns, Therese.«

Beide Fäuste in die Hüften gestemmt, steht Therese da. Auf ihrer Stirn sind dünne Falten des Nachdenkens oder wahrscheinlich des Unwillens, weil es bei einem Haus mit sechzehn Zimmern gar keines Nachdenkens bedarf. Dann sagt sie ablehnend:

»Es tut mir leid; es geht nicht.«

Um die Lippen des Chefingenieurs spielt ein kleines Lächeln. Zu deutlich hat er jetzt ihre ablehnende Haltung empfunden. Aber er betrachtet es nicht als eine Kränkung, sondern eher wie etwas Erheiterndes. Eine kleine Feindschaft wird ihm hier angeboten. Als Gegendosis wäre vielleicht etwas Ironie zu setzen. Auf keinen Fall geht es an, daß man dasteht wie ein gescholtener Knabe, der von einer Verlegenheit in die andere taumelt.

»Daß es Ihnen leid tut, Fräulein Therese, das glaube ich nicht. Daß es nicht geht, davon bin ich überzeugt. Schätzungsweise dürfte das Haus ein gutes Dutzend Zimmer haben. Da Sie ja wahrscheinlich eine stattliche Zahl Kinder haben, verstehe ich vollkommen, daß Sie mich nicht aufnehmen können.«

Brennende Röte bedeckt Thereses Gesicht. Noch nie ist sie so verlegen gewesen wie in diesem Augenblick. Der spöttische Ton hat sie völlig unerwartet getroffen. Besonders die Frechheit von der stattlichen Kinderzahl! Sollte dieser Mensch nicht wissen, daß sie unverheiratet ist? Angestrengt sucht sie nach einer Antwort, die nicht weniger spöttisch sein soll. Da sagt der Ingenieur schon:

»Ich möchte mir nur zu bemerken erlauben, daß ich an sich ein sehr bescheidener Mensch bin. Meine Ansprüche sind sehr minimal, und vielleicht ließe sich doch noch ein kleiner Bretterverschlag auf dem Dachboden finden, wo ich nachts mein müdes Haupt zur Ruhe betten kann. Frühstück muß nicht unbedingt dabei sein. Zur Not bereite ich es mir selbst, und tagsüber werde ich mich befleißigen, Ihnen sowenig wie möglich vor das Gesicht zu treten. Selbstverständlich würde ich auch für den Bretterverschlag gerne bezahlen, was verlangt wird.«

»Wir sind auf die paar Mark nicht angewiesen«, erwidert Therese spitz.

»Das glaube ich Ihnen aufs Wort. Sie sehen nämlich nicht so aus, als ob Ihnen die Not des Lebens schon einmal begegnet wäre. Im übrigen war es auch nur eine Frage, und ich werde mich eben anderswo umsehen.«

»Nein, nein, es wird schon gehen«, schaltet sich jetzt Markus ein.

Betroffen schaut Therese ihn an, als wollte sie sagen: Ich

verstehe dich nicht mehr, Bruder. Markus aber tut so, als sähe er ihre Blicke nicht, und spricht weiter:

»Wie ist es, Therese? Können die Herren bei uns zu Mittag essen?«

»Wenn sie mit dem vorliebnehmen wollen, was bei uns so auf den Tisch kommt.«

Walter Baumann will schon dankend ablehnen, aber da schaltet sich Landrat Albrecht ein:

»Nur nicht so bescheiden, Fräulein Therese! Ihre ausgezeichnete Küche kenne ich von früheren Besuchen!«

Im selben Augenblick hört man draußen im Flur polternde Schritte. Die Tür wird aufgestoßen, und mit zornrotem Gesicht tritt Engelbert Forster über die Schwelle.

»Herr Bürgermeister —« Er kann nicht mehr weitersprechen, weil der Chefingenieur, den er jetzt erst sieht, ihn unwillig anfährt:

»Forster, was fällt Ihnen ein? Ohne anzuklopfen rennen Sie hier herein und schreien, als ob die wilde Meute hinter Ihnen her wäre. Nehmen Sie gefälligst Ihren Hut ab!«

»Entschuldigen Sie, Herr Chefingenieur! Aber das geht nicht mehr mit rechten Dingen hier zu. Gestern schon wurde einer unserer Arbeiter durch einen Stein verletzt und heute soeben wieder einer. Der Stein traf ihn mitten ins Gesicht, so daß er blutüberströmt zusammenbrach.«

»Ja und? Ist die sanitäre Station noch nicht eingerichtet?«

»Das schon. Aber das kann doch nicht so weitergehen.«

»Ich verstehe nur nicht, was der Bürgermeister dabei tun soll? Haben Sie noch nie etwas von Steinschlag gehört?«

»Das ist kein Steinschlag, Herr Chefingenieur. Das sind wohlgezielte Würfe aus dem Hinterhalt.«

Markus und Therese wechseln einen Blick. Sie haben in dieser Sekunde wohl beide den gleichen Gedanken. Dann geht Therese hinaus.

»Ich weiß nicht, Forster, ob Sie nicht wieder einmal Gespenster sehen. — Bis wann stehen die Baracken drei und vier?«

»Heute abend wird Baracke vier fertig.«

»Aber hören Sie zu, Forster! Ich will nicht, daß die Leute abends im Dorfwirtshaus sitzen und saufen. Sorgen Sie dafür, daß die Werkkantine schnellstens eingerichtet wird! Wurstwaren und Bier können meinetwegen vom hiesigen Wirt bezogen werden, sofern er uns anständige Preise macht. Tja — was wollte ich jetzt noch sagen? Suchen Sie auch einen trockenen Ort für die Lagerung der Dynamitkisten!«

»Ich glaube, ich habe einen geeigneten Platz dafür gefunden.«

»Gut! Morgen früh treffen die vier großen Bagger ein. Zwei davon werden an der Südflanke angesetzt. Im übrigen bitte ich Sie dringend, für ein reibungsloses Nebeneinanderleben unserer Arbeiter mit der hiesigen Bevölkerung zu sorgen. Ich meine das nicht nur in Ihrem persönlichen Interesse, Forster. Sie verstehen mich!«

»Jawohl, Herr Chefingenieur«, antwortet Forster und geht rückwärts zur Tür hinaus.

»Ein tüchtiger Bauleiter, aber ein leichtsinniger Bursche!« bemerkt Walter Baumann. »Er hat eine schwache Seite für die Mädels. Einmal haben ihn Dorfburschen schon halbtot geprügelt. Trotzdem kann er es nicht lassen. — Wenn Sie Interesse haben, Herr Bürgermeister, so möchte ich Ihnen jetzt den Plan des Gesamtprojektes zeigen.«

»Er interessiert mich, ja. Aber er hätte mich schon früher interessiert.«

Baumann überhört die Spitze und breitet die Zeichnungen aus. Da der Tisch dazu bei weitem nicht reicht, wird der Boden zu Hilfe genommen. Markus läßt sich jede Einzelheit erklären. Ginge es nicht um sein Heimatdorf, wahrhaftig, er hätte sich hell begeistern können an der Kühnheit der Entwürfe. Unwillkürlich drängt sich ihm eine gewisse Hochachtung auf für den Mann, der der Schöpfer des gigantischen Planes ist. Baumanns ruhige Stimme und die Art seines Vortrages tragen dazu bei. Markus bedauert es fast, daß Therese nun hereinkommt, um den Tisch zu dekken. Gleich darauf erscheint Loni, die Magd, mit der dampfenden Suppenschüssel. Sie stellt sich dann vor dem Tisch auf, schlägt das Kreuzzeichen und haspelt ein Tischgebet herunter, von dem der Landrat nur wenig und der Chefingenieur gar nichts verstehen. Weit besser ist schon Thereses Dankgebet nach dem Essen. Mit ruhiger, klarer Stimme spricht sie:

»Dir sei, o Gott, für Speis und Trank,
für alles Gute Lob und Dank.
Du gabst, Du wirst auch immer geben,
Dich preise unser ganzes Leben. Amen!«

Aber der Chefingenieur Walter Baumann nimmt den Text nur halb in sich auf, weil er sich mehr dem Klang dieser tiefen Stimme hingibt.

Zwei Stunden später fahren die beiden Herren wieder weg. Baumann bemüht sich vergeblich, Therese noch einmal zu sehen. Sie wird einfach nicht mehr sichtbar. So kann er weiter nichts tun, als dem Bürgermeister zu sagen, er möchte seiner gestrengen Schwester seinen aufrichtigen Dank übermitteln für die Mühe, die sie mit ihm gehabt habe.

Nun ist die Ruhe von Torwalden endgültig dahin. Mitten an einem Nachmittag zerreißt mit riesigem Krach die Stille. Die Menschen auf den Feldern sehen erschrocken zur

Felswand des Hohen Kran auf, wo ein graublauer Rauchpilz steht und langsam in die Höhe zieht.

Die erste Sprengung hat stattgefunden. Jetzt hängen den ganzen Tag über die Geräusche in der Luft. In den Wäldern kreischen die Motorsägen. Ganze Hänge werden kahlgelegt. Um den weiten Transportweg über einen vorspringenden Bergkessel von der Süd- zur Nordseite zu ersparen, wird soeben ein Tunnel gesprengt. Mitunter zerreißt der schrille Pfiff einer kleinen Lokomotive die Stille. Überall entstehen Schutthalden, Baracken und Gleisanlagen. Wie Ameisen wimmeln die Menschen an den Hängen umher. Und jeden Tag kommen mehr. Blasius wird mit seiner Herde immer weiter verdrängt. Er muß schon bald auf den Wiesen beim Dorf weiden. Er leidet unter dem Einbruch in die Stille seiner Welt am meisten. Er kann nicht mehr hoch droben auf einer Almwiese liegen und ins Tal hinunterschauen.

»He, du Idiot, troll dich gefälligst!« ruft ihm der Mann in den Schaftstiefeln zu, von dem Blasius weiß, daß er beim Hirschwirt wohnt. Therese hat ihm zwar gesagt, daß er nicht mehr mit der Steinschleuder im Wald umherschleichen soll. Aber Blasius trägt seine Steinschleuder trotzdem verborgen unter seinem Hemd und sucht sich in einem ausgetrockneten Bachbett besonders scharfe Steine für den Menschen, der sich hochmütig Ingenieur nennt und nur Bauführer ist.

Ja, Therese hat Blasius davon abzubringen gewußt, daß er mit seiner Steinschleuder Jagd auf ahnungslose Menschen macht. Nicht deswegen, weil ihr diese Menschen plötzlich besonders am Herzen gelegen wären. Aber es sind zu viele, und einmal würden sie ihn doch auf frischer Tat ertappen. Dann würde es ihm schlecht ergehen.

Am Tag der ersten Sprengung erhält der Bürgermeister Larasser einen freundlich gehaltenen Brief des Chefingenieurs Walter Baumann, worin er ihm mitteilt, daß er morgen endgültig nach Torwalden komme. Er möchte ihm doch behilflich sein, ein geeignetes Zimmer zu finden, wenn es wirklich nicht möglich sein sollte, bei ihm zu wohnen. Das Telefon müßte dann eben eingerichtet werden.

Mit dem Brief geht Markus in die Küche zu Therese.

»Da — lies einmal!«

»Ja — und?« fragt sie und gibt nach einer Weile den Brief zurück.

»Ich denke, daß wir Platz hätten, Therese.«

Kaum merklich schiebt sich ihre Unterlippe vor.

»Es geht nicht um den Platz, Bruder. Er ist unser Feind, denn er wird Torwalden vernichten.«

»Wenn er es nicht ist, dann eben ein anderer. Aufhalten können wir es nicht.«

»Vor ein paar Wochen hattest du noch andere Ansichten.«

»Jawohl, ich hatte sie. Aber du weißt ja, wie sie mich alle im Stich gelassen haben. Wie soll ich allein mich noch gegen das Unabänderliche wehren?«

»Allein bist du nicht, Markus. Du weißt, daß ich immer zu dir stehe.«

»Das weiß ich, Therese. Aber was sind zwei gegen zweitausend? Und — wenn ich ehrlich bin, mir hat der Chefingenieur gar nicht schlecht gefallen.«

»Geht gerade noch ab, daß du ihm deine Freundschaft anbietest.«

»Das wäre zuviel«, lächelt Markus. »Aber er ist auch ein Mensch mit Aufgaben und Pflichten. Ich denke, daß du ihm das Balkonzimmer oben geben könntest.«

»Wenn du meinst. Wohl fühlen wird er sich ja kaum; das kann ich dir heute schon sagen.«

»Ist er dir so zuwider?«

»Ja, bis in die Seele hinein.«

Damit ist das Gespräch beendet. Therese gibt der Magd den Auftrag, das Balkonzimmer herzurichten.

Als Baumann am andern Tag in den Hof fährt, ist Therese nicht anwesend. Markus weist ihm einen Platz im Schuppen an, wo er das Auto unterstellen kann. Sie einigen sich auch darüber, daß auf dem Larasserhof noch ein kleines Büro eingerichtet wird, in dem der Buchhalter, ein älterer Mann, ungestört arbeiten kann. Im Austragshäusel ist genügend Platz dafür.

Nachdem Walter Baumann von der Loni in das Balkonzimmer hinaufgeführt worden ist, merkt er hellhörig die Absicht der schönen Therese Larasser, die es wahrscheinlich unter ihrer Würde findet, ihn zu begrüßen und ihm das Zimmer zu zeigen. Er sieht sie auch nicht, als er eine Viertelstunde später den Hof verläßt und bergwärts geht.

Nun erst beginnt das vielfältige Schaffen, einem einheitlichen Willen zu gehorchen. Hoch droben, etwas abseits von einer Baracke, ist Baumanns Arbeitsraum aufgeschlagen, eine kleine Bretterhütte mit einem großen Fenster, durch das er einen weiten Blick über die Landschaft hat. Einen großen Teil der Arbeiten kann er von hier aus übersehen. Fernsprechkabel laufen von allen größeren Arbeitsstellen aus auf diese Zentrale zu.

Sofort merkt auch die Belegschaft, daß der Chefingenieur jetzt da ist. Ganz plötzlich und völlig unerwartet taucht er bald da, bald dort auf, prüft mit kritischen Blicken, spendet zuweilen karges Lob und tadelt scharf, wenn er irgendeine Schlamperei entdeckt. Eine gewaltige Symphonie der Arbeit erfüllt den ganzen Talkessel.

Bescheiden und still dagegen ist die Arbeit, die im Dorf drunten nun einsetzt. Das erste Heu wird gemäht, während der Notar mit seinem Gehilfen von Hof zu Hof zieht, um die Verkaufsurkunden rechtskräftig zu machen. Der Pointner ist der erste, der seinen Hof verkauft hat, und er überlegt sich bereits, ob er das Heu überhaupt noch einfahren soll. Der Hof gehört ja nun nicht mehr ihm, sondern dem Staat. Soll er Knecht sein auf einem fremden Hof?

Das ganze Dorf gerät ein wenig in Unordnung. Hundertjährige Überlieferungen verlieren nun plötzlich ihre Gültigkeit. Der Anderlpeter kommt aus dem Wirtshaus überhaupt nicht mehr heraus. Selbst der Lehrer Schildhauer weiß nicht recht, ob es noch einen Sinn hat, mit den Kindern das Lied »Teure Heimat« zu singen, weil das Bild der Heimat in ein zwiespältiges Licht geraten ist. Unverändert ist nur das morgendliche Bild geblieben, wenn Blasius mit seinem Flötenspiel die Herde aus dem Dorf treibt. Er ist allerdings ein gestürzter König, weil er nicht mehr hin darf, wo er will, und weil man ihm sogar verboten hat, sich mit der Steinschleuder gegen die Eindringlinge zu wehren. Bloß den einen will er sich nicht auskommen lassen, den mit den Schaftstiefeln, der ihn immer nur Idiot nennt und vor den saftigen Weidegründen steht.

Damit er keine Gelegenheit für seine Rache versäumt, treibt sich Blasius jetzt auch nachts herum. Einmal hätte er den Forster schon so schön im Visier der Schleuder gehabt, aber da ist ein Mädchen recht nahe bei dem Mann gestanden, und — das war Gina!

Eine ungeheuerliche Entdeckung! In den wenigen Minuten, wenn der Wahnsinn ihn verläßt, begreift Blasius vollkommen, was hier vor sich geht und was da einem andern angetan wird. Vielleicht wird nun der andere, der zwar auch viel von seiner Macht verloren hat, das Werk seiner Rache vollbringen.

Darum wirft Blasius wieder einmal nach langer Zeit kleine Steinchen an Thereses Fenster und gibt ihr durch Gebärden zu verstehen, daß er ihr etwas Wichtiges mitzuteilen habe.

Von Blasius geführt, sieht Therese hinter einem Fliederbusch versteckt ein Schauspiel, das sie erröten läßt. Gina liegt in den Armen eines fremden Mannes. Ihre Arme haben seinen Hals umschlungen. Zwischen den Küssen perlt ihr helles Lachen auf, leise zwar, aber doch so, daß man den gedämpften Jubel spürt, mit dem sie sich dem Abenteuer hingibt. Blasius zieht die Steinschleuder unter seinem Hemd hervor; doch Therese umfaßt mit festem Griff sein Handgelenk und zischt ihm zu:

»Laß es!«

»War da etwas?« fragt Gina und wendet den Kopf.

»Nur der Wind in den Zweigen«, antwortet der Mann, den nun auch Therese als den Bauführer Forster erkennt. Dann zieht er Gina wieder an sich.

Von Ekel und Zorn übermannt, wendet sich Therese ab und geht auf die Straße hinaus. Wie ein Schatten huscht Blasius neben ihr her.

»Und grad busselt haben s', grad busselt!« kichert er. »Gestern schon und heute. Hättest mich meinen Stein werfen lassen sollen. Das ist der Teufel, der mich überall vertreibt.«

»Wir zwei haben da nichts abzurechnen«, sagt Therese. »Das bleibt einem anderen überlassen. Einem, der an die Treue dieses Weibes geglaubt hat. Dafür wirft sie sich dem Nächstbesten an den Hals.«

»Bürgermeisterin wollte sie werden, hihihi! Eine schöne Bürgermeisterin! Aber bloß, weil die fremden Teufel daherkommen sind. Bei dir ist auch einer im Haus. Schaff mir's an, und morgen bin ich mit meiner Steinschleuder hinter ihm her.«

Therese schüttelt den Kopf.

»Nein, Blasius. Nützen kannst du niemand damit. Geh schlafen jetzt. Hör zu: Erzähle niemandem, was du heute gesehen hast! Ich werde das schon in Ordnung bringen. Gute Nacht!«

Sie duldet es, daß er ihre Hände länger als sonst festhält und streichelt. Dann schiebt sie ihn sanft von sich und geht ins Haus. Droben an der Tür des Bruders bleibt sie einen Augenblick stehen, um dann doch weiterzugehen. Warum soll sie ihm den Schlaf stören! Es hat bis morgen noch Zeit.

Als aber Markus am anderen Morgen vom Grasmähen zurückkommt, weiß er es bereits. Die Wally vom Hirschwirt ist, von Eifersucht geplagt, zu ihm auf die Wiese gekommen und hat ihrem bedrückten Herzen Luft gemacht.

»Ja, es ist so! Du mußt mich gar nicht so groß ansehen«, sagt sie und weicht einen Schritt zurück, weil er die Sense wegwirft und sich in den Schultern aufrichtet. In seinem Gesicht ist jeder Muskel gespannt.

»Du redest Unsinn, Wally. In deiner Eifersucht redest du Dinge, die nicht stichhaltig sind.«

»Alles kann ich beweisen, alles«, ruft sie mit jammerndem Ton. »Du mußt bloß selbst einmal in der Dunkelheit zum Jährlingszaun hinter dem Rotannerhof gehen. Dann siehst du es selber.«

Ganz plötzlich begreift er, daß Wally die Wahrheit spricht. Der Jammer ihres Herzens hat sie zu ihm getrieben. Langsam bückt er sich nach der Sense, wetzt sie und führt ein paar Streiche. Dann setzt er wieder ab.

»Warum sagst du mir das eigentlich?«

»Weil ich mir gedacht habe, du könntest mir helfen.«

»Ach so! Nein, da kann weder ich dir noch du mir helfen. Weißt du, man soll nie halten, was uns des Haltens nicht wert erscheint.«

Mit diesem Ratschlag weiß natürlich die Wally nichts anzufangen. Sie tut, was die meisten Mädchen in diesem Falle tun. Sie beginnt herzzerbrechend zu weinen.

Markus freilich kann nicht weinen. Es schüttelt ihn vor Grimm und Zorn über diese neue Enttäuschung. Er hat Gina geliebt wie keinen anderen Menschen. Aber nun ist ein Schatten über sein Glück gefallen und hat die Zukunft vernebelt.

Das Kinn auf den Sensengriff gestützt, sieht er der Wally nach, die mit eingezogenen Schultern über die Wiese davonschleicht.

Mit scharfem Ton zerreißt die Sirene die Stille des Morgens. Markus wendet den Kof und sieht zwischen den Waldschneisen graue, schmale Rauchsäulen aufsteigen, von den Baracken her. Mit lautem Gepolter zuckelt eine kleine Lok über das Rollgleis am Nordhang des Hohen Kran dahin und zieht eine Rauchfahne hinter sich her.

Schwer hängen die Wolken über dem Tal. Es wird Regen geben, denkt Markus, schultert seine Sense und geht heimzu, obwohl er ursprünglich die Absicht hatte, bis acht Uhr zu mähen.

Jetzt kommt es ihm vor, als sei auch er aus dem letzten Zipfel des Paradieses ausgewiesen worden. Wie kann das nur möglich sein! Gina soll ihn betrügen? Sie weiß doch, was sie ihm bedeutet! Manches hat er ihr nachgesehen, aber das könnte er ihr nie verzeihen.

Vielleicht ist alles ganz anders, denkt er dann wieder. Eine ganz harmlose Sache vielleicht nur, die sich klären läßt. Aber hat das Mädchen nicht gesagt, er möge nur selbst einmal bei Einbruch der Dunkelheit zur Jährlingsweide gehen? Was ist dann, wenn er hingeht und Gina wirklich mit einem anderen überrascht?

Er wird nicht hingehen, sagt er sich sofort. Es könnte sonst etwas geschehen, was nie wiedergutzumachen wäre. Wegen eines Mädchens, das die Treue bricht, stürzt ja auch die Welt noch nicht zusammen.

Am Hof angekommen, geht er in die Küche, wo ihm Therese sofort den Kaffee herrichtet.

»Ich dachte, du kämst erst später, Markus.«

»Ich will nicht so viel mähen, weil wahrscheinlich Regen kommt.«

Gedankenvoll schneidet er eine Scheibe Brot ab und bröckelt sie in die Schüssel. Jedem Brocken sieht er nach, wie er sich vollsaugt und dann auf der Oberfläche liegt. Da unterbricht Therese die Stille:

»Ich muß dir etwas sagen, Markus.«

Mit einem Ruck nimmt er den Kopf zurück und sieht ihr in die Augen.

»Es handelt sich ...«

»Um Gina! Ich weiß schon«, erwidert er schnell. »Aber ich glaube es noch nicht. Sie wird sich das überlegen, hinter meinem Rücken so etwas zu tun.«

»Wer hat es dir gesagt, Markus?«

»Die Wally vom Hirschwirt. Sie ist als Tratschmaul bekannt.«

»Und ich, Markus? Kennst du mich auch als Tratschmaul?«

Da senkt er den Kopf tief und murmelt vor sich hin:

»Also doch! Jetzt muß ich es glauben, wenn du es auch sagst.«

»Ich habe es mit eigenen Augen gesehen, Markus. Ich hätte es dir sonst nicht gesagt, weil du weißt, daß sie mir nie besonders nahegestanden ist.«

Er klemmt die Fäuste um die Tischkanten, daß die Knöchel weiß hervortreten. Zwischen seinen Brauen steht eine drohende Falte. Dann schüttelte er den Kopf.

»Das hätte ich nie erwartet. Wenn ich mit allem gerechnet hätte, nur mit dem nicht. Nach der letzten Gemeinderatssitzung habe ich immer gedacht, nun kann mich nie mehr etwas wundern. Das aber ist nun viel ärger. Weißt du, wer der Kerl ist?«

»Ja, Markus. Es ist dieser Forster, der beim Hirschwirt wohnt, du weißt schon ...«

Wütend springt er hinter dem Tisch auf.

»Was? Ausgerechnet der? Wenn mir der Kerl unter die Fäuste kommt, dann ...«

»... wirst du gar nichts tun, Markus«, beschwichtigt Therese ihn. »Du erniedrigst dich ja bloß. Wer hat denn die größere Schuld. Er oder sie?«

»Du hast recht, Therese. Sie muß wissen, was sie tut.« Mit der flachen Hand schlägt er sich vor die Stirn. »Kann man denn keinem Menschen mehr vertrauen? Kannst du dir das vorstellen, Schwester? Von mir weg läuft sie direkt in die Arme des andern hinein! Siehst du, dieser Gedanke ist mir der gräßlichste. Deshalb könnte ich sie schlagen!«

»Das wirst du nicht tun, Markus.«

»Nein, ich werde überhaupt nichts tun. Ich werde sie loben und sie bitten, daß sie wieder zurückkehrt zu mir!« schreit er wie von Sinnen.

»Hier gibt es nur eines, nämlich Verachtung«, sagt Therese. »Ich meine, es wird überhaupt so sein, Markus, daß du später einmal erst erkennst, wie du hier in die Irre gegangen bist.«

»Später, später?« stößt er zwischen den Zähnen hervor. »Ja, glaubst denn du, daß ich noch einmal zu einer Vertrauen haben könnte? Paß auf, die bringt es fertig und kommt heute abend wieder!«

»Damit rechne ich sogar, Markus«, antwortet Therese. Sie ist erschrocken über seine Wildheit. Nie hat sie gedacht, daß diese Liebe so tief in ihm sitzen könnte. Therese erkennt genau, daß nicht die verletzte Eitelkeit des Mannes aus ihm schreit, sondern die Verbitterung des Betrogenen.

»Ich will dir einmal etwas sagen, Markus. Gina ist dir nie Beglückung gewesen, sondern nur Bedrückung. Seit du sie kennst, bist du nicht mehr der freie, fröhliche Mensch gewesen.«

»Ach, was weißt du denn davon!« entgegnet er gequält

und schließt die Augen. »Ich glaube, an dieser Enttäuschung trage ich mein ganzes Leben.«

Ohne weiter zu frühstücken, geht er hinaus. In der Kanzlei wartet bereits der Weigl. Heute fragt Markus ihn zum erstenmal nicht, was es Neues gibt, weil er Angst hat, daß ihm auch der Weigl Ginas Treuebruch melden könnte. Aber der Weigl erzählt ihm ohne Auffordern, daß er soeben das Geld für sein Häusl bekommen hat und daß er wahrscheinlich schon in allernächster Zeit von Torwalden wegziehen wird, um sich in der Kreisstadt ein Haus zu kaufen.

»Richtig!« antwortet Markus. »Torwalden braucht sowieso bald keinen Gemeindediener mehr.«

Hernach, als er wieder allein ist, fragt Markus sich, ob es nicht auch das beste wäre, zu verkaufen und weit wegzuziehen. Was soll er denn noch hier? Jedesmal an seine Schmach erinnert werden, wenn er Gina sieht? Auch sonst hat er hier keine Aufgabe mehr zu erfüllen. Es gibt nichts mehr zu ordnen und zu planen. Niemand denkt mehr daran, die rückständigen Haus- und Grundsteuern zu zahlen. Der unaufhaltsame Niedergang Torwaldens klopft bereits an die Tür.

Bis zum Abend hat Markus sich äußerlich schon wieder etwas beruhigt. Wie es in seinem Innern aussieht, das freilich weiß nur er. Aber er wird sich in der Gewalt haben, und niemand darf erfahren, wie schwer es ihn getroffen hat. Inbrünstig wünscht er sich, daß Gina am Abend nicht kommen möge. Dieses Letzte sollte sie ihm wenigstens ersparen.

Aber als der letzte Ton der Abendglocke verhallt und die Dunkelheit schon schwer über dem Tal liegt, sieht er Gina den schmalen Fußweg daherkommen. Da es immer noch ein wenig regnet, hat sie ein dunkles Tuch um Kopf und Schultern geschlungen.

Er erwartet sie in der Stube. Er tut ihr nicht den Gefallen, auf ihr Klopfen hin hinauszugehen, sondern wartet, die Hände hinter dem Rücken verschränkt, mitten in der Stube stehend.

Wie eine Katze, denkt er, als sie lächelnd zur Tür hereinschlüpft, das Tuch von den Schultern nimmt und es achtlos auf die Bank wirft.

»So ein Wetter«, sagt sie und will ihm die Hand reichen. Er aber sieht sie nur mit gefurchten Brauen finster an.

»Was hast du denn?« fragt sie unschuldig.

»Du schämst dich also nicht und kommst noch einmal hier herein, während dein Liebhaber bei der Jährlingsweide auf dich wartet?«

Erschrocken weicht sie einen Schritt zurück.

»Oder«, fährt er schonungslos fort, »habt ihr einen anderen Treffpunkt ausgemacht, damit der Herr nicht im Regen stehen muß?«

Blitzschnell überlegt Gina, wie sie sich verhalten soll. Wer nur kann es ihm gesagt haben? Wer nur, wer? Doch immer noch ist sie sich sicher in dem Bewußtsein der Macht, die sie auf ihn ausübt. Lächelnd streicht sie sich ein paar nasse Haarsträhnen aus der Stirn und sagt:

»Mir scheint, da wird etwas geglaubt, was gar nicht wahr ist. Ach, Markus, sei doch nicht so kindisch!« Langsam geht sie auf ihn zu und schlingt ihre Arme um seinen Hals. Doch als sie ihren Mund dem seinen nahe bringen will, biegt er den Kopf zur Seite. Das trifft sie wie ein Schlag. Trotz erwacht in ihr; ihre Augen sprühen ein dunkles Licht. Noch nie ist sie ihm so schön erschienen wie in diesem Augenblick.

»Du hast dir also das für die Folgezeit so ausgedacht«, sagt er langsam und jedes Wort betonend. »Zuerst ein

Stündchen den langweiligen Markus und dann bis Mitternacht oder noch länger den anderen.«

Fassungslos starrt sie ihn an. Von dieser zynischen Seite kennt sie ihn nicht.

»Kannst du das behaupten?«

»Ja, ich weiß es. Wie und durch wen, das ist gleichgültig. Ich war ein Narr, daß ich dir geglaubt habe. Jetzt schäme ich mich, daß ich die gleiche Luft mit dir hier atmen muß.«

»Ach so! Dann kann ich ja gehen.«

»Es wäre besser gewesen, du wärest erst gar nicht gekommen. Bist du wirklich so dumm, daß du meinst, ich würde das nie erfahren?«

Da bricht es aus ihr heraus. Nein, sie hat gar nicht mehr die Absicht, etwas zu leugnen.

»Frag dich doch, wer die größere Schuld daran trägt! Den langweiligen Markus hast du dich eben genannt. Du hast recht! Du hast mir nichts zu erzählen gewußt als von deinem heißgeliebten Torwalden, von den Äckern und Wiesen! Gerade deswegen habe ich Torwalden hassen gelernt. So, nun weißt du es endlich, und suche nicht bei mir allein die Schuld!«

Mit großen Augen hat er sie angestarrt. Aller Zorn ist nun aus ihm gewichen. Mit großer Ruhe sagt er:

»Wenn du es so siehst, dann liegt die Schuld freilich bei mir, und es hat gar keinen Zweck, wenn wir noch weiterreden.«

»Ich stelle fest, daß es dir überhaupt nicht schwerfällt, mich aufzugeben.«

»Ja, soll ich denn versuchen, dich wieder mit meiner Langweiligkeit zu belasten! Ein gutmütiger Narr war ich, der auf deine schönen Augen vertraut hat. Geglaubt habe ich, daß ich ohne dich nicht leben könnte, und nun erkenne ich plötzlich, daß es sogar gut ist, nicht mit dir zu leben. Ich bin nur froh, daß es jetzt geschehen ist, da wir noch nicht verheiratet sind.«

Wieder lodert ihr Blick dunkel auf.

»Glaubst du denn, daß ich . . .«

»Ja, das glaube ich jetzt ohne weiteres. Wer zur Treue kein Talent hat, den stört auch nicht das Gesetz und der Segen.«

Mit einem Ruck dreht Gina sich um und rafft ihr Tuch an sich. Unter der Tür dreht sie sich noch einmal um.

»Vergiß nie, daß du es gewesen bist, der mich fortgejagt hat!«

»Ich werde es nie vergessen«, sagt Markus. Aber er spricht bereits zur geschlossenen Tür hin.

Nur einen kleinen Augenblick überlegt er, ob er nicht zu hart gewesen ist. Vielleicht wäre ein Verzeihen besser gewesen, ein hilfreiches Zurückführen auf den geraden Weg. Aber dann fallen ihm ihre Worte wieder ein. Sie hätte das von der Langeweile nicht sagen dürfen.

Jetzt noch steigt ihm die Schamröte ins Gesicht, wenn er an diese Worte denkt. Sie bewegen ihn schwer, und er fühlt sich dadurch bis ins Innerste getroffen. Schwermütig nickt er vor sich hin. Ja, seine Schuld besteht darin, daß er in Gina immer mehr hat sehen wollen, als wirklich dahintersteht.

Da hat er sich offenbar getäuscht. Denn dort, wo er in Ginas Augen das Reine zu sehen glaubte, sind ganz andere zuckende Blitze auf der Lauer gewesen. Wenn er bedenkenlos zugegriffen hätte, so wie der andere, dann wäre ihm wohl der Vorwurf der Langweiligkeit erspart geblieben.

Wenn es über das Dorf eine besondere Begebenheit zu beschreiben gibt, nimmt Markus immer das große, in Leder gebundene Buch und trägt mit seiner steilen Schrift gewissenhaft alles ein. Oft hat er die ganze Nacht hindurch geschrieben; denn immer ist er in einer glücklichen Stimmung, wenn er an der Dorfchronik schreibt. Jetzt aber, da er sein eigenes Lebensbuch aufschlagen soll, um auch diese Station seines Lebens getreulich aufzuzeichnen, fehlen ihm die Worte.

Mit schönem Klang läuten die Glocken von Torwalden zum Hochamt des Dreifaltigkeitssonntags. Die Kirche ist überfüllt, denn obwohl sich Pater Paulus bereit erklärt hat, um zehn Uhr beim Feldkreuz auf dem Bäckerhügel oben eine Feldmesse mit den vielen Arbeitern des Kraftwerkes zu feiern, haben sich doch eine ganze Anzahl von ihnen auch zum Hochamt eingefunden.

Pater Paulus mit seinem wallenden grauen Vollbart ist eine eindrucksvolle Erscheinung. Er sieht aus wie ein Patriarch aus dem Alten Testament. Er predigt heute über das Festgeheimnis der Heiligsten Dreifaltigkeit, weiß aber immer wieder auf dieses oder jenes alltägliche Ereignis anzuspielen, findet gute Vergleiche, und es kann durchaus sein, daß er die Rotanner-Gina meint, da er von der Einigkeit spricht und von der Treue der Menschen untereinander.

Unwillkürlich sucht Markus Larasser ihren Kopf unter der Menge der Frauen auf der anderen Seite. Er ist leicht zu finden mit seinem kupfergoldenen Glanz, über den die schillernden Seidenbänder des Hutes fließen. Wahrscheinlich wird Gina von Pater Paulus' Worten gar nicht berührt, denn als sie einmal das Gesicht leicht wendet, meint Markus einen trotzig-spöttischen Zug um ihren Mund wahrzunehmen. Oder weiß sie, daß er zu ihr herüberschaut, und will ihm zeigen, wie wenig ihr noch an ihm liegt?

Das hat sie jedoch sowieso bereits zur Genüge gezeigt. Sie tut sich keinen Zwang mehr an und geht am Abend mit dem Bauführer Engelbert Forster Arm in Arm durch das Dorf. Sie geht auch am Larasserhof vorbei und schmiegt sich noch enger an den Mann, wahrscheinlich in dem Glauben, daß Markus Larasser nichts anderes zu tun hat, als mit gebrochenem Herzen hinter dem Fenster zu stehen und ihr nachzusehen und zu überlegen, wie er es hätte besser machen sollen.

Zu geordneten Zeiten hätte ihr Verhalten in Torwalden zweifellos Ärgernis erregt. Jetzt aber hat jeder mit sich selbst zu tun. Das viele Geld hat die Köpfe verwirrt; die Leute benehmen sich großspurig; sie sprechen von einem besseren Leben in der Ferne und arbeiten auf ihren Feldern nur noch widerwillig das, was sie zuerst mit Liebe getan haben.

Verwirrt konzentriert Markus seine Gedanken wieder auf die Predigt. Aber da kommt Pater Paulus gerade zum Schluß; er hebt seine schmale Hand segnend über die Menge und sagt:

»Darum seid einig — im Namen des Vaters, des Sohnes und des Heiligen Geistes, Amen!«

Markus wartet nach dem Hochamt am Larassergrab auf Pater Paulus; denn solange er denken kann, ist es Brauch gewesen, daß der jeweilige Geistliche hernach das Frühstück auf dem Larasserhof einnimmt. Therese deckt zu diesem Zweck den Tisch in der guten Stube besonders schön. Sehr wohltuend empfindet das der Chefingenieur Walter Baumann, und er kann es sich nicht verkneifen, Therese ein Lob zu spenden.

»Das ist aber nett«, lächelt er und reibt sich voll Vorfreude die Hände.

»Womit habe ich mir denn das verdient, daß Sie mir heute den Tisch so freundlich decken?«

Therese fährt mit dem Gesicht herum. Seit er hier ist, begegnet sie ihm erst zum zweitenmal im Haus.

»Glaubt der Herr Chefingenieur vielleicht, das sei für ihn?«

»Das habe ich allerdings angenommen. Entschuldigen Sie vielmals!«

»Ihre Milch steht draußen in der Küche«, antwortet sie schroff.

»Ja, danke! Und nochmals Entschuldigung! Entschuldigen Sie bitte überhaupt, daß ich auf der Welt bin!«

»Was? Ach so. Nein, das geht mich nichts an.«

»Nein, dafür wären meine Eltern verantwortlich, die leider schon beide tot sind. Gottlob möchte ich fast sagen, denn vermutlich würden Sie auch diese noch hassen.«

Unter seinem Blick wird Therese merkwürdig unsicher. Sofort aber kräuselt sich ihr Mund wieder zu spöttischer Abwehr.

»Tun Sie sich nur nicht so viel Ehre an! Ich hasse Sie nämlich gar nicht.«

»Nicht? Oh, das ist eine interessante Feststellung. Darf ich vielleicht zu hoffen wagen, daß Sie mich ...«

»Nur gleichgültig sind Sie mir. Jawohl, grenzenlos gleichgültig«, fällt sie ihm ins Wort, bevor er das Wort »lieben« noch aussprechen kann.

»Hm, schade. Hassen wäre besser gewesen, denn aus Haß kann Liebe werden. Aber aus Gleichgültigkeit entsteht meist nichts Gescheites.«

Walter Baumann amüsiert sich über die Wortspielerei, merkt auch ihre Unsicherheit und reibt sich die Hände. Dann geht er in die Küche und sieht das blaugewürfelte Tonschüsselchen mit Milch gefüllt auf dem Herd stehen. Daneben liegt ein Stück derbes Hausbrot wie an jedem Wochentag. Heute aber ist Sonntag, und auf der Anrichte steht ein goldgelb frisch gebackener Gesundheitskuchen mit etwas Puderzucker übersät.

Die Loni hat ihm am ersten Tag schon gesagt, daß man die Milch etwas salzen müsse. Gleich neben dem Ofen hängt das Salzgefäß, und Walter Baumann gibt eine gute Prise hinein. Er weiß nicht, daß vor ihm schon die Loni und dann auch die Therese noch die Milch bereits gesalzen haben.

Nun könnte er eigentlich hier in der Küche sitzen bleiben, das Brot in die Milch brocken und langsam auslöffeln. Weil aber die Sonne so schön warm scheint, setzt er sich auf die Hausbank, nimmt die Schüssel auf die Knie und beginnt zu essen. Schon beim ersten Löffel merkt er, daß heute die Milch fürchterlich versalzen ist. Aber tapfer würgt er sie hinunter und hat die Hälfte der Schüssel schon geleert, als Markus mit Pater Paulus auf den Hof zukommt.

Markus empfindet bei dem Bild ein merkwürdiges Unbehagen. Der Mann dort auf der Bank erinnert ihn an einen Handwerksburschen, dem man einen Teller Suppe auf die Hausbank gestellt hat, weil es ratsam gewesen ist, ihn nicht ins Haus zu lassen. Der Chefingenieur aber ist erstens kein Handwerksbursche, zweitens wohnt er nun einmal im Haus, und drittens hätte ihm Therese ruhig einen ordentlichen Frühstückstisch herrichten können, wenn sie nicht in den Verruf kommen will, die sprichwörtliche Gastfreundschaft des Larasserhauses aufs schwerste zu verletzen.

Noch während er dem Pater Paulus den Chefingenieur vorstellt, kommt Therese aus dem Haus und begrüßt den Pater herzlich.

»Und nun kommen Sie gleich herein«, fordert sie ihn auf. »Der Frühstückstisch ist schon gedeckt.«

»Später, später, Thereserl. Erst kommt die Arbeit und dann das Vergnügen. Ich muß nämlich da droben noch eine Bergmesse lesen.«

»Ach so«, meint sie gedehnt. »Auch das noch.«

»Das macht aber nichts«, sagt nun Markus. »Dafür kann der Chefingenieur mit uns frühstücken. Du hättest ihn nicht hier sitzen lassen sollen, mit der Schüssel in der Hand wie einen Handwerksburschen.«

Therese wird rot und beißt sich auf die Lippen. Wohl

fühlt sie, daß der Vorwurf nicht ganz unberechtigt ist, aber Markus hätte es nicht vor dem Chefingenieur sagen sollen. Der Mann wird ja übermütig. Wie er nun jetzt wieder dasteht und sie anlächelt! Zu allem Überfluß läßt es sich jetzt nicht vermeiden, daß sie mit am Tisch Platz nimmt. In Gegenwart des Paters Paulus, der dabeisitzt, aber nichts essen darf, kann sie nicht gut unhöflich sein. Sie muß dem Herrn Chefingenieur ein Stück Kuchen auf den Teller legen, ja sie muß ihn sogar fragen, ob er ein zweites Stück möchte.

»Nein, danke«, erwidert er. »Aber wenn Sie so liebenswürdig sein wollen und mir auch so ein Brötchen mit etwas Butter und Honig herrichten würden, wäre ich Ihnen sehr dankbar dafür.«

Auch das noch. Mit zusammengebissenen Zähnen macht sie ihm das Brötchen und legt es auf seinen Teller.

Baumann bedankt sich lächelnd.

»Fräulein Therese ist geradezu rührend in der Sorge um mein leibliches Wohlergehen«, erzählt er belustigt dem Pater Paulus.

»Ach ja, das Thereserl«, antwortet dieser, »war immer schon ein kreuzbraves Dirndl. Bloß manchmal etwas zu lebhaft. Weißt du noch, Thereserl, wie du einmal mit den Hochederbuben gerauft hast? Drei gegen eine! Aber sie ist ihrer Herr geworden.«

Therese gibt es lächelnd zu und blitzt dabei den Chefingenieur so kampflustig an, als wollte sie sagen: Mit dir nehme ich es erst recht auf.

Wenig später geht Walter Baumann mit Pater Paulus zum Bäckerhügel hinauf, wo die Feldmesse gefeiert werden soll. Markus schaut ihnen vom Stubenfenster aus nach, wie sie langsam über die Hügelwiesen hinaufgehen, eine Zeitlang dem Bachbett der Grill folgen und dann hinter dem Lärchenwald verschwinden. Als Therese wieder hereinkommt, um den Rest des Geschirres abzuräumen, dreht er sich um und schaut sie an:

»Sag einmal, Therese, warum bist du eigentlich zu dem Mann so herausfordernd unhöflich?«

»Zu welchem Mann?«

»Frag doch nicht so, Therese! Du weißt ganz genau, wen ich meine.«

Therese stellt die bereits aufgenommenen Tassen wieder nieder.

»Du weißt, Markus, daß er gekommen ist, um unser Dorf zu vernichten.«

»Komm, komm«, sagt Markus und legt den Arm um ihre Schulter. »Du bist doch viel zu vernünftig, um nicht zu begreifen, daß ihn keine Schuld trifft. Ich will dir etwas sagen, Therese. Es ist ganz etwas anderes. Du bist nämlich auf dem besten Weg, dein Herz an ihn zu verlieren.«

Eine brennende Röte jagt über ihre Stirne. Mit einem Ruck nimmt sie seinen Arm von ihrer Schulter.

»So etwas Verrücktes!«

»Ach woher denn! Das wäre sogar etwas ganz Vernünftiges.«

»Nein, ich meine, es ist verrückt, was du denkst.«

»Wirklich? Na ja, ich habe mich in letzter Zeit öfter getäuscht.«

Verwirrt nimmt Therese das Geschirr wieder auf und geht hinaus. Draußen aber in der Küche muß sie sich niedersetzen. Auf einmal ist eine so merkwürdige Schwäche in den Kniekehlen da. Natürlich ist es etwas Verrücktes, was Markus behauptet. Nur eines ist wahr, nämlich, daß eine merkwürdige Unruhe sie erfaßt hat, seit der Mann im Hause ist. Wie oft schon hat sie nach dem Grund dieser Unruhe geforscht und in sich hineingehorcht! Zeitlebens ist sie unbedingt ehrlich zu sich selbst gewesen. Aber nun ertappt sie sich bei einer Unehrlichkeit nach der anderen. Unehrlich zum

Beispiel ist es, wenn sie bei dem Jäger Gabriel Hoffnungen erweckt, die sie nie zu erfüllen beabsichtigt. Zwar ist es schön, seiner schmeichlerischen Stimme zuzuhören. Aber sie hört ihm nur gerne zu, weil sie weiß, daß droben im Balkonzimmer der Chefingenieur schläft oder vielmehr vielleicht nicht schläft und ganz sicher das Geflüster da unten auf der Hausbank vernimmt. Zuweilen lacht sie dann auch ganz fröhlich und dunkel klingend. Und sie kann ganz laut sagen: »Gute Nacht, Gabriel. Schönen Dank auch noch für die Blumen! Ja, komme nur wieder! Ich freue mich.«

Einmal hat sie ihn bis zum Pflanzengarten begleitet. Als sie damals zufällig zurückschaute, hat sie die hohe Gestalt des Chefingenieurs neben der Balkontür gesehen. Deshalb und nur deshalb hat sie sich dann nicht gewehrt, als der Jäger Gabriel den Arm um sie gelegt und sie an sich gezogen hat. Sein Kuß hat sie zwar nicht beglückt, aber es war doch ein schönes Gefühl, sich dabei von dem Chefingenieur — der ihr doch so furchtbar gleichgültig ist — beobachtet zu wissen.

Warum ist sie ihm eigentlich bisher immer so geflissentlich aus dem Weg gegangen? Das ist doch kein Gefühl der Sicherheit, sondern eine grenzenlose Unsicherheit. Wenn er ihr so gleichgültig ist, warum liegt sie dann im Morgengrauen schon wach im Bett, wenn er das Haus verläßt? Sie hört ihn, wie er in der Küche drunten schnell die Milch zu sich nimmt, die am Abend vorher für ihn immer hergerichtet wird. Sie hört ihn, wie er dann mit seinem festen Schritt durch den Flur geht und leise die Haustür hinter sich schließt.

Wie oft hat sie sich selbst schon dabei ertappt, daß sie auf dem Balkon gestanden ist und mit dem Fernglas Ausschau nach den Bergen gehalten hat! Nachsehen, nennt sie es, wie weit sie nun schon sind. Aber auch das ist eine Lüge, denn sie ärgert sich über das Fernglas, das nicht scharf genug ist, sie in dem Gewimmel der vielen Menschen die Gestalt des Chefingenieurs erkennen zu lassen.

Am letzten Sonntag ist er heimgefahren. Sofort hat Therese gedacht, daß ihn wohl die Sehnsucht nach einem Mädchen dazu getrieben hat. Sie hat diesen Gedanken mit großer Unruhe in sich herumgetragen, den ganzen Sonntag über, und hat erst einschlafen können, als um Mitternacht der schwere Mercedes wieder in den Hof gefahren war.

Heute ist er nun hiergeblieben, obwohl es ein Sonntag von seltener Schönheit ist. Therese hat sich gefreut darüber, aber sie kann und darf die Freude doch nicht zeigen. Sie hört auf dem Flur den Schritt des Bruders, der in seine Kanzlei geht. Was Markus sich doch denkt! Auf dem besten Wege wäre sie, ihr Herz zu verlieren!

Unwillig erhebt sie sich, reißt mit dem Schürhaken die Herdringe beiseite und legt Holz nach. Es war freilich nicht ganz richtig, denkt sie, daß ich ihn heute früh mit der Schüssel vor der Tür habe sitzen lassen. Dafür soll er sich nun am Mittag nicht beschweren müssen. Nein, er soll nur sehen, daß sie auch anders sein kann und es versteht, die Gäste des Hauses zu bewirten. Sie sucht nach der Magd.

»Setz die Kartoffeln auf, Loni! Dann schabe die Leber! Es gibt heute Leberknödelsuppe, Schweinebraten und Kartoffelsalat.«

Sie selbst nimmt aus der Glasvitrine das beste Geschirr des Hauses, jenes mit dem feinen Goldrand und den kleinen Mustern der Almrosen. Die geschliffenen Weingläser richtet sie her und das schwere Silberbesteck. Sie ist mit einem wahrhaft herrlichen Eifer bei der Sache; sie muß sogar hellauf lachen, als Markus dann mit todernster Miene sagt, sie möge doch nicht vergessen, für den Chefingenieur einen Teller Suppe auf die Hausbank zu stellen, damit dann sein Anblick ihr bei der herrlichen Mittagstafel nicht den Appetit wegnähme.

Da gibt Therese ihrem Herzen einen Stoß und sagt:

»Markus, wir haben nie Heimlichkeiten voreinander gehabt. Es ist wirklich so, wie du vorhin gesagt hast. Ich glaube, ich habe den Menschen gern.«

»Na also«, entgegnet Markus und lächelt etwas wehmütig dabei. »Ich habe das doch schon lange gemerkt. Bei uns ist es halt einmal so. Bei mir geht das Glück weg, und bei dir kommt es.«

»Ja, aber verstehst du denn das, Markus? Ein wildfremder Mensch kommt ins Haus, dem ich eigentlich bitterfeind sein müßte. Nun bin ich tatsächlich auf dem besten Weg, mich an ihn zu verlieren.«

»Verlieren wirst du dich nie an jemand. Dazu bist du viel zu sehr Persönlichkeit. Ich habe mich ja auch nicht gänzlich an Gina verloren. Das war auch sicher der Grund, warum es ihr so leichtgefallen ist, mich zu verraten.«

»Was glaubst du, Markus, wieviel ich schon darüber nachgedacht habe! Manchmal weiß ich mir überhaupt keinen Rat mehr.«

»Dann glaubst du, du müßtest ihm Haß zeigen, wo Liebe brennt.«

»Er hat noch nie etwas gesagt. Er lacht nur immer so spöttisch.«

»Du gehst ihm ja aus dem Weg. Und weinen kann er doch wirklich nicht, wenn du ihn so behandelst. Bleibt also nur der Spott.«

Lange hat Therese darüber nachzudenken. Dann meint sie:

»Ich habe bisher nie gewußt, wie du darüber denkst.«

»Wie ich darüber denke? Therese, du weißt, daß ich nichts will als dein Glück.«

»Und ich das deine. Es ist doch komisch mit uns beiden«, lacht sie dann. »Eins will nur des anderen Bestes, ohne es je zu erreichen. Darüber werden wir alt.«

»Ja, du bist schon eine schrecklich alte Frau mit deinen fünfundzwanzig Jahren. Wenigstens scheinst du doch die gute Idee gehabt zu haben, ihn zum Mittagessen einzuladen.«

»Das habe ich noch nicht getan. Aber ich werde es tun, wenn er mit Pater Paulus zurückkommt.«

Eine halbe Stunde später etwa kommt jedoch Pater Paulus allein zurück. In überschwenglichen Worten lobt er die ausgezeichnete Organisation, die er da oben angetroffen hat. Der Chefingenieur hätte ihn in sein kleines Büro mitgenommen und hätte ihm die Pläne gezeigt. Ein Werk von gigantischer Größe wird da geschaffen. Kaum vorstellbar, daß ein einziges Menschengehirn dies habe entwerfen und ausarbeiten können.

»Ja, danke schön, Thereserl! O fein, Leberknödelsuppe. Ich sag's ja, ich sag's ja. Das Thereserl läßt nicht aus. Der dich einmal heimführt, bekommt eine tüchtige Hausfrau. Das hat der Herr Chefingenieur in anerkennenswerter Weise auch gemeint.«

»Wer? Der Chefingenieur? Wie soll der das wissen können!«

»Das weiß ich nicht. Jedenfalls meinte er es.«

»Wo ist der Herr Chefingenieur jetzt?«

»Oben in der Kantine. Er will das Mittagessen mit seinen Arbeitern einnehmen, sagt er.«

»So? Na ja, jeder nach seinem Geschmack!«

Pater Paulus betet das Tischgebet vor. Dann beginnen alle, ihre Suppe zu essen. Verstohlen betrachtet Markus seine Schwester von der Seite. Er sieht, wie sie sich krampfhaft bemüht, aus Anstand zu essen, fühlt, daß sie jetzt am liebsten aufstehen und hinausgehen würde. Ganz harmlos lächelnd, sagt er plötzlich:

»Therese hat nämlich eine ausgesprochene Antipathie gegen den Chefingenieur.«

»Wirklich?« fragt Pater Paulus. »Ich fand selten einen so hochgeistigen Menschen mit so sauberen Ansichten.«

»Therese bildet sich ein, er hätte Torwaldens Schicksal in seiner Hand.«

Langsam hebt Pater Paulus das Gesicht, betrachtet Therese nachdenklich und lächelt dann in seinen Bart hinein.

»Für so unvernünftig halte ich dich gar nicht, Therese. Ich kenne dich nun seit deiner Kinderzeit. Wild warst du oft, verwegen manchmal bis zum Leichtsinn, zornig und ungebärdig. Aber unvernünftig warst du nie. Du hast immer gewußt, was du willst, und hast deine Grenzen gekannt.«

»Die kenne ich auch jetzt«, antwortet Therese mit starrem Gesicht, steht auf und trägt die Suppenschüssel hinaus. Pater Paulus sieht ihr schmunzelnd nach, bis sich die Tür hinter ihr schließt.

»Da steckt etwas dahinter, mein lieber Markus Larasser.«

Markus zwinkert lustig mit dem linken Auge.

»Ich glaube, wir verstehen uns wieder einmal, Pater Paulus. Was Sie denken, das habe ich ihr heute schon einmal gesagt.«

»Die Liebe ist ein Geschenk Gottes, das er in einer guten Stunde den Menschen ins Herz legt«, antwortet Pater Paulus und streichelt seinen Bart. »Was die Menschen daraus dann machen, das ist freilich manchmal schwer zu begreifen. Du jedoch wirst das Beste daraus machen.«

Ich hätte das Beste daraus gemacht, denkt Markus und überlegt, ob er von Gina sprechen soll. Aber da trägt Therese gerade die anderen Speisen herein, und so läßt er es bleiben.

Der Abend dieses Sonntags ist von einer großartigen Stille, die nach dem störenden Lärm einer ganzen Woche wie ein Geschenk der Zeit anmutet, in der Torwalden noch ein friedliches Dorf war, in dem man das Summen der Bienen gehört und den Gesang der Lerchen hoch über den Feldern vernommen hat.

Therese Larasser sitzt vor dem Haus, die Hände im Schoß verschlungen, den Kopf weit zurückgelehnt an die Mauer. Manchmal schließt sie für eine Weile die Augen, als möchte sie ihren Gedanken nachträumen. Wenn sie dann die Lider wieder öffnet, haben sich die Farben des Abends wieder etwas verändert. Das Abendrot über den Bergen ist dunkler geworden. Der Wald ist schwärzer geworden, und über den Wiesen, die nahe am Rande der Grill liegen, steigt leichter Nebel auf.

Therese betrachtet das alles eine ganze Weile. Dann schließt sie wieder die Augen. Ein verlorener Zug ist um ihren Mund, als sei sie traurig darüber, daß keiner aufgetaucht ist aus der Dämmerung, um sie bei der Hand zu nehmen und fortzuführen aus der Verlassenheit in eine glückselige Geborgenheit hinein.

Bei diesem Gedanken muß sie an den Jäger Gabriel denken, der vor ein paar Stunden hier neben ihr gesessen hat und diese Worte gesagt hat. Er geht nun bald fort von hier, bekommt eine feste Forststelle auf der anderen Seite des Gebirges und wollte sie dorthin mitnehmen als seine Frau. Ganz ernsthaft hat er heute gesprochen, und es ist ihm ohne weiteres zuzutrauen, daß es ihm wirklich um Therese Larasser geht und daß ihm das andere, was man so über ihn spricht, seine kleinen Abenteuer und Liebeleien, nur Episoden gewesen sind, hinter die er einen dicken und endgültigen Strich gezogen hat.

Es ist auch wahr, daß Therese wirklich lange und ernsthaft darüber nachgedacht hat, wie sie geantwortet hätte, wäre der Jäger Gabriel einen Monat früher mit dem ernsthaften Ansinnen vor sie hingetreten. Der Jäger ist immerhin ein strammer und sauberer Mensch, mit dem man sich sehen lassen kann. Seine Existenz ist gesichert. Er hat sein Leben ein wenig leichtsinnig und in falschverstandener Freiheit gelebt und sehnt sich jetzt nach der Stille eines kleinen Forsthauses. Es stehe an einem Hang vor einem Wald, hat er erzählt. Wenn er heimkomme vom Dienst, müsse es nun so sein, daß eine junge, schöne Frau unter der Tür stehe und ihm zuwinke. Und die schöne, junge Frau, das müsse eben sie, die Therese Larasser, sein.

Aber, wie gesagt, der Jäger Gabriel hätte etwas früher solche Gedanken haben sollen. Mindestens bevor Therese in die Verwirrung hineingeraten ist, in der sie sich einredet, daß sie hassen muß, wo sie doch schon liebt.

Wir Larasser haben keine glückliche Hand, muß sie denken. Auch Markus ist mit seiner Liebe in die Irre gegangen, und er trägt nun schwer daran, wenn er es sich auch nicht anmerken lassen will. Aber Therese kennt ihn zu gut, vor ihr kann er sich nicht verstellen. Sie sieht, wie er leidet, und weiß, daß auch ihn jemand bei der Hand nehmen und in eine glückselige Geborgenheit hineinführen müßte, in der er den Glauben an die Frau wiederfinden könnte.

Die ersten Sterne ziehen am Himmel auf. Das letzte Tageslicht erstirbt in der Ferne hinter den hohen Bergwänden. Loni, die Magd, kommt auf den Hof zu.

»Hast du Markus nicht gesehen?« fragt Therese.

»Markus? Nein.«

Loni verschwindet im Haus.

Immer mehr Sterne leuchten auf. Der Wind wird etwas kühler, und man kann die Geräusche des späten Abends vernehmen. Das Rauschen der Grill wird zu einem Lied voller Sehnsucht. Irgendwo im Wald spielt jemand eine Harmonika, und einmal hört man ein helles Mädchenlachen aufklingen. Das kann gar nicht weit sein, höchstens hinter der Jährlingsweide.

Plötzlich erschrickt Therese bis ins Herz hinein. Sie hat

einen Schritt vernommen und würde diesen Schritt unter Hunderten von Schritten herauskennen. Ihr erster Gedanke ist, aufzustehen und zu verschwinden. Aber dazu ist es schon zu spät. Der Chefingenieur Walter Baumann geht bereits auf das Haus zu.

»Guten Abend!« sagt er im Vorbeigehen und bleibt vielleicht nur deshalb unter der Tür stehen, weil Therese ebenso klar und gar nicht unfreundlich antwortet:

»Guten Abend, Herr Chefingenieur.«

»So allein?« fragt er und lehnt sich gegen den Türpfosten.

Therese erwidert zuerst nichts, sondern lehnt den Kopf wieder an die Mauer. Erst nach einer Weile fragt sie:

»Warum sind Sie nicht zum Essen gekommen heute mittag?«

»Es hat mich niemand eingeladen.«

Therese beißt sich auf die Lippen. Ja, das hätte sie wohl tun müssen. Aber es hätte auch Markus etwas sagen können.

»Wir hatten aber damit gerechnet«, gibt sie zu.

Nun stößt er sich vom Türbalken ab und setzt sich auf die Bank.

»Wer ist das: wir?«

»Nun — Markus eben und — Pater Paulus . . .«

»Und Sie gar nicht, Therese?«

Therese fühlt, wie ein leiser Schauer über ihre Schultern rinnt. Ihr Herz klopft rasend. Erschrocken zuckt ihre Hand, als sie spürt, wie sie von der seinen plötzlich warm umschlossen wird. Ganz nahe sitzt er jetzt neben ihr.

»Therese — ich habe Sie etwas gefragt. Ist es so schwer, darauf zu antworten?«

Noch einmal bäumt sich leichter Trotz in ihr auf. Ach, es ist ja gar kein Trotz mehr, nur eine kindlich naive Angst, daß sie sich etwas vergeben könnte.

»Ist es denn so wichtig?«

»Ja, Therese. Sehr wichtig sogar. Ihr Bruder hat mich eingeladen gehabt und — auch Pater Paulus wollte mich wieder mitnehmen. Aber ich habe vergeblich auf ein Wort von Ihnen gewartet, Therese.«

»Ich hatte es — vergessen. Und hinterher . . .«

»Da hat es dir leid getan?«

Wieder zuckt ihre Hand in der seinen. Aber dann liegt sie ganz still. Sie hat es wohl gehört, daß er »du« gesagt hat, und es ist ihr dabei, als schmelze ein Eispanzer, der bisher ihr Herz umklammert hielt. Weinen hätte sie jetzt mögen, ganz hemmungslos weinen. Die Tränen stehen hinter ihren Augen, und ihre Lippen pressen sich fest zusammen. Plötzlich neigt sie ihren Kopf ganz tief, ein paar Tränen fallen aus ihren Augen in ihren Schoß.

»Ja, es hat mir leid getan«, sagt sie dann und fühlt sich wie befreit von einem ungeheuren Zwang. »Und nicht nur das. Alles hat mir leid getan. Ich war sehr häßlich. Aber man darf mich nicht fragen, warum ich es war. Ich weiß es nicht.«

Er greift mit der anderen Hand unter ihr Kinn, hebt ihren Kopf zurück und sieht ihr in die Augen, in denen die Tränen glänzen.

»Das weiß ich doch, Therese. Weil ich dir so grenzenlos gleichgültig bin.«

Sie schüttelt den Kopf und lächelt ihn befreit an.

»Das ist doch gar nicht wahr.« Unter seinem leuchtenden Blick senkt sie die Augen, nestelt verlegen an einem Knopf seiner Joppe. Ganz junges Mädchen ist sie, zum erstenmal erfaßt vom Wunder der Liebe, aber noch unter der wehenden Angst stehend, daß sie zuviel von sich verraten könnte. Oder daß der Mann lächeln könnte über das, was sie sagen möchte.

Walter Baumann aber versteht sie vollkommen. Das, was in ihrem Gesicht blüht, was es so schön macht, ist nicht die Verliebtheit einer Stunde, sondern das Aufblühen eines Herzens, das bis zum Rande mit wirklicher Liebe gefüllt ist. Zärtlich legt er den Arm um ihre Schulter.

»Ich habe es gleich nicht geglaubt, Therese, daß ich dir so grenzenlos gleichgültig wäre. Du wolltest mir etwas vorlügen. Aber du lügst viel zu schlecht, als daß man es glauben kann.«

Glücklich schmiegt sie sich enger in seinen Arm. Ein großer Friede ist in ihr, ein Gefühl schöner Geborgenheit. Sie hätte jetzt sogar den Mut gehabt, ihn zu küssen. Wie gut er sie bereits durchschaut hat!

»Ist der Chefingenieur so ein guter Frauenkenner?« fragt sie, scheu zu ihm aufblickend.

»Mhm. Der Chefingenieur glaubt, neben seinen Maschinen und Plänen auch noch die Frauen etwas zu kennen.«

»Aber er gehört doch nicht«, sie befreit sich bei diesen Worten aus seinem Arm und blickt ihn fest an, »er gehört doch nicht zu jener Sorte von Männern, die den Ehering im Geldbeutel verbergen, wenn sie von ihren Frauen auswärts sind?«

»Donnerwetter«, lacht er gutmütig und zieht sie wieder an sich. »So voller Mißtrauen steckt die schöne Therese Larasser, die so stolz ist, daß sie ›er‹ sagt und ›Chefingenieur‹, weil ihr zum du der Mut fehlt.«

»Nein, das ist es nicht«, entgegnet sie lächelnd. »Ich möchte schon gerne du sagen zu dir. Aber verstehe mich nicht falsch! Ich will nichts Halbes, ich muß wissen, wie der Mensch ist, den ich — dem ich vertrauen möchte.«

»Wie der Mensch ist? Therese, höre einmal zu: Der Mensch, dem du vertrauen sollst — nicht möchtest —, dieser Mensch ist heute den ganzen Tag in den Bergen herumgerannt, das Herz voller Sehnsucht, und hat an eine gewisse Therese Larasser gedacht, die ihm in den Wochen seines Hierseins noch nicht ein einziges gutes Wort geschenkt hat. Die ihm kein Bett gönnen wollte, die ihm immer aus dem

Weg gegangen ist, und die versucht hat, ihn zu ärgern, wo sie nur eine Gelegenheit dazu fand.«

»Bitte, sei still!« bettelt sie. »Ich weiß es ja, daß ich häßlich war, wo ich gut hätte sein mögen.«

»Das habe ich erkannt, Therese. Glaube mir, ich habe tiefer in dich hineingesehen, als du denkst. Jetzt paß ganz gut auf, Therese, was ich dir sage. Ich habe dich liebhaben müssen vom ersten Augenblick an, obwohl du mir da wie ein Steinbild erschienen bist. Ich habe dich sogar um deiner Frechheiten willen liebhaben müssen.«

»Frechheiten? War es denn so schlimm?«

»Wie man es nimmt! Du versichertest mir, daß ich in Torwalden nicht willkommen sei.«

»Habe ich das wirklich gesagt? Kannst du es nicht vergessen?«

»Doch, doch«, nickt er und streichelt sie zärtlich. »Habe ich längst vergessen, weil ich es nicht geglaubt habe.« Beglückt spürt sie seine zarten Liebkosungen. Bei einer plötzlichen Wendung seines Kopfes streifen seine Lippen über ihren Mund. Zuerst erschrickt sie, aber dann läßt sie sich willig küssen.

Fester umschlingen sie die Arme des Mannes. Immer wieder küßt er sie und sagt ihr, daß er sie liebt. Die tiefe Freude über dieses nächtliche Erleben, das nun auch am andern Tag die Sonne bescheinen wird, läßt sie erröten.

Ja, morgen, wie wird das morgen sein? Therese will nicht daran denken, will jetzt nur der Gegenwart leben. Auch die anderen schwarzen Gedanken verdrängt sie.

»Ich darf doch wirklich alles glauben, was du mir jetzt gesagt hast?« fragt sie nach einer langen Zeit.

»Wie kann man nur so ungläubig sein!«

»Nicht ungläubig, nur unsicher.«

»Ich will dir gerne Zeit lassen, damit du sicher wirst«, antwortet Walter Baumann und fügt dann noch hinzu: »Ich brauche keine Zeit, um sicher zu werden. Bei dir nicht. Einmal war es anders, und du sollst auch das jetzt gleich wissen. Hernach wollen wir nie mehr darüber sprechen. Auch ich habe einmal an das Wunder geglaubt und bin um meinen Glauben betrogen worden. Das ist mir so schwer nachgegangen, daß ich keinen Sinn mehr in meinem Leben sah. Nur die Arbeit hat mich dann gerettet, die große Aufgabe in Torwalden. Und Melanie? Ich weiß nichts mehr von ihr. Wer so kalten Herzens betrügen kann, nach dem soll man nicht mehr fragen.«

»Aber — du hast sie wohl sehr liebgehabt?« fragt Therese in einer eifersüchtigen Aufwallung.

»So lieb, daß ich sie bei deinem ersten Anblick wirklich für immer vergessen habe.«

»Ich weiß nicht, wie das ist. Ich bin noch nie betrogen worden, weil ich noch nie jemand ...« Sie verstummt plötzlich und steht auf und streicht sich über die Stirne. »Vielleicht glaubst du es gar nicht, daß ich noch nie einen Mann geliebt habe.«

»Ich habe keinen Grund, dir nicht zu glauben, Therese«, antwortet er still, aber tief beglückt von dem Geständnis. Auch er steht jetzt neben ihr. Beide sind fast gleich groß, so daß keines auf das andere niedersehen muß.

»Was wird Markus dazu sagen?« fällt ihr plötzlich ein. »Der wird nicht wenig überrascht sein.«

Wortlos schiebt er seinen Arm in den ihren. Sie wandern durch die stille Nacht in einem weiten Bogen um das Dorf Torwalden und wieder zurück zum Hof und können sich immer noch nicht trennen. Es ist ihnen, als müßten sie nicht nur drei vergeudete Wochen nachholen, sondern drei verlorene Jahre, in denen jedes auf einem anderen Stern gelebt hat.

Mitternacht ist schon gleich nahe, als sie sich endlich trennen. Dort, wo im weiten Flur die Treppe hinaufführt ins obere Stockwerk, halten sie sich noch einmal umschlungen und küssen sich. Auf dem letzten Treppenabsatz wendet sich Therese entschlossen zurück.

»Nun reicht es für heute«, flüstert sie und lacht leise. »Wenn ich bedenke, daß ich dir heute früh aus lauter Haß noch die Milch versalzen habe ...«

»Das erfordert Rache«, antwortet Walter und will sie noch einmal an sich ziehen. Aber er greift schon ins Leere. Vom Ende des Flures her kommt noch ein leises Lachen. Dann klappt eine Tür ins Schloß, und Walter Baumann hört, wie nachdrücklich und energisch hinter dieser Tür der Schlüssel umgedreht wird.

Loni, die Magd, ist am andern Morgen doch etwas verwundert, daß Therese so früh schon erscheint, die blaugewürfelte Milchschüssel wortlos wegräumt und dafür ein nettes Kaffeegeschirr für zwei Personen aus dem Küchenschrank nimmt. Den kleinen Tisch in der Ecke deckt sie mit einem weißen Tuch, Butter und Honig stellt sie bereit, und dann verkündet sie der verdutzten Loni, daß der Herr Chefingenieur von jetzt ab ein ordentliches Frühstück zu bekommen habe.

»Also keine versalzene Milch mehr?« fragt Loni anzüglich.

»Was meinst du? Ach so! Nein, wir wollen ihm das Leben nicht mehr länger versalzen. Dann nimmst du das gewürfelte Bettzeug weg und überziehst die Kissen weiß!«

»Und nimmst das schwere Federbett weg und gibst ihm die weiche Daunendecke«, ergänzt Loni spöttisch.

»Ja, natürlich, das auch. Hast du ihm übrigens bisher die Stiefel immer geputzt?«

»Nein, das habe ich nicht getan, weil mir jemand aufgetragen hat, daß er das nur selbst machen soll.«

Therese beißt sich auf die Lippen. Dann lächelt sie.

»Ja, ich weiß schon, Loni. Das bin ich gewesen. Aber einmal müssen doch diese versteckten Bosheiten auch ein Ende nehmen. Oft kann sich über Nacht etwas ändern, weißt du.«

»Ja, das weiß ich genau. Offen gestanden, Therese, ich bin froh, daß es sich geändert hat. Manchmal hat er mir leid getan, denn er ist so ein ruhiger und anständiger Mensch.«

»Findest du?«

»Ich glaube, er kommt jetzt«, sagt die Loni, nimmt den Milcheimer und geht hinaus. Auf dem Flur oben hört man einen raschen, federnden Schritt, der dann schnell über die Stiege herunterkommt. Therese steht mit klopfendem Herzen neben dem Herd. Eine grenzenlose Verlegenheit bemächtigt sich ihrer, je näher die Schritte der Tür kommen. Aufgeregt nimmt sie die Ringe vom Herd und stochert mit dem Schürhaken im Feuer. Da wird die Tür aber auch schon geöffnet.

»Schnell, Loni, meine Milch! Heute hätte ich beinahe verschlafen.«

Langsam dreht sich Therese um.

»Guten Morgen, Walter!«

Überrascht blickt er auf.

»Ach, du bist es, Therese! Guten Morgen!« Er reicht ihr die Hand. »Wie nett du das hergerichtet hast. Ich danke dir!«

»Du mußt mir nicht danken, Walter. Ich habe viel gutzumachen.«

»Ist nicht so schlimm, Therese.«

»Doch, doch. Ich war ziemlich böse die ganze Zeit.«

»Selbsterkenntnis ist der erste Schritt zur Besserung. Komm, setz dich zu mir, Therese. Danke, nicht so viel Zukker. Ein Stück genügt mir.«

Sie reicht ihm schnell ein paar Brote, schenkt sich dann auch die Tasse voll und setzt sich ihm gegenüber.

»Gut geschlafen?« fragt er.

»Zuerst lange nicht, dann aber gut. Ich habe zuviel denken müssen«, antwortet sie.

»So? Was denn?«

Verwirrt schlägt sie die Augen vor seinem forschenden Blick nieder.

»Das — kann ich nicht sagen.«

Über den Tisch herüber faßt er nach ihrer Hand und streichelt sie.

»Ich kann es mir ganz genau denken«, meint er. »Da wird sich mein großes Mädchen nun Gedanken gemacht haben, ob ich es wirklich ernst meine mit dem, was ich dir sagte. Du darfst aber versichert sein, ich meine es ehrlich.« Wie zur Bekräftigung seiner Worte drückt er fest ihre Hand. Er blickt auf seine Armbanduhr. »Es ist höchste Zeit! Mach's gut, Mädchen, bis zum Abend.«

»Es sind mehr als zwölf Stunden bis dahin«, sagt sie.

»Vergiß nicht, daß die Zeit für uns jetzt viel schneller vergeht.«

»Du ißt doch von jetzt ab jeden Abend bei uns?«

»Gerne, sehr gerne, Mädchen. Du darfst nur nicht ungeduldig werden, wenn es manchmal etwas später wird. Ungeduld ist überhaupt nichts für junge Mädchen. Das macht nur alt und gibt Falten im Gesicht.«

»Ach du«, lacht sie und schlingt beide Arme um seinen Hals. »Ich habe dich furchtbar lieb.«

»Mahlzeit ...!« ruft eine Stimme von der Tür her. Die beiden fahren auseinander. Markus steht dort, groß und breit, mit reinem stillen Leuchten im Gesicht. Walter Baumann glaubt, daß er ihm eine Erklärung schuldig sei. Aber Markus hängt seinen Janker an den Türhaken und meint gemütlich:

»Sehen Sie nur zu, Herr Chefingenieur, wie Sie mit ihr fertig werden!«

Die beiden sehen sich an. Dann sagt Therese:

»Daß du mir mein Glück gönnst, das weiß ich, Markus.«

»Ja, von Herzen. Gestern meintest du zwar noch, es sei etwas Verrücktes, als ich dir gesagt habe, daß du auf dem besten Wege seist, dein Herz zu verlieren. Aber — na ja, ich muß halt sehen, wie ich jetzt allein zurechtkomme.«

Walter muß jetzt wirklich gehen, denn soeben hört man die Sirene zum Arbeitsbeginn. Therese begleitet ihn bis hinter die Wirtschaftsgebäude und verrät ihm dort, daß es ihr lieber wäre, wenn schon der Abend käme.

Wie doch die Liebe einen Menschen verwandeln kann! Therese blüht geradezu auf, das Herbe ihres Wesens verliert sich ganz, ihre Augen leuchten in einem wunderbaren Licht, und um ihren Mund ist eine wartende Weichheit. Immer wieder erfindet ihre Liebe etwas Neues, mit dem sie den Mann bei seinem Heimkommen überrascht. Ihr ganzes Denken kreist nur mehr um das Zukünftige; vergessen sind die Sorgen um Torwalden, das vom Erdboden verschwinden soll. Das Glück kann überall seine Heimstätte haben, und wenn der Mann sie ans Ende der Welt mitnehmen wollte, keine Minute würde sie sich besinnen.

Auch Walter Baumann wird ein ganz anderer Mensch. Längst ist sein Gesicht braungebrannt von Wind und Wetter. Ganz mit dem Rhythmus der Arbeit verflochten, kann er zwar tagsüber seine Gedanken nicht träumend ins Tal schicken. Aber er fühlt, wie diese Liebe ihn beschwingt und ihm Kraft schenkt. Sein Werk geht mit Riesenschritten vorwärts; die Landschaft beginnt ihr Gesicht zu verändern. Staumauern wachsen riesenhaft in die Höhe, mit schwankenden Seilen werden die Lasten hoch hinaufbefördert, die weißen Mauern des Maschinenhauses leuchten in der Sonne. Das Lied der wilden Grill jedoch wird mit jedem Tag leiser. Ihre Wasser werden gestaut und sammeln sich im ersten Becken.

Indessen wird auch drüben im Tal der sieben Sünden mit einem gewaltigen Projekt begonnen. Ein halbes Dutzend Kräne haben bereits sechs tiefe Wassergräben durch das Moor gezogen. Hunderte von Arbeitern ziehen kleine Dränagegräben und legen Rohre, in denen das Wasser zu den großen Gräben geleitet wird. Kaum ist das erste Teilstück trockengelegt, wird schon mit den Grundmauern der künftigen Höfe angefangen.

Als Markus das erstemal hinüberkommt, findet er die Landschaft völlig verändert. Die meisten Birken sind verschwunden. Nur hie und da ist noch ein Baum zu sehen. Lange steht Markus vor einem der Gräben und schaut versonnen auf das ruhig abziehende Wasser. Er ist an diesem Sonntag ganz allein in der Gegend. Die Kräne stehen verlassen und einsam. Markus kennt die Pläne in groben Umrissen und verweilt lange auf dem Platz, auf dem sein Hof gebaut werden soll. Ganz plötzlich sieht er alles wie in einer Vision vor sich. Da erhebt sich sein Hof, dort drüben der des Hocheder, weiter hinten der Rotannerhof. Sie werden nicht mehr so eng beisammenwohnen wie in Torwalden. Aber dort auf den Hügel müßten die Kirche und der Friedhof hinkommen. Die Hände auf dem Rücken, wandert er langsam den Hügel hinauf und kann von dort aus das ganze weite Tal überblicken. Je länger er die Bilder so in sich eindringen läßt, desto vertrauter wird ihm alles. Hat er zuerst gemeint, hier nicht leben zu können, so wächst ihm jetzt mit jeder Minute das Land mehr ans Herz. Eine neue Gemeinde wird entstehen, vielleicht eine bessere, nachdem die Lauen und Wankelmütigen von selbst ausscheiden. Der Pointner hat Torwalden bereits verlassen. Der Lederer folgt ihm diese Woche schon. Merkwürdig, mit welch leichtem Herzen sie von Torwalden fortgehen. So als hätten ihre Sippen nicht über zwei Jahrhunderte dort Wurzeln geschlagen. Der Anderlpeter freilich wird eines Tages wieder ein armer Schlucker sein, wenn er sc weitertrinkt und spielt.

Die ganze Fläche schreitet Markus Larasser an diesem Nachmittag aus und muß dabei plötzlich an Elisabeth Mang denken, die einmal mit ihm durch das Moor gegangen ist. Ob sie noch manchmal daran denkt? Sicher nicht! Hat sie damals nicht gesagt, er solle sie rufen, wenn er sie einmal brauche? Wahrscheinlich war das jedoch nicht ernst gemeint. Welche Ausrede sie wohl haben würde, wenn er sie wirklich riefe?

Er braucht sie jedoch gar nicht. Er hat zwar Gina verloren, aber er will kein anderes Mädchen mehr. Schlimmer ist es schon, wenn er Therese verliert. Es wird das zwar nicht heute sein und nicht morgen. Aber eines Tages wird er doch allein dastehen. Wenn er daran denkt, dann meint er, das schmerze ihn mehr als Ginas Verrat, denn wirklich verbunden über die ganzen Jahre hin ist ihm nur die Schwester gewesen. Seit die Eltern tot sind, haben sie nur füreinander gelebt, und eins ist wie das andere stets darauf bedacht gewesen, nur das Beste für das andere zu wollen.

Als Markus bis an den Rand gekommen ist, wo der Wald anfängt und sich sanft bergwärts zieht, geht er auf der anderen Seite wieder zurück. Hier ist der Boden bereits dräniert; es gluckst nicht mehr unter seinen Füßen. Der Boden gibt nicht mehr nach.

Er bemerkt, daß durch das ganze Tal der sieben Sünden eine breite schnurgerade Fläche mit kleinen Pflöcken in der Erde abgesteckt ist. Da wird wohl die Straße gebaut werden, die das Tal mit der Welt draußen verbinden soll. Im Geiste sieht er bereits die Torwaldner auf dieser Straße in das neue Dorf einziehen, um hier neue Wurzeln zu schlagen. Sich selbst voraus und hinterher alle die anderen. Den Schluß bildet Blasius mit der Herde. Sein Flötenlied klingt verheißungsvoll in das neuerschlossene Land, und eine Glocke läutet vom Turm der neuen Kirche.

Im Landratsamt zu Murbach haben die jungen Mädchen im Vorzimmer längst wieder eine Menge Briefumschläge und Schreibpapier für den Bürgermeister Larasser hergerichtet. Aber Larasser hat dort nichts mehr zu tun. Ein zum Tode verurteiltes Dorf hat nicht mehr so viele Wünsche.

Landrat Dr. Albrecht geht mit verschränkten Armen in seinem Zimmer auf und ab und diktiert Fräulein Elisabeth gerade einen Brief an den Bürgermeister Larasser.

»... Sie werden daher ersucht, sich am kommenden Donnerstag, dem 1. August, vormittags neun Uhr, im Tal der sieben Sünden zu einer wichtigen Besprechung einzufinden ...«

Elisabeth beschreibt den Umschlag noch und legt dann den Brief ihrem Chef zur Unterschrift hin.

»Sind die neuen Anweisungen wegen des Tierseuchengesetzes schon an die Gemeinden hinausgegangen?« fragt er so nebenbei.

»Ja, vorgestern.«

Dr. Albrecht legt seinen Füllfederhalter weg und trocknet mit einem Löscher die Unterschrift.

»Was ich eigentlich schon längst einmal fragen wollte, Fräulein Mang: Sie sehen gar nicht gut aus in letzter Zeit. Sind Sie krank?«

»Eigentlich nicht, Herr Landrat.«

»Sie müßten mehr in die frische Luft. Nehmen Sie doch Urlaub, und fahren Sie irgendwohin in die Berge. Sie werden sehen, das wirkt Wunder. Kennen Sie übrigens Torwalden? Aber nein, das fällt jetzt weg. Bei dem Lärm dort kann man sich wirklich nicht erholen. Aber früher war es eine Oase des Friedens.«

Elisabeth sagt nicht, daß sie Torwalden kennt. Sie setzt sich wieder an die Schreibmaschine und spannt einen neuen Bogen ein. Ganz flüchtig hat sie daran gedacht, dem Brief an Markus Larasser ein paar persönliche Zeilen beizulegen. Aber dann hat sie den Gedanken wieder verworfen. Er braucht sie ja nicht, sonst hätte er sie schon gerufen.

Ob der Mann es fühlt, wie oft ihre Gedanken um ihn kreisen? Kein Tag vergeht ohne diese Gedanken, und in den Nächten träumt sie oft von ihm. Kummer und Unruhe erfüllen sie, und es ist wirklich so, daß sie in letzter Zeit gar nicht gut aussieht, wie ihr der Landrat soeben bestätigt hat. Ja, das weiß sie längst. Es ist aber nicht nur das allein. Es fehlen auch die Lebensfreude und die Arbeitslust. Wie ein aufgezogenes Uhrwerk geht sie jeden Morgen ins Büro und am Abend wieder heim.

»Am Donnerstag müssen Sie sowieso mit hinausfahren in das Tal der sieben Sünden«, sagt der Landrat in ihre Gedanken hinein. Kaum merklich zuckt sie zusammen. Sie soll ihn also ganz plötzlich wiedersehen! Freut sie sich darüber so sehr, oder zittern ihre Hände aus einem anderen Grund? Am liebsten hätte sie danke nein gesagt, zumal sie das Gefühl hat, daß der Chef sie nicht unbedingt dort benötigt, sondern daß er ihr nur eine Freude machen will, wenn er sie ins Freie mitnimmt.

»Ich bin neugierig, wie sie diesmal miteinander auskommen werden, die Herren von der Regierung und mein Larasser«, lächelt der Landrat und zündet sich eine Zigarre an. »Vermutlich weit besser als das erstemal hier, denn diesmal will man ihm nichts mehr nehmen, sondern etwas geben.«

Scheint die Sonne nicht plötzlich viel heller durch das

Fenster? Hat der Wind, der hereinweht, nicht den herben Geruch der Moorwiesen in sich? Geht der Zeiger der hohen Standuhr auf einmal nicht viel schneller?

Elisabeth ist wie verwandelt. Sie freut sich kindlich auf den Donnerstag. Am Mittwoch regnet es noch, aber in der Nacht ziehen die letzten schweren Wolken nach Osten ab, und als Elisabeth nachts einmal aufsteht und zum Fenster hinausschaut, sieht sie einen klaren Himmel voller Sterne über sich.

Gegen acht Uhr fahren die Herren von der Regierung beim Landratsamt vor. Außer Dr. Wilpert und Assessor Burghart sind noch ein Regierungsrat und der Direktor der staatlichen Moorwirtschaft dabei. Landrat Albrecht und Fräulein Elisabeth nehmen im Wagen des Direktors Platz. Mit hoher Geschwindigkeit fahren die beiden Autos in Richtung Torwalden.

Schon lange vor der festgesetzten Zeit ist Markus im Tal der sieben Sünden. Es wimmelt dort geradezu von Arbeitern. Das Geräusch der großen Betonmischmaschinen erfüllt die Luft. Lastwagen, mit Sand und Kies beladen, schaukeln auf ausgefahrenen Wegen zwischen den großen Wassergräben dahin und entladen ihre Last vor jeder Baustelle, wo ein Hof entstehen soll. Am meisten interessiert Markus der riesige Traktor, der gerade an diesem Morgen beginnt, mit drei Scharen den Boden aufzureißen. Zuerst meint er, sie gingen zuwenig tief, aber dann sieht er sofort, daß auch hier alles fachmännisch berechnet worden ist. Tief graben sich die Pflugscharen ein und wenden die Erde um. Glatt und glänzend, aber noch von vielem Wurzelwerk durchflochten, liegt sie da. Es wäre unmöglich, hier mit Pferdegespannen zu beginnen.

Markus bückt sich und nimmt eine Handvoll Erde auf. Er erinnert sich in diesem Augenblick daran, daß er das schon einmal getan hat. Damals ist sie ihm naß und klebrig in der Hand gelegen. Jetzt rieselt sie ihm durch die Finger, ganz warm und fein.

Schließlich landet er wieder bei der Baracke vorn am Eingang des Tales, die vorhin noch fest verschlossen war. Jetzt sind die Fensterläden offen, und unter der Tür trifft er mit einem Mann zusammen, der ihn mißtrauisch mustert. Es ist Oberinspektor Haas vom Kulturbauamt, der hier die Leitung hat; ein älterer Mann schon, mit einem dichten grauen Schnurrbart, der ihm wirr über die Mundwinkel hängt. Ein breiter, einem Tropenhelm ähnlicher Hut umschattet sein braunes Gesicht mit den vielen Furchen.

»Was wünschen Sie?« fragt er mit polternder Stimme. »Wenn Sie Arbeit suchen, dort, beim zweiten Eingang, ist die Buchhaltung.«

»Ich suche hier — noch keine Arbeit«, antwortet Markus.

»Dann verschwinden Sie gefälligst hier!«

»Warum? Ist dies etwa Sperrgebiet? Ich habe mich gerade einmal ein wenig umgesehen, wie ihr das macht hier.«

»Davon werden Sie vermutlich verdammt wenig verstehen. Aber dalli, dalli jetzt!« Er zieht eine großmächtige Uhr aus seiner Westentasche. »In einer halben Stunde kommen Herren von der Regierung. Ich kann nicht dulden, daß hier jemand herumsteht und Maulaffen feilhält.«

Markus lächelt ganz leise. Der Mann und seine mürrische Art gefallen ihm.

»Ach, von der Regierung?« sagt er. »Fein, da werde ich warten. Zu gerne möchte ich einmal sehen, wie die Herren aussehen, die uns regieren.«

Der Alte schiebt die grauen Haarbüschel seiner Brauen zusammen und poltert:

»Aber dann gefälligst aus der Ferne. Hier haben Sie nichts zu suchen!«

Gemütlich langt Markus in seine Joppentasche, zieht den

Brief vom Landratsamt heraus und hält ihn dem Alten hin.

»Wollen Sie nicht einmal das durchlesen?«

Aufgeregt fingert der andere nach seiner Brille und findet sie schließlich in irgendeiner Tasche.

»Warum sagen Sie das nicht gleich?« fragt er dann böse aufblickend, nimmt seine Brille ab und betrachtet Markus von oben bis unten. »So, so, der sind Sie! Der Bürgermeister von Torwalden, der so viel Schwierigkeiten gemacht hat!«

»Es hat aber nichts geholfen.«

»Seien Sie froh! Hier wird es sich besser leben.«

»Erst einmal abwarten! In Torwalden hat es sich auch gut gelebt bis zu jenem Tag.«

»Ach, Torwalden«, sagt der Alte dann gar nicht mehr unfreundlich und blickt Markus aus seinen schweren Augen an. »Die Hasen und Füchse sagen sich dort zwar gute Nacht, aber es ist ein liebes Nest. Ich bin früher oft hingekommen und habe Ihren Vater noch gut gekannt. Übrigens — Haas ist mein Name. ›Der alte Haas‹, sagen sie im Kulturbauamt unter sich. Und für alle, die hier im Moor so umeinanderwimmeln, bin ich nur der Alte. Na, jung bin ich ja nicht mehr. Ich denke, daß dies meine letzte große Aufgabe sein wird vor der Pensionierung. Was sagen Sie übrigens zu dem, was man bereits hier sieht?«

»Ich bin ehrlich erstaunt, daß man schon so weit ist«, gesteht Markus offen.

»Ja, geschlafen wird beim alten Haas nicht.«

»Wie stark ist der Traktor dort, der den Boden umreißt?«

»Achtzig Pferdestärken. Nächste Woche will ich einen noch schwereren einsetzen mit sechs Pflugscharen. Übrigens — da wir jetzt gerade allein sind: Lassen Sie sich nicht überreden, und säen Sie nicht im Herbst schon Getreide an! Das ist falsch. Der Boden ist noch zu neu; das Wurzelzeug muß erst absterben, die Erde im Winter richtig ausfrieren. Im

Frühjahr dann Kartoffeln! Die müssen nach meiner Erfahrung so groß werden wie Kindsköpfe! Von Obstbäumen verstehe ich zwar weniger. Ich schätze aber, daß der weiße Klarapfel und der Boskop hier prächtig gedeihen werden. Sind Sie nur nicht zu bescheiden in Ihren Ansprüchen! Verlangen Sie ruhig einige hundert Zentner Kunstdünger mehr! Direktor Hagen von der staatlichen Moorwirtschaft knausert nämlich, als ob es aus seiner eigenen Tasche ginge. Er hat immer Angst, daß er für das Staatsgut Bärenreut, das er bewirtschaftet, zuwenig bekommt. Lassen Sie sich da nur nicht einschüchtern, Larasser!«

»Danke für Ihren Wink! Ich werde mich schon dementsprechend verhalten. Was ich für mein altes Dorf nicht mehr erreichen konnte, will ich hier gewinnen.«

»Sehr richtig«, betont Haas. »Wollen Sie einen Schnaps mit mir trinken?«

»Gern, wenn er nicht zu scharf ist.«

»Schnaps muß scharf sein. Er muß in der Kehle kratzen, sonst taugt er nichts«, lacht der Alte und geht Markus voraus in die Hütte. Ein eisernes Feldbett, ein Tisch mit zwei Stühlen und ein Schrank bilden die Einrichtung des Raumes. Aus dem Schrank nimmt Haas eine halbgeleerte Schnapsflasche und schenkt zwei Gläser ein.

»Behaglich, was?« lacht er dröhnend. »Macht aber nichts. Dann freut man sich die ganze Woche auf das gemütliche Daheim. Sind Sie übrigens verheiratet, Larasser?«

»Gott sei Dank nicht!«

»Leider Gottes nicht, müßten Sie sagen«, belehrt ihn der alte Haas. »Der Mensch versäumt sehr viel, wenn er so allein dahinlebt. Jeder Tag ist verloren. Lassen Sie sich das vom alten Haas sagen. Ich feiere demnächst mit meiner Frau den vierzigsten Hochzeitstag. Noch keine Stunde habe ich es bereut. Wir leben heute noch wie zwei Turteltauben.«

»Glückssache, den richtigen Gefährten zu finden«, meint

Markus und leert den Inhalt seines Glases mit einem Zug.

»Für jeden ist er da, der richtige Gefährte. Man muß nur warten, bis er kommt.«

»Und wenn er nie kommt?«

»Der kommt ganz bestimmt«, antwortet der Oberinspektor und schaut plötzlich angestrengt durch das geöffnete Fenster. »Ich glaube, die Herrschaften nähern sich.«

In der Ferne sieht man eine graue Staubwolke aufsteigen, die immer näher kommt. Markus wird es unbehaglich zumute, denn unwillkürlich muß er an die erste Begegnung mit den Herren damals im Landratsamt denken. Da biegen die zwei Wagen bereits von der Landstraße ab und halten nahe bei der Hütte des alten Haas. Markus schließt einen Moment seine Augen. Was ist denn das dort? Ist das nicht Fräulein Elisabeth, die jetzt flink aus dem Wagen steigt? Warum nur freut er sich so über dieses plötzliche Wiedersehen? Seit Ginas Verrat kann ihm doch kein Mädchen mehr etwas bedeuten!

Aber er hat keine Zeit, darüber nachzudenken, denn schon begrüßt ihn Elisabeth etwas zu stürmisch, der Landrat reicht ihm die Hand und stellt den Direktor Hagen von der staatlichen Moorwirtschaftsstelle vor. Etwas überheblich nickt dieser Markus zu, und Markus wird sofort von einer feindseligen Stimmung gegen ihn erfaßt. Um so herzlicher aber ist die Begrüßung zwischen ihm, Dr. Wilpert und Assessor Burghart, die ihm den Regierungsrat Pleinert vorstellen.

»Wir haben uns lange nicht mehr gesehen«, lacht Dr. Wilpert und schüttelt Markus' Hand. »Habe in der Zwischenzeit oft noch an unsere erste Begegnung denken müssen. Hoffentlich verstehen wir uns heute besser.«

»An mir soll das nicht liegen«, antwortet Markus ebenfalls lachend. »Damals ging es darum, daß ich alles verlieren sollte. Heute jedoch möchte ich recht viel gewinnen.«

»Wäre es anders, würden Sie nicht Markus Larasser sein«, entgegnet Dr. Wilpert freundlich.

»Wollen wir nun an die Besichtigung gehen?« fragt Direktor Hagen etwas ungehalten. Es wurmt ihn, daß man mit dem jungen Burschen gar so freundlich umspringt.

Die Gruppe setzt sich in Bewegung. Dabei ergibt es sich, daß Markus und Elisabeth nebeneinander gehen. Natürlich ist es ihm sofort aufgefallen, daß sie nicht mehr so gut aussieht wie damals.

»Sie müßten mehr in die frische Luft«, meint er.

»Das hat mir kürzlich auch schon jemand gesagt. Aber ich warte immer, daß mich jemand ...«

Elisabeth spricht den Satz nicht zu Ende, weil die Gruppe plötzlich vor einer Baustelle stehenbleibt, wo Arbeiter gerade das Stahlgeflecht über die Schalung für eine Kellerdecke spannen. Direktor Hagen breitet eine Flurkarte aus und läßt sich vom Polier den Plan des hier entstehenden Hofes geben. Er rechnet und vergleicht, legt dann die Flurkarte wieder zusammen und sagt:

»Man verfährt hier ziemlich großzügig. Nach meiner Schätzung werden die Baulichkeiten um zehn Quadratmeter größer, als ursprünglich geplant war.«

»Wieso?« fragt Markus. »Der Hof wird nicht viel größer als der, den ich in Torwalden verlieren muß.«

»Ach so«, lächelt Direktor Hagen spöttisch und blickt vom Plan auf. »Ich ersehe gerade, daß es sich um Ihren künftigen Hof handelt. Sie haben hier zehn Tagwerk mehr als drüben in Torwalden.«

»Nicht nur ich, sondern auch die andern. Und auch ganz mit Recht. Was wir drüben zurücklassen, wissen wir. Was wir hier gewinnen, das muß erst abgewartet werden.«

»Wollen wir weitergehen?« fragt Dr. Wilpert, wohl in der Absicht, einen weiteren Wortwechsel zu unterbinden. Nach seinem Dafürhalten geht das den Direktor der staatlichen Moorwirtschaft gar nichts an. Man hat ihn lediglich als Fachmann beigezogen, damit er erforderlichenfalls seine Erfahrungen in den Dienst der Sache stellt. Man wollte von ihm etwas wissen, und man hat ihn nicht eingeladen, damit er das Begonnene benörgelt.

Markus und Elisabeth bilden wiederum den Schluß.

»Sie haben vorhin einen Satz nicht fertiggesprochen«, meint Markus. »Sie sagten, daß Sie immer auf etwas warten?«

Elisabeth stolpert in diesem Augenblick über eine nicht völlig bloßgelegte Wurzel und muß dabei an jenen Frühlingstag denken, an dem sie mit Markus über das nun unruhige Land gegangen ist. Damals ist noch feierliche Stille hier gewesen, und als sie damals gestolpert ist, hat Markus nach ihrem Arm gegriffen. Heute aber tut er es nicht. Wahrscheinlich wegen der anderen. Sie hat jedoch solche Sehnsucht nach einer kleinen Berührung mit ihm.

»Ich habe immer gewartet, daß mich jemand ruft«, sagt sie leise. »Aber man braucht mich nicht.«

Markus sieht sie gespannt an, fühlt sich etwas betroffen von ihren Worten, aus denen er einen leichten Vorwurf zu hören glaubt. Man braucht mich nicht, klingt es in ihm nach. Brauchte er sie vielleicht doch, ihre ruhige, ausgeglichene Art? In diesem Augenblick bleibt die Gruppe neuerdings stehen. Eingehend wird beraten, wie weit die Größe des zukünftigen Friedhofes ausgesteckt werden soll. Ob der Friedhof um die Kirche oder abseits davon angelegt werden müsse. Man wird sich darüber längere Zeit nicht einig. Da sagt Direktor Hagen kaltschnäuzig:

»Bisher habe ich noch nirgends erlebt, daß man schon an den Friedhof denkt, ehe ein Dorf überhaupt bewohnt ist. Ich muß wiederum feststellen, Herr Dr. Wilpert, daß man hier recht großzügig verfährt.«

»Eigentlich war von vornherein schon mit der Anlage

eines Friedhofsgeländes gerechnet worden«, antwortet Doktor Wilpert.

»Natürlich«, mischt sich jetzt Markus drein. »Wo sollen wir denn unsere Toten hinbetten?«

»Vorerst sind noch keine Lebenden da«, entgegnet Direktor Hagen, unwillig darüber, daß er schon wieder von diesem jungen Menschen unterbrochen wird. Nach seiner Meinung hätte Larasser überhaupt den Mund zu halten und nur stillschweigend zur Kenntnis zu nehmen, was man höheren Ortes beschließt. »Solange hier niemand lebt, kann auch niemand sterben«, fügt er noch bissig hinzu.

Markus sieht ihn einen Augenblick überrascht an; dann begreift er erst und antwortet:

»Bevor wir Lebenden hier seßhaft werden, werden die Toten von Torwalden hier ihren Einzug halten. Oder denkt der Herr vielleicht, daß wir unsere Toten drüben ersaufen lassen?«

Direktor Hagen wird krebsrot im Gesicht vor Zorn, zumal da er bei einem schnellen Seitenblick wahrnimmt, wie mühsam der alte Haas ein Lachen verbeißen muß. Abwägend schaut er in die Gesichter der anderen, ob er vielleicht dort Zustimmung für seine Meinung finde.

»Eigentlich hat Herr Larasser recht«, sagt nach einer langen Zeit Dr. Wilpert, und Landrat Albrecht nickt lebhaft dazu. »Die Regierung hat sich bereit erklärt, die Umbettung vorzunehmen.«

»Wir hätten es nämlich sonst selbst getan«, betont Markus.

»Merkwürdige Gefühlsduselei«, knurrt Direktor Hagen und dreht sich um.

Es werden noch eine Menge Baustellen und Arbeitsplätze besichtigt. Bei den Traktoren mißt Direktor Hagen genau die Einstellung der Pflugscharen und nickt zufrieden vor sich hin. Wenigstens hat man hier seinen Rat befolgt.

Die Sonne brennt geradezu tropisch heiß von einem wolkenlosen Himmel nieder. Als sie in die Nähe der Kantine kommen, meint der alte Haas, daß man sich dort vielleicht ein wenig niedersetzen könne. Im übrigen sei gestern erst das Brauereiauto hier gewesen und habe Bier und Eis gebracht. Am meisten Durst hat der Landrat Albrecht. Darum sagt er gleich, daß er die Herren zu einem Glas Bier einladen möchte. Im nächsten Moment sitzt die ganze Gesellschaft bereits um einen der vielen grobgezimmerten Tische, die vor der Kantine aufgestellt sind. Das Bier wird gebracht, alle stoßen miteinander an, und da Markus Larasser absichtlich auch mit Direktor Hagen anstößt, glaubt man allgemein, daß nun der friedlichere Teil der Besprechung beginnen könne.

Das aber ist eine ganz falsche Meinung, denn in der nächsten halben Stunde geraten Markus Larasser und Direktor Hagen so scharf aneinander, daß es selbst dem alten Haas ein wenig ungemütlich dabei wird.

Zunächst nimmt Direktor Hagen einen Stoß Papiere aus seiner Aktentasche und breitet sie vor sich aus. Dann beginnt er seinen eigentlichen Vortrag, den Fräulein Elisabeth im Auftrag des Landrats mitstenografieren muß.

Zur Einführung erklärt Direktor Hagen, daß es den Herren ja wohl bekannt sein dürfte, daß er seit über zwanzig Jahren die staatliche Moorwirtschaftsstelle, das Staatsgut Bärenreut, verwaltet. Die dort gesammelten Erfahrungen habe er nun auch hier in seine Berechnungen einbezogen, und niemand dürfe daher meinen, daß nur am grünen Tisch berechnet und entworfen worden sei.

Markus erkennt bei den weiteren Ausführungen sofort, daß die Resultate der Berechnungen äußerst knapp bemessen sind. Der Vortrag ist, fachmännisch gesehen, präzis gehalten und leicht verständlich. Aber was dort auf Bärenreut sich seit Jahren bewährt, muß hier erst einmal versucht werden. Es kostet Markus wirklich Mühe, bis zum Ende geduldig zuzuhören.

Endlich ist Direktor Hagen mit seinen Ausführungen fertig und bittet Dr. Wilpert um seine Meinung. Dieser hat während des Vortrages mit seinem Drehbleistift allerhand Figuren auf ein Blatt Papier gekritzelt. Nun hebt er den Kopf.

»Herr Direktor, Sie sind Fachmann auf dem Gebiet. Ihre Darlegungen müssen für mich kompetent sein. Haben Sie etwas dagegen einzuwenden, Herr Larasser?«

»Ja, allerdings«, antwortet Markus sofort und verschränkt die Hände über dem Tisch. »Ich habe sogar sehr viel einzuwenden. Zunächst möchte ich Herrn Direktor Hagen nur einmal darauf aufmerksam machen, daß hier im Herbst kein Roggen gesät wird. Wir werden erst im Frühjahr Kartoffeln auslegen.«

»Wieso?« fragt Hagen verblüfft. »Sie haben doch meine Ausführungen gehört und haben daraus entnehmen können, daß hier im Herbst Roggen gesät wird.«

»Das ist eben der grundlegende Irrtum, verehrter Herr Direktor, denn hier wird nämlich tatsächlich im Herbst kein Roggen gesät. Da können Sie Gift darauf nehmen. Außerdem wären diese hundert Zentner Saatroggen auch viel zuwenig, die Sie veranschlagen.«

»Zum Donnerwetter!« schreit Hagen und schlägt dröhnend mit der Faust auf den Tisch. »Sie werden doch einem alten Fachmann nicht unterstellen wollen, daß er nicht weiß, was er will. Soll ich mich etwa von Ihnen belehren lassen? Dazu sind Sie mir denn doch noch zu jung.«

Das letztere hätte er besser nicht gesagt, denn gerade darüber ärgert sich Markus am meisten. Er zieht die Augenbrauen hart zusammen.

»Ich unterstelle Ihnen gar nichts«, erwidert Markus. »Ich weiß auch ganz genau, was Sie wollen. Seien Sie aber versichert, daß ich auch weiß, was ich will. Zunächst schlagen Sie sich einmal ganz aus dem Kopf, daß wir etwa Angestellte der staatlichen Moorwirtschaftsstelle sind oder jemals werden wollen. Wir sind freie Bauern, werden es bleiben und haben nicht die Absicht, von Ihrer Gnade leben zu wollen. Was wollen Sie denn eigentlich mit Ihren lausigen fünfhundert Zentnern Kunstdünger? Für diese großen Flächen? Das ist ja kaum das Salz für die Suppe. Die doppelte Menge wird gerade reichen. Daß ich Ihnen viel zu jung bin, den Vorwurf hätten Sie besser unterlassen. Ich hatte vor längerer Zeit mit den Herren hier eine scharfe Auseinandersetzung gehabt. Gerne hoffe ich, Herr Dr. Wilpert, daß mir das nicht mehr nachgetragen wird und daß Herr Direktor Hagen nicht schon von vornherein gegen mich scharfgemacht worden ist.«

»Aber keineswegs«, beeilt sich Dr. Wilpert zu versichern.

»Gut, ich glaube es. Mittlerweile bin ich belehrt worden, daß ich mich als einzelner nicht gegen das Gesetz auflehnen kann. Ich habe sogar eingesehen, daß eine Notwendigkeit besteht, den Staudamm zu bauen, um die Kräfte der Natur der Allgemeinheit dienstbar zu machen. Aber, Herr Direktor Hagen, ich stehe hier als Bürgermeister von Torwalden. Ich ganz allein trage die Verantwortung für die anderen, die heute nicht hier sind. Wir verlieren unsere Heimat. Und wir wollen im Tal der sieben Sünden nicht mehr und nicht weniger, als was uns nach Recht und Gesetz zusteht. Dankbar erkenne ich an, daß die Regierung in großzügiger Weise zu ihren gegebenen Versprechen steht. Um so mehr überrascht mich Ihre Meinung, Herr Direktor, die ich geradezu als feindselig bezeichnen muß. Sie verwalten das staatliche Moorgut Bärenreut. Sie können dort experimentieren nach Lust und Liebe. Schlägt etwas fehl, so muß deshalb niemand darben, denn Sie arbeiten ja mit staatlichen Zuschüssen.«

»Das ist eine Unverschämtheit!« schreit Hagen wütend.

»Nein, nur eine Feststellung, die ich Ihnen jederzeit beweisen kann. Hier aber, im Tal der sieben Sünden, kann man nicht experimentieren. Hier muß von vornherein auf eine wirtschaftliche Rentabilität hingezielt werden. Wenn man uns aber zu Beginn schon die Mittel dazu beschneiden will, so darf es mir niemand verübeln, wenn ich mich dagegen mit allen Mitteln wehre.«

»Bravo!« sagt der alte Haas in die entstandene Stille hinein. Direktor Hagen jedoch steht auf und schließt seine Aktentasche.

»Es ist überflüssig, noch ein Wort zu sagen. Warum man mich überhaupt beigezogen hat, weiß ich nicht. Mahlzeit, die Herren!«

Mit langen Beinen stelzt er davon, erinnert sich wahrscheinlich in seinem Zorn nicht mehr daran, daß er den Landrat und Fräulein Mang mitzunehmen hätte, und fährt unhöflich allein davon.

Markus hat ihm stirnrunzelnd nachgesehen. Nun hebt er die Schultern und läßt sie wieder sinken.

»Das tut mir leid, aber ich kann es nicht ändern.«

Dr. Wilpert legt ihm die Hand auf die Schulter.

»Macht nichts, Herr Larasser. Der Direktor wird sich schon wieder beruhigen. Ich hatte übrigens selbst den Eindruck, als ob er knausern wollte. Mahlzeit hat er übrigens gesagt. Ist es denn schon Mittag?«

Ja, es sei gleich Mittag, bestätigt der Landrat in verärgertem Ton. »So eine Taktlosigkeit! Fährt einfach davon und läßt uns hier sitzen. Können Sie uns denn in Ihrem Wagen alle mitnehmen, Herr Dr. Wilpert?«

»Das wird schwer gehen. Ich muß halt zweimal fahren.«

Jetzt steht der alte Haas auf, nimmt seinen verwitterten Hut ab und streicht seinen Schnurrbart glatt.

»Wenn die Herren mit dem vorliebnehmen wollen, was

es bei uns in der Kantine gibt, würde es mich freuen, wenn Sie meine Gäste sein wollten.«

Dr. Wilpert schaut erwartungsvoll zum geöffneten Kantinenfenster.

»Was gibt es denn Gutes?«

»Ich glaube, Pichelsteiner.«

»Na schön, nur her damit!«

In diesem Augenblick gellt die Sirene über den weiten Moorgrund. Überall steigen braungebrannte Gestalten aus der Tiefe des Bodens, die Betonmischmaschinen setzen aus, die Traktoren fahren die Ackerlänge noch durch und stehen dann still. Im Nu sind alle Tische vor und in der Kantine belagert. Und mitten unter den Arbeitern sitzt Dr. Wilpert mit seiner Begleitung. Der alte Haas ist glänzender Laune, weil man ihm versichert hat, daß alles vortrefflich organisiert ist und sehr gut klappt. Er bedient seine Gäste selbst und erzählt so nebenbei, daß die Arbeiter das Essen zu einem verbilligten Preis von fünfzig Pfennig bekommen.

Der Landrat und Dr. Wilpert unterhalten sich mit einigen Leuten. Dr. Wilpert wird überhaupt recht leutselig und fragt den alten Haas, ob es sich schicke, daß er eine Runde Bier für alle ausgäbe.

»Eine Runde für alle?« lacht der Alte. »Es sind über dreihundert Arbeiter, Herr. Das wären eineinhalb Hektoliter.«

»Was? Soviel? Na ja, aber es sei denn. Bestellen Sie eine Runde!«

Als es bekannt wird, und der Alte sorgt schon dafür, daß es bekannt wird, wer der Spender ist, erhebt sich einer von den Vorarbeitern und hält eine für die Ohren der Stadtherren recht merkwürdige Ansprache:

»Indem daß heute ein Herr von der Regierung da ist und nachgeschaut hat, ob wir etwas arbeiten, hat derselbe festgestellt, daß wir was arbeiten. Es freut uns, daß er erkannt hat, daß wir schon viel getan haben in den paar Wochen, und darum hat sich der Herr Regierungsrat erlaubt, uns eine Runde Bier zu stiften. Dafür sei dem edlen Spender Dank und Anerkennung. Ich fordere euch alle auf, euer Glas emporzuheben und mit mir einzustimmen in den Ruf: Der hochherzige Spender, er lebe hoch — hoch — und nochmals hoch!«

Dr. Wilpert dankt mit einem gönnerhaften Lächeln und winkt freundlich. Dann stößt er mit allen am Tisch an, ganz besonders herzlich mit dem Bürgermeister Larasser. Nur Fräulein Elisabeth ist auf einmal nicht mehr da. Ganz spurlos ist sie verschwunden. Als Markus jetzt über das Moor hinblickt und einmal inmitten des Durcheinanders etwas Helles schimmern sieht, zieht es auch ihn unwillkürlich aus der Menge fort, und er verschwindet unbemerkt.

Er findet Elisabeth dort, wo, wie sie am Vormittag gehört hat, einmal der Larasserhof stehen soll. Ganz leicht erschrickt sie, als er plötzlich neben sie tritt und sie fragt:

»Darf man wissen, über was Sie gerade so angestrengt nachdachten?«

»Haben Sie sich eigentlich schon einmal überlegt«, erwidert sie, »wie das neue Dorf nun heißen soll? Sie können es doch nicht das Tal der sieben Sünden nennen.«

»Das stimmt, ich habe jedoch noch keinen anderen Namen gefunden.«

»Aber ich glaube, einen passenden Namen zu wissen: Gnadental.«

»Gnaden — tal«, spricht er langsam und feierlich nach. Wie schön das klingt, denkt er ergriffen. »Paßt denn überhaupt ein so streitsüchtiger Bürgermeister zu einem Dorf mit diesem gnadenvollen Namen? Sagen Sie einmal, Fräulein Elisabeth, welchen Eindruck haben Sie denn von mir? Jedesmal, wenn wir uns begegnen, erleben Sie, daß ich streiten muß.«

»Sie streiten nicht, Sie kämpfen nur um Ihr gutes Recht. Außerdem sind wir uns auch hier schon einmal begegnet, und da waren Sie sehr friedlich.«

»Ach so, ja, damals war auch Sonntag.«

»So? Das wissen Sie also noch. Haben Sie eigentlich Ihrer Braut erzählt, daß Sie mit mir im Moor gewesen sind?«

»Meiner Braut? Ach so.« Er bückt sich nach einem Stein, um damit nach einer Wühlmaus zu werfen, die er entdeckt hat. Aber bevor er noch zum Wurf ausholt, ist das Tier in einem Loch verschwunden. »Ich habe ihr nichts gesagt, weil ich keine Veranlassung dazu hatte.«

So unwichtig ist ihm das Beisammensein mit mir gewesen, muß sie denken, und es fallen ihr dabei die Stunden ein, in denen sie vor Sehnsucht nach diesem Menschen fast krank gewesen ist.

In diesem Augenblick ruft die Sirene wieder zum Arbeitsbeginn.

»Ich muß zurück«, sagt Elisabeth und wendet sich um. Markus folgt ihr.

Schnell wandern sie zurück.

Bei der Kantine sitzt einsam und verlassen der Landrat Albrecht vor einer leeren Kaffeetasse. Ganz erstaunt sieht er plötzlich die beiden vor sich stehen.

»Ach, da sind Sie ja, Fräulein Mang! Ich dachte schon, ich müßte ohne Sie wegfahren. — Und Ihnen soll ich noch viele Grüße bestellen, Herr Larasser, von den anderen Herren. Wir konnten uns nicht erklären, wohin Sie so plötzlich verschwanden.«

»Ich ging nur noch einmal ins Moor hinaus, und dabei habe ich dann Fräulein Elisabeth getroffen.«

»Aha«, lacht der Landrat, »ein einsames Mädchen im Moor . . .«

»Nicht einmal. Sie stand genau dort, wo einmal die Haustür meines zukünftigen Hofes sein wird. Ist das nicht wie ein Symbol, Herr Landrat? Es ist noch keine Haustür da, aber es steht ein Mädchen dort, wo sie einmal sein wird.«

»Ich weiß nicht«, meint der Landrat unsicher, »es könnte vielleicht ein Symbol sein. Wenn Sie schon von Symbolen reden, dann können Sie mir vielleicht auch helfen. Als ich vorhin so allein hier gesessen bin, habe ich mir nämlich vergeblich den Kopf zerbrochen, wie das neue Dorf eigentlich heißen soll. Es wird schwer sein, aus dem Tal der sieben Sünden einen vernünftigen Namen zusammenzudrechseln.«

»Gar nicht, Herr Landrat«, antwortet Markus mit einem spitzbübischen Lächeln. »Wir werden es ganz einfach ›Gnadental‹ nennen.«

»Gnadental? Ausgezeichnet. Wie Sie nur gleich immer auf alles kommen! Sie sind doch ein Genie, Herr Larasser.«

»Diesmal ausnahmsweise nicht; der Name stammt nämlich von Fräulein Elisabeth.«

»Wirklich? Aber es hört sich schön an: der Bürgermeister von Gnadental.« Der Landrat nimmt sein Notizbüchlein heraus und notiert sich den Namen. Dann späht er wieder scharf in die nördliche Richtung. »Na, endlich«, sagt er befreit. »Ich glaube, das Auto kommt nun.«

Tatsächlich sieht man in der Ferne eine graue Staubwolke, die immer näher kommt. Es ist Dr. Wilpert, der das Auto abstellt und querfeldein läuft, die beiden abzuholen.

»Eigentlich hätte man gleich zu Beginn der Arbeiten eine feste Straße hier hereinbauen müssen«, meint er, indem er vor den dreien stehenbleibt.

»Besser ist es«, antwortet Markus, »hernach gleich eine richtige Straße zu bauen. Ich denke da an eine Straße, mindestens sechs Meter breit mit gutem Untergrund und einer stabilen Teerdecke darauf.«

»Teerdecke? Wieso Teerdecke? Ich glaube, das ist eigentlich nicht vorgesehen, Herr Larasser.«

»Dann wollen wir es doch lieber vorsehen«, sagt Markus mit einer Miene, die so unschuldig ist, als hätte er es nur versäumt, die Kleinigkeit in den Gesamtplan einzuzeichnen. »Sehen Sie, Herr Dr. Wilpert, hier entsteht doch ein ganz neues Dorf. Es muß ein Musterdorf werden. Es wird besichtigt werden. Und dann soll doch auch eine Musterstraße in das Dorf Gnadental führen.«

»Gnadental? Was ist denn das nun wieder?«

»Ja, den Namen hat er bereits für sein zukünftiges Dorf geprägt. Der Gedanke stammt zwar ausnahmsweise einmal nicht von ihm, aber der Name hört sich doch feierlich an, nicht wahr?« Der Landrat steht nach dieser Erklärung auf; langsam wandert die Gruppe über das Feld zum Wagen.

Dort angekommen, verabschieden sich die Herren und Fräulein Mang von Markus. Dann fliegt der Wagenschlag zu, der Motor springt an. Eine Staubwolke wirbelt im Anfahren auf und zieht hinter dem Wagen her in die Ferne.

Während die beiden Herren sich über belanglose Dinge unterhalten, sitzt Fräulein Elisabeth tief in Gedanken versunken am Rücksitz des Autos. Das Wiedersehen und vor allem das Verhalten von Markus ihr gegenüber haben ihre Gedanken und Gefühle völlig verwirrt. Ihr Verstand rechnet ihr zwar vor, daß es eigentlich frevelhaft von ihr war, sich bei diesem Wiedersehen mehr als ein paar freundliche Worte erwartet zu haben, weil ja Markus Larasser längst eine Braut hat, die er im Herbst heiraten will. Unbestimmte Gefühle jedoch lassen sie daran zweifeln, daß Markus wirklich glücklich ist mit seiner Braut. Die Zweifel werden noch besonders genährt durch die damalige Andeutung seiner Schwester Therese, daß sie ihren Bruder schon lange nicht mehr so froh gesehen habe wie in ihrer Nähe. Und auch heute hat sie selbst gespürt, daß immer mehr ein unbestimmter Schatten von seinem Gemüt wich, je länger sie an seiner Seite weilte. Oder gaukelte ihr die Liebe etwas vor, was gar nicht so ist? Muß sie Markus ganz einfach vergessen? Vielleicht könnte sie es, wenn sie den geliebten Mann wirklich glücklich wüßte an der Seite der anderen und wenn eines Tages ihr selbst ein ähnlich wertvoller Mensch begegnen würde.

Immer mehr verändert nun Torwalden sein Gesicht. Was man jetzt an ihm stündlich und täglich verändert, das wird unbeirrbar bleiben bis in das kommende Jahrhundert hinein.

Immer steiler wachsen die Betonwände auf, und dort, wo bereits die Verschalung abgenommen wird, sieht man, wie der Beton sich mit den grauen Felswänden verbindet wie eine einzige starre Festungsmauer. Hoch droben leuchten die weißen Mauern des Maschinenhauses in der Sonne.

Immer noch ist ohrenbetäubender Lärm in der Landschaft und hallt aus allen Echogründen zurück. Im Dorf selbst jedoch wird es stiller und stiller. Der Thanner, der Riederer und der Haflinger sind nun auch schon fort. Die Häuser stehen leer. Jedesmal, wenn einer mit Sack und Pack abzieht, die Pferde vor die Wagen spannt, das Vieh meist hintennach treibend, ist es Markus Larasser, dem Bürgermeister, zumute, als nähme ihm jemand ein Stück von seinem Herzen fort.

Immer kleiner wird die Herde, die Blasius zu betreuen hat. Es hat anscheinend erst diese Zeit kommen müssen, in der er zu einem anderen Liedchen findet. Er spielt jetzt nicht mehr den »Zirkus Sarrasani«, sondern »Muß i denn, muß i denn zum Städtele hinaus . . .«

Ihn hat die ganze Umstellung am wenigsten bewegt. Seit man ihm verboten hat, Steine aus dem Hinterhalt nach den Eindringlingen zu schleudern, ist seine Welt wieder gerundet und still. Wasser wird kommen, hat man ihm gesagt. Aber Wasser ist besser als Feuer, reimt er sich zusammen. Wasser kann man trinken, wenn man Durst hat. So zieht Blasius, nachdem er nicht mehr bergwärts darf, über die Wiesen, die um das Dorf liegen, und freut sich wie ein König, weil seine Kühe auch das noch abweiden können, was die anderen zurückgelassen haben.

Alles wäre gut für ihn gewesen, wenn er nicht Therese vor einigen Tagen mit dem Chefingenieur über die Wiesen hätte gehen sehen. Er ist ihnen nachgeschlichen in den Wald und hat gesehen, wie sie sich geküßt haben. Therese, seine Therese Larasser ...

Der Jäger Gabriel ist fort. Aber nun ist ein anderer gekommen. Und der Ingenieur ist viel gefährlicher. Mit ihm ist Therese in den Wald gegangen. Darum hat Blasius seine Schleuder wieder hervorgesucht. Darum kauert Blasius oft stundenlang in einem Gebüsch, weint vor sich hin und rüstet sich für das Werk seiner Rache. Markus stößt zufällig einmal so auf ihn, setzt sich zu ihm und versucht ihn zu beruhigen.

»Ich weiß nicht«, sagt er, »auf wen du mit deiner Schleuder wartest. Aber glaube mir, Blasius, was ich nicht abwenden konnte, wirst auch du mit deiner Schleuder nicht aufhalten.«

»Muß ihn nur einmal schön erwischen«, kichert Blasius.

»Wen willst du denn erwischen?«

»Den großen Blonden, der mir die Therese weggenommen hat.«

Markus erschrickt jetzt doch, als er in die haßerfüllten Augen sieht. Mit einem eisernen Griff umklammert er des andern Handgelenk und entreißt ihm die Schleuder.

»Du bist wirklich ein Narr«, schreit er ihn an.

Unter dem harten Zugriff kommt Blasius für einen Moment zur Besinnung. Der Wahnsinn hellt sich auf und läßt ihn ganz vernünftig reden.

»Ich kann doch nichts dafür, Bürgermeister, daß ich nicht so bin wie die andern. Und ich kann doch auch nichts dafür, daß ich das Theresle liebhab, mehr als mein armseliges Leben. Nun kommt der Fremde daher und geht mit ihr ...« Er verstummt plötzlich und reckt sich hoch. In seinen Augen ist wieder der irre Schein. »Siehst es, Bürgermeister — das Wasser kommt — es kommt — hui, es kommt daher ganz gach — und alle wird es verschlingen — mich und dich — und das Theresle auch — das Theresle auch ...«

Wimmernd schlägt er die Arme vor sein Gesicht und krümmt sich am Boden.

Geduldig wartet Markus eine Weile. Dann richtet er den Burschen auf.

»Komm, Blasius, nun treib deine Herde schön ins Dorf, und morgen ist dann alles wieder gut. Das Wasser wird nicht eher kommen, bis wir alle draußen sind.«

Bei seinem Gang durch das Dorf wird Markus dann von der Anderlpeterin aufgehalten, die mit ihren drei Kindern und verweintem Gesicht am Gartenzaun steht.

»Na, was gibt es denn, Anderlpeterin?«

»Ach, Bürgermeister, es ist doch furchtbar. Das ganze Geld hat er schon verspielt, und jetzt sitzt er wieder drüben beim Wirt. Was soll das bloß noch werden! Kannst mir du denn auch nicht helfen?«

»Das ganze Geld?« fragt Markus erschrocken. »Alles, was er für das Anwesen hier bekommen und mit dem er sich woanders hätte etwas kaufen sollen?«

»Bis auf den letzten Pfennig ist es weg! Vertrunken und verspielt!«

»Warum hast du mir das nicht schon früher gesagt? Ich hätte sofort ein Wirtshausverbot gegen ihn erwirken können.«

»Ich hatte keinen Mut; er schlägt uns ja wegen jeder Kleinigkeit.«

Bedrückt, als sei dies alles durch seine Schuld geschehen, starrt Markus vor sich hin. Liegt wirklich gar keine Schuld bei ihm? Er hat über seinen eigenen Sorgen vergessen, sich um die anderen zu kümmern, wie ein ungeschriebenes Gesetz es einem Landbürgermeister auferlegt.

Nein, bei ihm liegt keine Schuld. Der Anderlpeter hat sich als einer der ersten abfinden lassen, zählt also rechtlich gar nicht mehr zu den Gemeindebürgern von Torwalden und könnte längst über alle Berge sein.

Trotzdem verspricht er der Frau, daß er zusehen wolle, ob er etwas machen könne, und geht auf das Wirtshaus zu. Sofort aber erkennt er, daß er nichts ausrichten wird. Grölend wird er vom Anderlpeter empfangen, der schon wieder beim Kartenspiel sitzt.

»Ah, da kommt er ja, unser geschniegelter Bürgermeister, der Schönste vom ganzen Landkreis! Willst mitspielen? Nur her, wenn du Geld hast.«

Die anderen lachen dröhnend mit. Es sind ein paar Auswärtige, die Markus nicht kennt. Seine Fäuste zittern vor Wut und Zorn. Mühsam beherrscht, stößt er heraus:

»Für dich wäre es besser, du gingst heim, Anderlpeter, bevor du deinen Kindern auch noch das letzte Tröpferl Milch verspielst.«

»Was?« Der Anderlpeter reißt die Augen auf und wirft die Spielkarten weg. »Heimschaffen willst du mich? Jetzt wird's Tag! Hast du überhaupt etwas zu sagen? Darf so einer sein Maul noch aufmachen, der als Bürgermeister sein Dorf verkauft hat?«

Blaß vor Wut schnellt Markus nach vorn.

»Anderlpeter!«

»Ja, der bin ich, und der bleib ich!«

»Sag das noch mal, daß ich mein Dorf verkauft habe!«

»Jawohl! Du und kein anderer hat es verkauft. Wirst schon eine gesalzene Provision dafür ...«

Weiter kommt er nicht mehr. Mit einem Ruck hat ihn Markus vom Stuhl hochgerissen und schleudert ihn dröhnend gegen die Mauer.

»Das mußt ausgerechnet du mir sagen! Du, der ärgste Schreier gegen mich, als ich mich habe wehren wollen gegen das Kraftwerk. Pfui Teufel! Es reut mich jetzt, daß ich dich überhaupt angefaßt habe.«

»Ja, das wird dir teuer zu stehen kommen«, schreit der Anderlpeter, indem er sich stöhnend wieder aufrichtet. »Ich glaube, mir sind ein paar Rippen gebrochen. Und ihr«, wendet er sich an die beiden anderen, »ihr seid mir nette Kameraden! Schaut seelenruhig zu, wie mich der Kerl an die Wand wirft. Aber mit euch habe ich ausgespielt.«

Ohne seine Zeche zu bezahlen, reißt er seinen Hut vom Haken und torkelt hinaus.

Markus weiß nicht, ob er nun etwas besser oder schlechter gemacht hat. An die gebrochenen Rippen glaubt er keineswegs. Auch daran nicht, daß der Anderlpeter am nächsten Tag nicht schon wieder hier hinterm Biertisch sitzen wird. Darum kommt es ihm gerade gelegen, als der Wirt hereinkommt und sich erkundigt, was es da gegeben habe, weil ihn die Wally gerufen hätte.

»Nicht der Rede wert. Nur dem Anderlpeter habe ich zeigen müssen, daß man mir nicht mit Frechheiten kommen darf. Und dir muß ich jetzt sagen, Hirschwirt — so leid es mir tut, denn wir sind immer gut miteinander ausgekommen —, daß du dem Anderlpeter nicht schon längst das Betreten deines Gasthauses verboten hast, das ...«

»Was heißt verbieten«, unterbricht der Wirt. »Er war ein guter Gast und ...«

»Dein bester, mußt du sagen. Wie man nur so am Geld hängen kann! Vielleicht mußt du ihm morgen bereits aufschreiben. Beim Anderlpeter ist nämlich schon Matthäi am letzten.«

»Du wärst ja nett! Das gibt's doch gar nicht!«

»Glaub mir's nur, wenn ich es dir sage. Gib ihm kein Bier mehr, ich kann dir keinen andern Rat geben.«

Als er wieder auf die Straße hinaustritt, begegnet er ausgerechnet Gina. Sie hätte ihm ausweichen können. Aber nein, genau auf ihn geht sie zu, stellt sich herausfordernd vor ihn hin, indem sie die Fäuste in die Hüften stemmt und ihn mit einem so kalten Lächeln ansieht, daß er davor erschrickt.

»Ist dir jetzt wohl?« fragt sie Markus klingend vor Zorn.

»Ja, sauwohl«, antwortet er, obwohl er gar nicht weiß, was sie meint. Das erfährt er erst nachträglich aus der Flut von Vorwürfen, die sie über ihn ausschüttet, weil der Bauführer Forster auf des Bürgermeisters Betreiben hin versetzt worden sei. »Aber bilde dir nur ja nicht ein, daß ich deswegen zu dir in deine kalte Stube zurückkehren möchte«, beschließt sie ihren Wortschwall.

»Nein, das bilde ich mir wirklich nicht ein«, lächelt er abwesend und muß sich wundern, daß er sie einmal geliebt hat. Mit einer brüsken Bewegung dreht sie sich um und geht davon. Wie Licht und Schatten, muß er denken, indem er plötzlich im Geist Elisabeth Mang und Gina vergleicht. Überhaupt wird ihm auf einmal bewußt, wie töricht es von ihm war, nach seiner Enttäuschung mit Gina alle Mädchen gleich niedrig einzuschätzen. Plötzlich schwindet jede Verbitterung aus seinem Herzen, und er sieht die Welt mit ganz anderen Augen. Hat ihn nicht ein gütiges Geschick schon längst jenen Menschen finden lassen, den er braucht und an dessen Seite er sich wohl fühlt: Elisabeth Mang? Zugleich mit dem klaren Erkennen kommen jedoch auch die Zweifel, ob es nicht schon wieder zu spät ist, Elisabeth zu gewinnen. Hat er sie doch bei ihrer letzten Begegnung in dem Glauben gelassen, daß er im Herbst die andere heiraten werde. Warum nur macht er sich selbst das Leben so schwer?

Das denkt übrigens seine Schwester Therese täglich, seit er ihr so nebenbei erzählt hat, daß bei der letzten Besichtigung auch Fräulein Elisabeth dabei war. Mit untrüglicher Sicherheit hat sie aus seinen wenigen Worten und aus seinem ganzen Benehmen entnommen, daß er Elisabeth liebt und deshalb leidet. Darum hat sie sich schon lange vorgenommen, bei Gelegenheit dem Bruder schwesterlich zu helfen.

Als Markus jetzt nach Hause kommt, ist niemand daheim außer der Magd, die ihm das Abendessen aufträgt. Er hat sich schon daran gewöhnt, daß Therese, wenn einmal die Sirenen Feierabend verkündet haben, sich auf den Weg macht, um ihren Walter an seiner Arbeitsstelle abzuholen oder auf halbem Weg auf ihn zu warten. Er versteht sie voll und ganz.

Nach dem Abendessen setzt er sich in die Kanzlei und spannt einen Bogen mit Durchschlag in die Schreibmaschine. Was er nämlich vor einigen Tagen so leichtherzig wegen der Teerstraße hingesagt hat, soll nun in einem ordnungsgemäßen Gesuch über den Landrat an die Regierung einen wirklichen Nachdruck erhalten. Ihm schwebe vor, so schreibt er, daß man das neuentstehende Dorf zugleich auch für den Fremdenverkehr erschließen könne, wozu nach der klimatischen Lage alle Voraussetzungen gegeben wären. Darum möge man doch wohlwollend in Erwägung ziehen, ob nicht eine Teerstraße zweckentsprechender wäre als eine Landstraße zweiter Ordnung, wie man sie hier in Torwalden habe.

Während des Schreibens hört er Walter Baumann und Therese zurückkommen. Einmal steckt auch Therese den

Kopf zur Tür herein und fragt ihn, ob er noch lange zu tun habe.

Markus beendet sein Gesuch, unterschreibt es und steckt es in einen Umschlag. Dann schließt er den Panzerschrank ab und geht ins Wohnzimmer vor. Als ihm Walter die Hand reicht, fällt ihm sogleich wieder der Auftritt mit Gina ein.

»Ja du, Walter, nun muß ich dich gleich etwas fragen. Vorhin hat mich auf der Straße jemand angeschrien und mir den Vorwurf gemacht, ich sei schuld daran, daß der Bauführer Forster versetzt worden sei. Ist denn da etwas daran?«

»Ach, das war gewiß Gina«, wirft Therese ein.

»Daß er an eine andere Baustelle versetzt worden ist, ja, das stimmt. Aber das hat mit dir nichts zu tun«, antwortet Walter. »Er wurde von der Firma angefordert und ist gestern abgereist; das ist alles.«

»Na, schau so ein Biest an«, lächelt Markus. »Mir will sie die Schuld in die Schuhe schieben.«

»Du wirst doch nicht so dumm sein, Markus, und sie nun wieder in Gnaden aufnehmen?« fragt Therese voller Schrekken.

»Schön ist sie, das habe ich heute wieder festgestellt«, sagt er, aber nur um die Schwester ein wenig zu ärgern. Sie erkennt das jedoch gleich und faßt nach seiner Hand:

»Nein, Markus, das wäre charakterlos, und das kannst du ja gar nicht sein.«

»Ich fahre morgen nach Murbach«, sagt Walter nach einer Weile. »Therese fährt auch mit. Wenn du etwas zu tun hast dort, kannst du dich anschließen.«

»Ich? Nein, aber ihr könnt mir einen Brief mitnehmen ans Landratsamt.«

Natürlich ist ihm sofort Elisabeth eingefallen. Es wäre eine günstige Gelegenheit. Aber was soll er tagsüber in Murbach tun, wenn Elisabeth im Büro sein muß.

»Ans Landratsamt?« fragt Therese eilig. »Ja, natürlich nehmen wir den mit. Ist er persönlich abzugeben?«

»Am besten wäre es, ja. Dann würde er vielleicht sofort bearbeitet und nicht erst einen Tag im Vorzimmer liegenbleiben. Übrigens habe ich heute Blasius getroffen. Ich glaube, es wird immer ärger mit ihm, und ich bin in Sorge, ob wir ihn nicht doch einmal in eine Heilanstalt geben müssen.«

»Nein, nein«, wehrt sich Therese sofort leidenschaftlich dagegen. »Er ist harmlos wie ein Kind, wenn man ihn zu behandeln weiß.«

»Dann vergiß es nicht, Schwester, ihm hin und wieder ein gutes Wort zu schenken. Er haßt dich, Walter, und ich habe ihm heute die Steinschleuder abnehmen müssen, mit der er dir auflauert.«

»Ich werde gleich morgen mit ihm reden«, verspricht Therese. »Willst du auch ein Glas Wein mittrinken, Markus?«

»Ja, bitte, schenk ein. — Prost, Walter!«

Nachdem sie beide getrunken haben, erkundigt sich Walter nach dem Fortschritt der Arbeiten im Tal der sieben Sünden.

»Das geht wie am Schnürchen«, berichtet Markus voller Freude. »Am ersten August sollen alle Höfe bereits schlüsselfertig dastehen. Ich habe gerade ein Gesuch gemacht, daß man die Straße teeren soll.«

»Denkst du, daß es dort so ein kleines Plätzchen gibt, wo zwei Menschen, die nun einmal nicht mehr voneinander lassen können, sich ein bescheidenes Heim hinbauen könnten?«

»Du meinst euch beide? Das wird sich ohne weiteres machen lassen. Das Dorf soll ja wieder einmal so groß werden, wie Torwalden war, bevor der Auszug begonnen hat.«

»An wen muß ich mich da wenden?«

»An wen? Na, überlaß das einmal mir. Wie das rechtlich

zu handhaben ist, weiß ich zwar im Augenblick auch nicht. Aber wenn es dir eilt, laß dir ruhig einen Bauplan anfertigen. So viel Grund kannst du auf alle Fälle von mir haben.«

»Ja, das ist ein rechtes Kreuz mit dir«, meint Therese. »Solange du nicht verheiratest bist, kann ich dich doch nicht verlassen.«

»Ach so? An mir liegt das?« lacht Markus. »Ja, da müßte ich nun also Hals über Kopf heiraten, bloß damit euer Glück an mir nicht scheitern muß. Heirate ich also die Nächstbeste.«

»Das hieße sich aufopfern für andere, und das dürfen wir unter keinen Umständen annehmen«, meint Walter mit leisem Spott.

Ach, wenn Markus wüßte, warum Therese eigentlich morgen nach Murbach mitfahren will! Einige Kleiderstoffe will sie kaufen, gibt sie vor. Aber das ist ja nur eine Ausrede. Sie will Elisabeth treffen, bei der Markus damals so fröhlich geworden war. Wenn ihr Bruder schon nicht recht weiß, wo sein Glück auf ihn wartet, dann will sie wenigstens versuchen, einen Weg zu finden, ihm das Glück zu bringen.

Frühzeitig am andern Morgen fahren die beiden weg. Bevor Therese in das Auto steigt, fragt sie Markus, der daneben steht:

»Soll ich keinen Gruß ausrichten an die — Dingsda?«

Markus weiß sofort, wen sie meint, wird rot wie ein kleiner Bub und entgegnet unsicher:

»Welche Dingsda?«

»An einem Sonntag hat sie uns einmal besucht, und letzthin war sie doch mit dem Landrat im neuen Dorf. Hat sie nicht Elisabeth geheißen? Es könnte immerhin sein, daß ich ihr zufällig begegne, wenn ich im Landratsamt den Brief abgebe.«

»Das wäre wirklich ein Zufall. Und einen schönen Gruß meinst du? Nein, danke, es ist nicht nötig«, sagt er schnell und ärgert sich dann über sich selbst.

Dickschädel, denkt Therese und wirft den Schlag zu. Das Auto fährt aus dem Hof, und Markus schaut ihm sinnend nach.

Erst als das Auto hinter der letzten Wegbiegung verschwunden ist, dreht er sich um und geht ins Haus. Gleich muß der Weigl mit der Post kommen.

Die beiden sind inzwischen auf der ebenen Straße angekommen, und Walter fährt gemütlich Sechzig. Das ist gerade noch so die Geschwindigkeit, bei der man den einen Arm um das geliebte Mädchen legen und sie ein wenig an sich ziehen kann.

»Na? Was ist denn nun mit der Dingsda eigentlich los?« fragt er.

»Das kann ich dir ganz genau sagen, Walter. Natürlich weiß ich, daß sie Elisabeth heißt. Markus weiß es ebenso. Sie ist ein prächtiges Mädchen und wäre für ihn wie geschaffen. Aber du hast ihn ja gehört. Keinen schönen Gruß, nichts.«

»Wie ich aber meine Therese kenne, wird sie den schönen Gruß trotzdem anbringen.«

»Da kannst du dich drauf verlassen«, lacht Therese. »Wenn er schon am Glück vorbeitappen will, muß man halt ein wenig nachhelfen. Das kann nichts Unrechtes sein. — Er hat ja bei mir auch . . .«

»Na? Was hat er bei dir auch? Nur raus mit der Farbe jetzt.«

»Er war der erste, der mir unverhohlen gesagt hat, daß ich in dich verliebt bin.«

»Das war ja auch die Wahrheit, mein Kind. Wahrscheinlich hast du daraufhin erst den Mut gefunden, wirklich in mich verliebt zu sein, was?«

»Ach du. Das war doch nie Verliebtheit, sondern schon gleich am Anfang Liebe.«

Sie fahren am Tal der sieben Sünden vorbei. »Auf dem Heimweg wollen wir ein wenig nachsehen dort drüben«, sagt Walter und nimmt den Arm von ihrer Schulter und fährt schneller.

»Ja, also, wie wollen wir es nun machen, Therese? Du gehst jetzt wohl mit dem Brief zum Landratsamt. Ich habe am Gericht zu tun. Wo und bis wann denkst du, daß wir uns treffen können?«

»In einer Stunde vielleicht, hier auf dem Stadtplatz?«

»Gut, in einer Stunde. Notfalls wartet eins auf das andere in dem kleinen Café dort drüben. Mach's gut, Therese.«

Walter Baumann klemmt seine Aktentasche unter den Arm, sperrt den Wagen ab und eilt in entgegengesetzter Richtung davon, während Therese zum Landratsamt geht. Sie merkt nicht, wie ihre hohe Erscheinung auffällt. In dem dunklen, enganliegenden Dirndlkleid erscheint ihre Gestalt noch schlanker und größer. Die bewundernden Blicke der Männer, die ihr nachsehen, gleiten spurlos an ihr ab. Den Kopf mit der dunklen Haarkrone stolz gehoben, geht sie auf das Landratsamt zu.

Es geht nicht so programmgemäß, wie sie es sich gedacht hat, denn der Landrat kommt soeben aus einem Parterrezimmer und will die Treppe hinauf, als er sie im Flur stehen sieht.

»Ach, wen sehe ich denn da? Schönen guten Morgen, Fräulein Larasser. Wollen Sie zu mir?«

»Ja, ich hätte diesen Brief abzugeben von meinem Bruder.«

»Geben Sie nur her. Danke schön. Und sonst? Alles in Ordnung draußen in Torwalden?«

Ja, es sei alles in Ordnung.

»Schön, schön. Moment mal, habe ich nichts mitzugeben?«

Der Landrat fährt sich mit gespreizten Fingern nachdenklich über die Stirne. »Nein, ich glaube, das ist gestern bereits mit der Post weggegangen. Grüßen Sie mir Ihren Bruder recht schön.«

Während er ihr die Hand reicht, sucht Therese nach ein paar passenden Worten. Es ist nun alles ein wenig anders verlaufen. Schließlich bleibt ihr dann doch nichts anderes mehr übrig, als geradeheraus zu fragen, ob sie Fräulein Elisabeth nicht sprechen könne.

»Fräulein Elisabeth? Ach, wollen Sie ihr vielleicht danken für den schönen Namen ›Gnadental‹, den sie für Ihr neues Dorf gefunden hat? Kommen Sie nur mit herauf.«

»Gnadental?« fragt Therese überrascht.

»Oh — Sie wissen noch gar nicht?« Der Landrat gerät in einige Verlegenheit und fragt sich, ob er nicht bereits zuviel gesagt hätte.

Therese jedoch denkt in leichtem Zorn: So ein Duckmäuser! Warum hat Markus ihr das verheimlicht?

Sie geht neben dem Landrat die breite Treppe hinauf, durch das Vorzimmer, in dem die drei netten Mädchen es natürlich furchtbar eilig haben und kaum aufschauen, um einen Blick auf das schöne, große Mädchen, das mit dem Landrat im andern Zimmer verschwindet, zu werfen.

Taktvoll läßt der Landrat die beiden Mädchen allein. Therese ist nun eigentlich froh, daß sie einen passenden Anfang für ihr Gespräch weiß, und beginnt:

»Da ich zufällig in Murbach bin, will ich nicht versäumen, Sie zu besuchen und Ihnen für den schönen Namen ›Gnadental‹ zu danken, den Sie unserem neuen Dorf gegeben haben. Sie müssen ja unser Dorf ganz besonders liebgewonnen haben, sonst wäre Ihnen nicht der Name eingefallen. Deshalb wundere ich mich aber auch, daß Sie nicht mehr zu uns gekommen sind. Ich habe Sie doch damals eingeladen.«

»Ja, Sie schon, Fräulein Therese«, erwidert Elisabeth ein wenig verwirrt, »aber ich habe immer gewartet, daß Ihr Bruder mich rufe, weil ich ihm gesagt habe, wenn er mich einmal brauche, dann würde ich gerne kommen.«

»Und ob er Sie braucht!« sprudelt Therese heraus. »Er hätte Sie schon viel früher gebraucht.«

»Soviel ich weiß, hat er doch eine Braut, die er im Herbst heiraten will«, entgegnet Elisabeth überrascht.

»Diese sogenannte Braut hätte er besser nie gekannt. Sie hat nämlich Markus schmählich verlassen. Ich bin jedoch froh, daß es so gekommen ist. An dieser Frau wäre er nämlich zugrunde gegangen.«

»Warum hat mir Markus davon nichts gesagt, als wir uns zuletzt in Gnadental begegneten? Ich glaube, daß ein Mann wie Markus nicht so schnell frei ist für eine andere Liebe. Warum sollte er denn gerade mich lieben, und wieso glauben Sie, Fräulein Therese, daß ich für ihn die richtige Frau bin?« fragt Elisabeth mit bangem Herzen.

Therese erzählt nun mit glühendem Eifer, daß sie ihren Bruder seit dem damaligen und erst recht wieder seit dem letzten Besuch Elisabeths genau beobachtet habe und es für sie als Schwester und Frau feststehe, daß Markus einzig und allein Elisabeth liebe. Dabei vergißt sie nicht die geringste Kleinigkeit im Benehmen ihres Bruders, die für ihre Überzeugung spricht.

»Ach, wenn Sie nur recht hätten, Therese«, seufzt jetzt Elisabeth.

»Daran gibt es gar keinen Zweifel«, behauptet Therese siegessicher. »Sie müssen nur einmal wieder zu uns kommen und — alles wird gut werden.«

»Zur Einweihung des neuen Dorfes nimmt mich der Landrat mit. Vorher jedoch kann ich nicht kommen.«

Zur gleichen Zeit steht Markus dem Bauern Rotanner gegenüber, der ihn deswegen aufgesucht hat, weil Gina, seine nahe Verwandte, beim Morgengrauen mit Sack und Pack das Haus verlassen hat.

Markus zieht die Brauen ein wenig hoch. Dann sagt er ganz ruhig:

»Und nicht einmal abgemeldet hat sie sich auf dem Gemeindeamt. Das muß nun wieder schriftlich erledigt werden.«

Der Rotanner sieht ihn verblüfft an.

»Wie einfach du das alles nimmst! Macht es dir denn gar nichts aus, daß sie fort ist?«

»Mir? Nicht das geringste.«

»Ja — aber, ihr wolltet doch im Herbst heiraten?«

»Ich wollte es allerdings. Aber Gina hat es sich anders überlegt. Rotanner, wir wollen uns doch nichts vormachen. Sage doch nicht, daß du nicht gewußt hast, wie sie mich hinterging.«

»Das — nein, das haben wir nicht gewußt.«

»Es war aber so, Rotanner. Heute bin ich froh, daß es so war. Ein Mensch, der es mit der Treue so leicht nimmt, der paßt nicht in mein Leben. Mag sie glücklich werden da drinnen in der Stadt. Ich trage ihr gar nichts mehr nach. Was gibt es sonst noch Neues?«

»Als ob das nicht Neuigkeit genug wäre!«

»Für mich nicht. Ich habe damit gerechnet. Übrigens, am Freitag haben wir Gemeinderatssitzung. Wir müssen wegen der neuen Siedlung drüben im Tal der sieben Sünden einige wichtige Dinge besprechen. Ich hoffe, Rotanner, daß die Affäre Gina unser sonst so gutnachbarliches Verhältnis nicht trübt. Gerade beim Anfang da drüben müssen wir fester zusammenstehen als bisher.«

»Auf mich kannst du rechnen wie bisher«, sagt der Rotanner und greift nach seinem Hut. Mit abgewandtem Blick geht er hinaus, und es sieht geradeso aus, als ob er sich für Gina zu schämen habe.

Schon fünf Minuten später kommt der Anderlpeter. Die Rippen sind also doch nicht gebrochen, denkt Markus, als er ihn durch den Obstgarten kommen sieht. Aber wahrscheinlich werden die Mauern dieses Zimmers jetzt eine heftige Auseinandersetzung hören. Er räumt ein paar amtliche Papiere vom Schreibtisch fort, sperrt die Schubladen ab und steckt den Schlüssel ein. Da klopft es an die Tür, ganz zaghaft und verhalten.

»Ja?« fragt Markus verwundert, denn noch niemals hat der Anderlpeter hier angeklopft. »Herein!«

Vorsichtig öffnet der Anderlpeter die Tür, schlüpft herein und nimmt den Hut ab. Wahrhaftig, er nimmt den Hut ab!

»Guten Morgen, Bürgermeister!«

»Guten Morgen, Anderlpeter. Was führt dich zu mir?«

»Ja — was mich zu dir führt? Halte ich dich nicht von der Arbeit ab?«

»Ein Bürgermeister hat dazusein, wenn einer ihn braucht.« Markus deutet auf einen Stuhl. »Setz dich. Rede dir alles herunter, was du auf dem Herzen hast.«

»Auf dem Herzen, ja. Es ist ein bißchen viel, was ich auf dem Herzen habe, und es fragt sich, ob du mir helfen willst oder kannst.«

»Wollen schon. Ob ich kann, muß ich erst sehen.«

»Du trägst mir also nichts mehr nach wegen neulich?«

»Über vergessene Sachen spricht man am besten nicht mehr. Also, wo drückt dich der Schuh?«

Der Anderlpeter dreht seinen Hut nachdenklich eine Weile zwischen seinen Händen. Dann hebt er rasch den Kopf.

»Wie ist das — drüben im Tal der sieben Sünden? Kann ich da noch ansiedeln? Zuerst möchte ich dir noch sagen, daß ich, seitdem du mich so unsanft gegen die Mauer geworfen hast, keinen Schluck Bier mehr getrunken habe. Ich habe mir auch geschworen, nie mehr in meinem Leben eine Karte anzurühren.«

»Das würde mich freuen, Anderlpeter. Deiner Kinder wegen schon. Aber mit dem Siedeln, wie meinst du das?«

»Die Regierung stellt doch da drüben Höfe her für die, die keine Ablösung gewollt haben.«

»Ganz richtig. Aber du, Anderlpeter, du warst der erste, der sich abfinden hat lassen.«

»Kann man das nicht rückgängig machen?«

»Wenn du das Geld wieder zurückerstattest, dann ist es sicher möglich.«

Der Anderlpeter läßt den Kopf tief sinken.

»Ach so, ja. Das habe ich mir gedacht.«

»Das ist ja auch ganz verständlich, oder?«

»Freilich, freilich. Aber ich habe doch — das Geld nicht mehr.«

»Überhaupt keines mehr?«

»Es werden höchstens nur mehr etwa fünfhundert Mark sein.«

Erregt geht Markus ein paarmal auf und ab, bleibt dann vor dem Anderlpeter stehen und schüttelt den Kopf.

»Anderlpeter, hast du denn gar nicht weiter gedacht? Zwanzigtausend hast du für dein Anwesen bekommen.«

»Ja, ja, ich weiß schon«, antwortet der andere zerknirscht. »Ich könnte mir alle Haare ausreißen.« Das ist ein Reueausbruch, der nicht überzeugend wirken kann, denn er hat keine Haare mehr. »Der Spielteufel hat mich gepackt und hat mich nicht mehr ausgelassen. Du kennst das vielleicht nicht, wie das ist.«

»Nein, dafür habe ich kein Verständnis. Sage mir nur bloß, wie ich dir jetzt helfen soll?«

»Wenn du es nicht weißt, wie soll ich es wissen? Ich habe

mir halt gedacht, daß man sich da drüben auch Land kaufen und selber urbar machen könne.«

»Mit was denn, wenn du nichts mehr hast? Land allein genügt dir auch nicht. Du brauchst auch Haus und Stallungen. Wieviel Kühe hast du noch im Stall?«

»Sieben Stück.«

»Verkauf fünf davon und fang drüben klein an. Das wäre wenigstens etwas. Aber laß mich einmal ein paar Tage nachdenken. Vielleicht fällt mir doch noch eine Lösung ein. Mag sein, daß wir bei der Regierung einen langfristigen Kredit für dich erwirken können. Notfalls kann ich dir auch mit ein paar tausend Mark unter die Arme greifen.«

»Ich sehe schon, ohne Geld ist eben nichts zu machen.«

»In deinem Fall leider nicht. Aber laß mich, wie gesagt, einmal darüber schlafen. Ich werde nachdenken. Nur — es muß bei dem bleiben, was du mir vorhin versprochen hast. Kein Bier, keine Spielkarte mehr!«

Ächzend steht der Anderlpeter auf.

»Wenn ich jetzt die zwanzigtausend Mark noch hätte, ginge es ohne weiteres, meinst du?«

»Ich sähe sonst kein Hindernis.«

»Na ja, ich danke dir halt für die Auskunft, Bürgermeister. Und nichts für ungut.«

So langsam, wie er hereingekommen ist, geht er wieder hinaus. Markus sieht ihm vom Fenster aus lange nach. Er sieht, wie er am Wirtshaus unten zögert weiterzuschreiten und sich dann doch einen Ruck gibt. In diesem Augenblick weiß Markus, daß er alles versuchen wird, ihm zu helfen.

In der darauffolgenden Nacht läutet die Feuerglocke auf dem Torwaldner Kirchturm Sturm. Da es zu einer Stunde ist, in der das Dorf in tiefstem Schlaf liegt, dauert es lange genug, bis die Feuerspritze herbeigebracht ist und die

Schläuche gelegt sind. Es dauert gerade so lange, bis das Anderlpeteranwesen bis auf die Grundmauern niedergebrannt ist. Nur das Vieh und einige Möbel können gerettet werden.

Markus hat sofort einen Verdacht; er kann sich nur nicht denken, was der Anderlpeter damit noch bezwecken will. Heimlich beobachtet er ihn, wie er mit verrußtem Gesicht umhergeht, während sein Weib mit den Kindern abseits auf einem alten Sofa sitzt und herzzerbrechend weint.

In einem günstigen Augenblick faßt Markus den Anderlpeter beim Arm und führt ihn abseits.

»Anderlpeter, wie ist das gekommen?«

»Was weiß denn ich? Aufgewacht bin ich auf einmal, und da war es ganz hell vor den Fenstern. Jetzt muß mir die Versicherung doch die Versicherungssumme auszahlen, oder?«

»Anderlpeter, du bist ein Narr, wenn du das glaubst. Der Hof gehört doch nicht mehr dir, sondern dem Staat.«

Entgeistert starrt ihn der Anderlpeter an.

»Für was habe ich dann jahrelang die Versicherung bezahlt?«

»Anderlpeter, ich glaube gar nicht, daß du so dumm bist und das nicht begreifst. Die Rechtslage ist jetzt so, daß dir die Versicherung nichts auszahlen wird. Sie würde dir auch im andern Fall nichts ausbezahlen, denn bei Brandstiftung . . .«

Der Anderlpeter zuckt zusammen.

»Wer kann sagen, daß es Brandstiftung ist?«

»Im Augenblick niemand, weil man es noch nicht genau untersucht hat. Aber wenn die Brandfahnder kommen, die bringen es schon heraus.«

Die Brandfahnder kommen aber gar nicht. Nachdem die rechtliche Lage sofort ganz klar ist, daß nämlich in diesem Fall die Versicherung nichts bezahlen muß, weil ja das Anwesen bereits vom Staat erworben und für die Fluten abgeschrieben ist, hat niemand großes Interesse mehr, den Tatbestand zu klären. Nur der Gendarm von Ambergen kommt ein paarmal mit seinem Fahrrad angeradelt und spielt sich als Detektiv auf, der es schon noch herausbringen werde. Er bringt aber gar nichts heraus, denn der Anderlpeter sagt einfach nichts anderes, als daß er aufgewacht sei, und da wäre es vor den Fenstern schon ganz hell gewesen. Seine Frau schweigt, obwohl sie weiß, daß ihr Mann kurz nach Mitternacht sich heimlich aus der Kammer geschlichen hat und kurz darauf wiedergekommen ist. Dann hat es plötzlich gebrannt. Rein gefühlsmäßig ahnt das auch der Bürgermeister. Der Anderlpeter geht ihm in diesen Tagen gerne aus dem Weg, obwohl sie viel miteinander zu besprechen hätten.

Zunächst bemüht sich Markus, Hausrat und Vieh des Anderlpeter unterzubringen. Das ist zwar nicht besonders schwer, stehen doch schon eine Reihe verlassener Höfe in Torwalden. Anderlpeters ziehen in den ehemaligen Pointnerhof ein. Niemand findet etwas Unrechtes daran, wenn der Anderlpeter nun mit einem verbissenen Eifer darangeht, auf den ehemaligen Pointnerwiesen das Grummet zu mähen und einzufahren. Vielleicht hätte es ein anderer getan, oder aber es wäre verfault. Auf keinen Fall denkt der Staat daran, diese Wiesen und Felder, die ihm gehören, abzuernten.

Wirklich bewundernswert jedoch ist, daß der Anderlpeter an seinem Vorsatz festhält und das Wirtshaus nicht mehr betritt. Markus Larasser kann daher mit ruhigem Gewissen ein Gesuch an die Regierung richten, für den Landwirt Anderlpeter im Tal der sieben Sünden Siedlungsgelände zur Verfügung stellen zu wollen, das dieser selbst urbar zu machen gedenke.

Nach acht Tagen schon kommt der Bescheid, die Regierung habe dagegen nichts einzuwenden.

»Na also, das hätten wir erreicht«, sagt Markus zufrieden und geht sofort zum Anderlpeter, um es ihm mitzuteilen. Der Anderlpeter sagt zunächst gar nichts; er schweigt eine Weile. Dann streckt er Markus die Hand hin.

»Lang habe ich dich verkannt, Bürgermeister. Du bist besser, als ich meinte, und du wirst es nicht zu bereuen brauchen, wenn du mir jetzt unter die Arme greifst.«

»Das wäre mein einziger Wunsch, Anderlpeter. Nur meine ich, du solltest hier jetzt alles liegenlassen und drüben anfangen mit dem Urbarmachen.«

»Hast du einmal Zeit, daß wir zusammen hinübergingen ins Tal der sieben Sünden?«

Zwei Tage später gehen sie hinüber. Zunächst bleiben sie überrascht am Rande der Siedlung stehen. Zum größten Teil sind bereits die Mauern der Höfe fertig. Auf einige wird gerade der Dachstuhl aufgesetzt. Markus kann dem alten Haas gegenüber mit seiner Anerkennung nicht zurückhalten.

»Hast du denn gedacht, daß wir schlafen?« poltert der Alte.

»Auf alle Fälle hätte ich dieses Tempo nicht erwartet«, meint Markus. »Da können wir in einem Monat ja schon die ersten Höfe beziehen. Leider ist es einer zuwenig.«

»Mir nichts bekannt. Bis die Kirche noch fertig ist, wird das Material so ziemlich aufgebraucht sein.«

»Mein Nachbar hier, der Anderlpeter, will hier noch ansässig werden. Auf eigene Kosten natürlich. Ich meinte nur — mit euren mächtigen Maschinen ginge das natürlich viel schneller. Wenn einer von den schweren Traktoren zufällig da drüben ein paarmal durchfahren würde ...«

Oberinspektor Haas zwinkert verstehend mit dem linken Auge.

»Zufällig? Kann sein, daß es zufällig so ist. Aber Maul halten. Die da oben müssen nicht alles wissen.«

»Wenn das Dorf einmal fertig steht, werden wir Sie zum Ehrenbürger ernennen«, lächelt Markus verbindlich.

»Lege keinen Wert auf Titel. Selbstverständlich werde ich bei der Einweihung da sein, werde tüchtig mitfeiern und euch dann eurem Schicksal überlassen. Also — wie ist das mit dem da?« fragt er dann und deutet mit dem Daumen auf den Anderlpeter.

Markus erzählt eine Geschichte von einem unglücklichen Brandleider, die zwar einen weiten Umweg um die Wahrheit macht, ihren Eindruck auf den alten Haas aber nicht verfehlt und ihn besonders wegen der drei unmündigen Kinder ein wenig rührselig stimmt.

»Na ja, werde sehen, was sich machen läßt«, sagt er. »Das Haus kann ich ihm zwar nicht bauen, das muß verstanden werden.«

Das versteht er recht wohl, versichert der Anderlpeter und lächelt pfiffig dabei. Er hat sich seinen Plan schon zurechtgelegt und fragt dann später im Heimgehen den Markus Larasser:

»Wie ist das nun eigentlich mit den Höfen in Torwalden, die schon verlassen sind? Die gehören also jetzt dem Staat?«

»Selbstverständlich«, antwortet Markus.

»Hat die Regierung die Absicht, die Höfe abzureißen, oder?«

»Daran wird sie kein Interesse haben. Wenn die Schleusen einmal geöffnet werden, wird halt alles in den Fluten versinken.«

»Und verfaulen.«

»Im Laufe der Jahre freilich.«

»Wenn sich jedoch einer die Arbeit machen würde, so einen Hof, der doch dem Untergang preisgegeben ist, abzureißen und das gute Material wegzuschaffen?«

»Daran hat die Regierung wohl kaum gedacht«, entgegnet Markus sinnend.

Der Anderlpeter bringt das Gespräch jetzt hurtig in eine andere Richtung und orakelt über das Wetter, das nach dem Hundertjährigen Kalender bis in den späten Herbst hinein schön sein soll.

Am andern Tag aber fängt er mit Frau und Kindern an, das Dach von dem bereits verlassenen Stögerhof abzunehmen. Dachplatte für Dachplatte nehmen sie herunter, richten sie unten schön säuberlich in langen Reihen auf und legen immer wieder eine Schicht Stroh dazwischen.

Im ersten Augenblick erschrickt Markus, als er davon hört. Dann aber durchschaut er sofort die Absicht des Anderlpeter und muß sich über so viel Pfiffigkeit doch wundern. Allerdings gerät er in einen Zwiespalt mit sich selbst, überlegt hin und her, ob er davon wenigstens nicht dem Landrat Mitteilung machen solle. Schließlich bespricht er sich am Abend mit Walter Baumann, der eigentlich nichts daran findet.

»Rechtlich ist es zwar Staatsbesitz«, meint der Chefingenieur. »Ein Besitz, der im nächsten Jahr wieder kein Besitz mehr ist. Ich weiß nicht, ob man dem Anderlpeter viel anhaben könnte. Laß ihn doch werkeln. Wo kein Kläger ist, ist kein Richter, und ich glaube kaum, daß in der Stunde, in der die Schleusen einmal geöffnet werden, jemand von der Regierung noch hingeht und nachrechnet, ob es wirklich noch alle Höfe und Häuser sind, die im nächsten Augenblick der Vernichtung anheimfallen werden.«

Das leuchtet Markus sofort ein, und er beschließt, die Sache auf sich beruhen zu lassen.

Nein, vorerst findet der Anderlpeter keinen Kläger und keinen Richter. Dafür aber viele Spötter, die ihm zusehen, wie er nun auch Balken um Balken des Dachstuhles abträgt, und die ihn witzelnd fragen, ob er auch noch an das Mauerwerk gehen wolle.

Der Anderlpeter schweigt darauf, arbeitet im Schweiße

seines Angesichts mit den Seinen vom frühesten Morgen bis in den späten Abend hinein und bricht wirklich auch das Mauerwerk ab. Die Ziegel türmen sich zu großen Haufen. Die Kinder putzen den Mörtel ab, und der Anderlpeter arbeitet verbissen mit Pickel und Brecheisen, bis es ihm einfällt, den Chefingenieur zu fragen, ob er ihm nicht etwas vom Dynamit abtreten wolle, damit es mit den Mauern schneller gehe. Das sei zu gefährlich, und er könne die Verantwortung nicht dafür übernehmen, meint Walter Baumann. Aber er schickt an einem Samstagnachmittag einen von den schweren Kränen an der Ruine vorbei, und der räumt in ein paar Stunden mit den Mauerresten so gründlich auf, daß für das Brecheisen des Anderlpeter nichts mehr übrigbleibt.

Anschließend beginnt der Anderlpeter, das Material ins Tal der sieben Sünden zu befördern. Erst jetzt fällt es einem von denen ein, die vom Spötter zum Neider geworden sind, an das Landratsamt zu schreiben, wie das denn sei, ob man so ein Haus ganz einfach abbrechen dürfe.

Der Landrat fragt beim Bürgermeister an, und der setzt sich hin und schreibt in einem drei Seiten langen Bericht ausführlich, wie sich die Sache verhält. Antwort kommt keine mehr darauf, und der Anderlpeter leiht sich vom Chefingenieur immer wieder einen Traktor aus und schafft sein Material hinüber ins Tal der sieben Sünden.

Bei einer Gemeinderatssitzung jedoch nimmt Markus eindeutig zu dem Fall Anderlpeter Stellung. Ob es denn nicht besser so sei als vorher, fragt er. Hätte der Anderlpeter sich nicht so grundlegend gewandelt, wären er und seine Familie zweifellos der Gemeinde zur Last gefallen. Da aber die Gemeinde hier nicht mehr lange besteht, hätte die neue Gemeinde schon von Anfang an die Last zu tragen. Das sei weder in seinem Sinne, noch könne es im Sinne anderer sein. Zudem entstehe aus allem, was der Anderlpeter da begonnen hat und drüben vollenden will, niemandem ein Schaden. »So — und nun wollen wir uns über etwas anderes unterhalten«, schließt er das Kapitel. »Ich habe bei der Regierung eingegeben, daß unser neues Dorf da drüben ›Gnadental‹ heißen soll. Hat jemand einen anderen Vorschlag?«

Gnadental? So, so, Gnadental soll es heißen! Seht doch den Bürgermeister an! Er denkt einfach an alles. Niemand von ihnen hat bisher darüber nachgedacht, wie das neue Dorf heißen soll.

»Dann habe ich nur noch mitzuteilen, daß am achten September die feierliche Einweihung unseres neuen Dorfes stattfindet. Wahrscheinlich ist das heute unsere letzte Gemeinderatssitzung in Torwalden. Ich glaube, daß ich Torwalden ein guter Bürgermeister gewesen bin. Ob ich auch für Gnadental das nötige Vertrauen besitze, weiß ich nicht, und ich werde deshalb eine Neuwahl beantragen.«

»Das ist gar nicht nötig«, antwortet der Rotanner, und die andern pflichten ihm lebhaft bei. »Ich kann dir versichern, daß die Wahl wieder einstimmig für dich ausfällt, deshalb können wir uns die Unkosten einer Wahl ersparen.«

Zum Schluß steht der Lehrer noch auf und sagt, daß man es nie vergessen dürfe, was Markus Larasser gerade in der schweren Zeit alles für seine Gemeinde auf sich genommen habe. Gestern erst sei er drüben gewesen im Tal der sieben Sünden, für das ihm kein Name besser und schöner als »Gnadental« dünke. Er hätte gestaunt, wie musterhaft und zweckmäßig dort alles angelegt sei. Nichts sei vergessen worden, und was ihn am meisten angesprochen habe, sei das Schulhaus, das nach den modernsten Gesichtspunkten erbaut worden sei. Der Gemeinderat wisse, daß er damals in jener schwerwiegenden Gemeinderatssitzung allein auf seiten des Bürgermeisters gestanden habe. Der Gedanke, Torwalden verlassen zu müssen, weil es in den Fluten versinken solle, habe in seinem Gehirn keinen Platz finden wollen. Heute aber sei es so, daß er sich freue, drüben in Gnadental Lehrer sein zu dürfen. Er gehe mit einer freudigen Bereitschaft hinüber und bitte Gott nur, daß er ihm noch viele Jahre schenken möge, damit er seine ganze Kraft dem neuen Dorf und seinen Kindern widmen könne.

Der Hundertjährige Kalender des Rupert Anderlpeter hat nicht ganz recht behalten, denn in der ersten Septemberwoche regnet es fast unaufhörlich. Die Wassermassen können zwar jetzt keinen Schaden mehr anrichten, denn alle einstigen Gefahrenstellen sind längst durch mächtige Dämme abgeriegelt.

Unter dem strömenden Regen werden die Toten von Torwalden von einem Spezialkommando nach Gnadental überführt. Auch die Grabsteine werden mitgenommen und drüben wieder aufgestellt. Ein Irrtum sei ausgeschlossen, gibt der Leiter der Abteilung zu verstehen, weil der Lechner zweifelt, ob die Gebeine auch wirklich sorgfältig sortiert würden, nicht daß er künftig zu Allerseelen über den sterblichen Überresten des Seiderer sein Vaterunser spreche, den er zeitlebens nicht hat leiden können.

Am Freitag wird die Überführung beendet. Der letzte Regenguß geht gegen drei Uhr nieder, dann zeigen sich endlich am westlichen Himmel wieder hellere Streifen. Am Samstag klart es langsam auf, die Nacht hat wieder Sterne und einen freundlichen Halbmond. Dann bricht ein strahlender Sonntagmorgen an, ganz hell und schön, wie geschaffen für den Ehrentag von Gnadental.

Die Menschen von Torwalden legen ihre besten Gewänder an und pilgern hinüber nach Gnadental. Wie herrlich die schönen Trachten blitzen und leuchten in der Sonne!

Die Straße — wirklich nun eine Teerstraße — und die

Häuser sind mit Birken geschmückt. Vom Kirchturm grüßt eine weiß-gelbe Fahne und bläht sich fröhlich im Wind. Viele Menschen aus der weiten Umgebung sind zur Feier gekommen. Da das künftige Gasthaus noch nicht ganz bezugsfähig geworden ist, hat die Bärenbrauerei aus Murbach ein Bierzelt errichtet, in dem bereits eine Blaskapelle spielt. Der Geruch von Bratwürsten hängt in der Luft. Die Stimmung ist bereits auf einem Höhepunkt angelangt.

Torwalden hat nie so prominente Männer gesehen wie an diesem Morgen das neue Dorf, dessen Name auf einer großen Tafel noch von einem weißen Tuch verhüllt ist. Der Landrat ist unter ihnen lange nicht der höchste. Zuerst meint man, daß es der Herr Regierungspräsident sei oder der Abt des Klosters St. Innozenz. Aber kurz vor neun Uhr fahren noch zwei große Wagen ins Dorf. Dem einen entsteigt der Kulturminister, dem anderen der Bischof der Diözese.

Schaudernd denkt Markus Larasser an die vielen Reden, die da heute gehalten werden, und er beschließt, die seine möglichst kurz zu machen. Es ist ein unruhiger Tag für ihn. Bald ist er da, bald dort. Er hat noch nicht einmal Zeit gehabt, Fräulein Elisabeth richtig zu begrüßen. Jetzt ist er gerade an der Seite des Kulturministers, der ihn nach Einzelheiten fragt, während er von dem erhöhten Podium an der Kirchhofmauer aus über das Dorf hinschaut.

»Dort drüben«, sagt der Minister, »sehe ich einen noch unvollendeten Bau.«

Markus erklärt ihm, daß es sich um den Hof des Rupert Anderlpeter handle, der sich erst später entschlossen habe, hier zu siedeln, und es auf eigene Faust tue.

»Aha«, antwortet der Minister und sieht sich weiter um. »Und das dort hinten auf dem Hügel? Was wird das? Ist das nicht auch Grundaushub?«

»Dort entsteht ein Einfamilienhaus, Herr Minister, für

den Chefingenieur, der drüben den Bau des Kraftwerkes leitet.«

»So, so! Schön. Ich glaube immer, Ihr neues Dorf wird sich rasch vergrößern. Die Lage ist zudem für den Fremdenverkehr geradezu ideal.«

Immer mehr Leute versammeln sich jetzt auf dem Podium. Auch Dr. Wilpert ist plötzlich da, an seiner Seite eine schöne, elegante Dame, die er Markus als seine Gattin vorstellt.

»So? Sie sind also der Bürgermeister Larasser. Ich habe schon manches von Ihnen gehört.«

»Hoffentlich nichts Schlimmes?«

»Na ja, wie man's nimmt«, lächelt die schöne Frau und droht ihm mit dem Finger. »Sie haben meinem Mann am Anfang das Leben schon sauer gemacht.«

»Er mir auch«, lacht Markus fröhlich wie ein Bub, und Dr. Wilpert pflichtet ihm bei.

»Ja, ja, am Anfang sind wir miteinander gar nicht zurechtgekommen, wir beide. Aber der Tag heute entschädigt uns für alles, nicht wahr?«

Drüben beim Bierzelt sammeln sich jetzt die Menschen zum Kirchenzug. Angestrengt schaut Markus hinüber, ob der Weigl, der heute als Festleiter fungiert, zurechtkommt. Dann schmettert die Musik einen Marsch; die Fahnen flattern und leuchten hell in der Sonne. Langsam wogt der Zug heran. Auf dem Podium ist alles versammelt, was Rang und Namen hat. Zuletzt erscheint der Bischof im vollen Ornat. Ehrerbietig wird ihm Platz gemacht, und er steht nun ganz vorne, den Krummstab in der Hand. Der große Bischofsring an seinem Finger blitzt in der Sonne. Hinter ihm steht der Abt mit einem Dutzend Patres, unter denen sich auch Pater Paulus, der Seelenhirte von Torwalden, befindet.

Jetzt ist der Zug vor dem Podium angelangt und hält

an. Der Landrat gibt Markus einen leichten Stoß und bedeutet ihm, daß er nun zu begrüßen habe.

Ruhig und gefaßt tritt Markus ein paar Schritte vor. Daß ich nur keinen vergesse, denkt er immer wieder und zählt noch mal heimlich an den Fingern ab: Bischof — Minister — Regierungspräsident — Landrat — Abt ...

Die Musik ist nun verstummt. Markus umfaßt mit frohen Augen das großartige Bild zu seinen Füßen. Kopf an Kopf steht die Menge, und darüber leuchten die Fahnen. Er sieht viele bekannte Gesichter. Einen Augenblick begegnen seine Augen denen Elisabeths, und unwillkürlich schlägt sein Herz schneller.

»Sehr verehrte Festversammlung!« Voll und tönend schwingt seine Stimme über das Geraune hin. Sofort wird es ganz still. Alle Augen sind auf ihn gerichtet. Seine Rede ist kurz und prägnant und beschränkt sich hauptsächlich auf die Begrüßung der Gäste und den Dank für die großzügige Unterstützung der Regierung. Dann tritt er zurück und überläßt dem Kulturminister das Wort. Der letzte der Sprecher ist der Landrat. Hierauf beginnt der große Weiheakt, den der Bischof damit einleitet, daß er dem Dorf feierlich seinen neuen Namen verkündet.

»Mögen die Bewohner des Dorfes Gnadental immer bedenken«, sagt er, »daß auch ein kleines Dorf ein Stück von Gottes Haushalt ist, in dem sich die Menschen zu bewähren haben ...«

Die Glocken, die der Abt von St. Innozenz vor acht Tagen geweiht hat, beginnen zu läuten. Zum erstenmal tönt ihr klingendes Alleluja über das weite Land hin. Ergriffen sinkt die Menge in die Knie, und segnend hebt sich die Hand des Bischofs mit dem funkelnden Amethystring. Dann setzt sich der Zug langsam zur Kirche in Bewegung, wo der Bischof sofort mit den Zeremonien für die Weihe des Gotteshauses beginnt.

Es ist fast Mittag, als der Weiheakt und das Pontifikalamt beendet sind. Der Bischof fährt unter dem Jubel der Menschen aus dem Dorf, während die übrigen hohen Gäste langsam zum Festzelt wandern.

Markus Larasser steht noch lange am neuen Grab seiner Eltern. Die Menge hat sich schon verlaufen, als er langsam den Friedhof verläßt. In diesem Augenblick kommt Elisabeth Mang aus dem Kirchenportal. Sie war bis jetzt im Gotteshaus, weil sie sich für alle Einzelheiten des neuen Baues eingehend interessierte. Markus geht freudig überrascht auf sie zu.

»Hoffentlich haben Sie sich nicht übergangen gefühlt, Fräulein Elisabeth, weil ich in meiner Rede Sie, die Sie doch unserem neuen Dorf seinen Namen gegeben haben, nicht erwähnt und als lieben Ehrengast begrüßt habe. Das Versäumnis hole ich jedoch hiermit nach und heiße Sie in Ihrem Dorf von ganzem Herzen willkommen«, sagt Markus lächelnd.

Elisabeth errötet ein wenig. Sie muß unwillkürlich an ihr Gespräch mit Therese denken und entgegnet ernst: »Nachdem nun durch die kirchliche Weihe alle bösen Geister aus dem einstigen Tal der sieben Sünden gebannt sind, ist es mein größter Wunsch, das neue Dorf möge wirklich für alle seine Bewohner immer ein Tal der Gnaden sein, und in jedem Haus mögen Glück und Frieden wohnen.« Dabei blickt sie mit einem eigentümlichen Glanz in den Augen an Markus vorbei über das ganze Dorf hin.

Wie schön sich das anhört, denkt er ergriffen. Dann sieht er auf ihren Scheitel nieder, und eine Zärtlichkeit ohnegleichen erfüllt ihn. Langsam legt er seinen Arm um ihre schmalen Schultern, zieht sie behutsam an sich und küßt sie.

Ihre Lippen erwidern seine Zärtlichkeit, und ihre Arme umklammern dabei seinen Hals so fest, als würde sie ohne ihn zur Erde stürzen.

»Ach, Markus«, schluchzt Elisabeth beglückt auf. »Ich kann es gar nicht glauben. Liebst du mich denn?«

»Ich weiß nicht, Elisabeth. Ich weiß nur, daß eine schreckliche Einsamkeit von mir genommen ist, wenn du so nahe bei mir bist.«

Sie hält sein Gesicht in ihren Händen und sieht in seine Augen, in denen sich das Glück der Liebe spiegelt.

»Ich habe so darauf gewartet, Markus, daß du mich rufst.«

»Ich hatte keinen Mut mehr zum Glück, Elisabeth. Du mußt das verstehen. Zuerst hat mich das Dorf verraten und kurz darauf das Mädchen, das ich im Herbst heiraten wollte. An den Nächstbesten verraten. Den Verrat des Dorfes habe ich allmählich überwunden, und daß nicht alle Mädchen sind wie Gina, das hast du mir gezeigt.«

»Kein Tag ist vergangen, Markus, an dem ich nicht an dich gedacht habe.«

»Das hätte ich eigentlich fühlen müssen.«

»Oh, bis ihr Männer einmal etwas merkt! Bei euch soll man wohl gleich mit der Tür ins Haus fallen.« Von neuem umschlingt sie seinen Hals und küßt ihn. »Ich bin so glücklich, Markus. Aber das wirst du nie begreifen, glaube ich.«

Er legt seine Hände um ihre Schultern und holt ihr Gesicht noch einmal ganz nahe an das seine.

»Hör einmal — du Mädchen, du. Ich weiß zwar nicht, ob es Liebe ist. Ich bin ein wenig irr geworden an mir selber. Aber wenn mir mein Gefühl sagt, daß es recht einsam werden wird um mich, wenn du nicht mehr da bist, dann muß das schon einen tieferen Grund haben.«

»Ach, Markus, warum denn so viele Worte? Ich fühle es doch, daß du mir ein wenig gut bist. Dir fehlt nach deiner Enttäuschung nur der Mut zum Glauben an ein neues Glück. Natürlich kann ich dir nicht sagen, wie ich bin. Ich weiß nur eines, daß ich alles tun könnte für dich, alles.«

Jetzt schlägt es vom neuen Kirchturm ein Uhr. Markus erschrickt. »Die Gäste werden mich im Zelt schon lange vermissen. Wir müssen uns beeilen, Elisabeth.«

»Ja, Markus«, antwortet sie gehorsam. Markus hat sofort das Gefühl, daß sie wohl immer gehorsam sein wird, was er ihr auch auftragen und sagen wird. Gehorsam, bis der Tod sie scheidet. Dieser Satz macht ihn unsagbar glücklich.

Nach dem Festessen segnet der Abt vom Kloster St. Innozenz die einzelnen Höfe. Er beginnt gleich mit dem Lasserhof. Markus, Therese, Walter Baumann und Elisabeth folgen dem Abt über den mit Steinen belegten Weg zur Haustür. Als dort Elisabeth zurückbleiben will, nimmt Markus sie bei der Hand und führt sie über die Schwelle. Therese lächelt, denn als sie Markus und Elisabeth während des Essens ins Zelt kommen sah und in Elisabeths Augen blickte, war ihr alles klar.

Am Nachmittag geht es hoch her im Bierzelt. Das Bier erhitzt die Köpfe schon ein wenig, und es kommt vor, daß der eine oder der andere seinen Bierkrug prostend gegen den Kulturminister hin hebt und diesen hochleben läßt. Der Minister ist kein Spaßverderber und prostet leutselig zurück. Markus runzelt nur mißtrauisch die Brauen, als er den Anderlpeter mit einem Maßkrug daherkommen sieht.

Aber der Anderlpeter ist nicht betrunken, nein, der fragt nur so beiläufig den Herrn Minister, ob denn nun der Hafer auf den Pointnerfeldern verfaulen müsse.

»Was meint der gute Mann?« fragt der Minister den Bürgermeister.

Markus erklärt, wie sich die Sache verhält, daß nämlich

der Pointner, der Stöger und der Vierlinger Torwalden bereits verlassen und anderswo sich Anwesen gekauft haben. Die Felder aber seien noch da, und der Mann wolle nun wissen, ob man sie abernten dürfe.

»Ich denke, ja«, sagt der Minister. »Es würde ja sonst alles verfaulen.«

»Danke schön«, lächelt der Anderlpeter. »Das wollte ich nur wissen. Ich werde also den Hafer mähen. Es ist manchmal so, daß man erntet, auch wenn man nicht gesät hat. Darf ich mir erlauben, Herr Minister, ein Prosit, ein ganz spezielles Prosit auf Ihre Gesundheit!«

Hernach geht der Anderlpeter wieder ganz artig auf seinen Platz zurück. Markus atmet erleichtert auf. Wirklich frei aber fühlt er sich erst, als auch der letzte von den hohen Gästen abgefahren ist. Jetzt erst kann er sich auch wieder Elisabeth ein wenig widmen.

»Aha, der Herr Bürgermeister mischt sich nun unters Volk«, empfängt ihn Walter Baumann fröhlich gelaunt. »Haben der Herr Minister geruht, ihn gnädigst freizugeben?«

»Ich glaube kaum, daß ihr mich vermißt habt«, antwortet Markus scherzend und sucht Elisabeths Blick.

»Wir nicht«, lacht Therese, »aber Elisabeth.«

»Froh bin ich nur, daß das alles jetzt vorüber ist. So aufreibend habe ich es mir gar nicht vorgestellt. Habt ihr nicht Lust, ein wenig durch unser Dorf zu gehen?«

Zuerst besichtigen sie den Larasserhof eingehend und bis in den letzten Winkel. Dann gehen sie weiter hinauf, wo die Kellerräume für das Einfamilienhaus bereits ausgeschachtet sind. Markus kennt den Plan des Hauses und sieht es bereits im Geiste fertig dastehen, inmitten junger Obstbäume, die sich in schnurgeraden Reihen bis zu seinem Hof hinunterziehen. Plötzlich fragt er ganz unvermittelt:

»Wann wollt ihr denn heiraten?«

»Sobald das Haus fertig ist«, antwortet Walter.

»Zuerst mußt du heiraten, weil man dich doch nicht allein lassen kann«, meint Therese und lächelt Elisabeth zu.

»Ich will euch kein Hindernis sein«, lacht Markus und nimmt Elisabeths Hand. »Einmal habe ich euch das schon gesagt. Aber weil wir gerade bei dem Thema sind, bitte ich dich, Walter, in vier Wochen unser Trauzeuge zu sein.«

»Donnerwetter, so bald schon?«

»Es soll in einem jetzt gehen; ein neues Dorf, einen neuen Hof und — und ein neues Glück.«

Markus nimmt Elisabeth unter den Armen und hebt sie wie ein Kind über die Brüstung hinauf. Dann springt er selbst nach und geht mit ihr davon.

»Man braucht uns anscheinend nicht mehr«, ruft ihnen Walter nach.

»Du begreifst aber auch alles«, spottet Markus zurück und sieht gerade noch, wie Therese ihre Arme um Walter schlingt.

Sie wandern unter dem Abendrot dahin. Immer weiter bleibt der Lärm des Bierzeltes hinter ihnen zurück. Er wird erst wieder deutlicher als Echo vernehmbar, als sie durch den Wald gehen. Aufwärts, immer höher hinauf, bis dorthin, wo die saftigen Weidewiesen beginnen, auf denen im nächsten Sommer Blasius die Kühe von Gnadental hüten wird.

Auf einem Hügel sitzend, blicken sie ins Land hinaus und halten sich bei den Händen. Wie eine Gnade empfindet Markus die Stunde nach dem Trubel des Tages. Viele Gesichter sind um ihn gewesen, und doch ist es immer nur dieses eine liebe Gesicht gewesen, das er gesehen und das ihm zugelächelt hat. Selbst wenn sie weit weg von ihm war, ist sie ihm ganz nahe gewesen, wenn auch nicht so körperlich nahe wie jetzt, da er sie an sich zieht und küßt.

»Ach, ich bin so froh, daß du heute gekommen bist.«

Sie streicht ihm mit den Fingern über die Stirn.

»Hast du denn geglaubt, Markus, daß ich dich allein ließe an deinem Festtag? Es war der Festtag für alle aus Torwalden, ja, aber der deine am allermeisten. Weißt du denn, wie stolz ich gewesen bin, dich so im Mittelpunkt zu sehen? Dieser Tag muß dir doch eine wunderbare Genugtuung gewesen sein nach all deinen Enttäuschungen.«

»Allerdings. Aber es wäre schön gewesen, wenn du schon an meiner Seite hättest stehen können.«

»Ich bin nicht eitel, Markus. Und es wird immer so sein, daß du allein vor der Masse stehen wirst, weil du nun einmal der Bürgermeister bist und nicht ich. Auch als deine Frau ...«, sie unterbricht sich und schaut ihm in die Augen. »Ist es denn Wirklichkeit, was du vorhin von den vier Wochen gesagt hast?«

»Ich wollte, es könnte schon in drei Wochen sein.« Er läßt sie los, legt sich der Länge nach ins Gras und verschränkt die Hände hinter dem Kopf. »Jeder Tag, den wir zwei von jetzt an nicht gemeinsam leben, ist ein verlorener Tag.«

»Ja«, nickt sie, »dann muß ich morgen im Landratsamt in aller Form kündigen.«

»Mußt du denn jetzt noch die vier Wochen im Landratsamt arbeiten? Ich dachte mir nämlich, daß du gleich hierbleiben könntest und mit Therese zusammen unser neues Heim herrichtest.«

»Wenn du das willst, dann nehme ich eben sofort meinen Urlaub und komme gleich in den nächsten Tagen. Ich habe ja noch vier Wochen Urlaub zu bekommen. — Wie freue ich mich auf die schöne Zeit hier!«

Während sie diese Worte spricht, schmiegt sich Elisabeth in seine bereitgehaltene Armbeuge. Der Himmel über ihnen glänzt jetzt rötlich; ein paar kleine Schäferwölkchen stehen in diesem Glanz.

Markus wickelt eines von den lockeren Stirnhärchen Elisabeths um seinen Finger, so daß sie sich überhaupt nicht mehr bewegen kann und ihre Wange dicht an der seinen liegenbleiben muß. Er kann sich nicht erinnern, mit Gina einmal eine so stille und schöne Stunde erlebt zu haben. Gina war immer voller Leidenschaften, ein Feuer, das immerzu lichterloh brannte. Ach, wie weit ist sie seinem Gesichtskreis und seinem Herzen entschwunden! Hat es überhaupt einmal eine Gina gegeben?

Später, als es schon dämmerig wird und die Nachtvögel aus den Wälderen zu rufen beginnen, gehen sie zu dem neuen Friedhof hinunter, an dessen Mauern die jungen Birkenbäumchen im aufkommenden Wind leicht schwanken. Sie stehen vor dem Grab der Larasser. Aus einem unerklärlichen Gefühl heraus hat es Markus mit dem Mädchen hierhergezogen, als wolle er Elisabeth denen da unten zeigen und sie fragen, ob es recht sei, ihr den Namen Larasser zu geben.

Ja, da ist er immer noch ein wenig im Zweifel gewesen, nicht über sich selbst, nein, nein. Nur was die Toten da unten sagen würden, die Larasser bis zum fünften Glied zurück, von denen in der Chronik zu lesen steht, daß sie sich Frauen genommen haben aus einem starken und gesunden Bauerngeschlecht. Er ist nun der erste, der ein bißchen aus der Reihe tanzt und sich eine Frau aus einer anderen Welt nehmen will, nur weil er sie liebt und in ihr nichts anderes sieht als ein Geschöpf, das sich in sein Herz verflochten hat, so stark und inniglich, daß er sich nicht mehr davon lösen will.

Als sie aus dem Friedhof treten, ist es bereits Nacht. Die Sterne leuchten hell über dem neuen Dorf. Im Bierzelt spielt immer noch unermüdlich die Musik, und auf dem großen freien Platz vor dem Schulhaus brennt nun ein Freudenfeuer, über das die Jugend mit kühnem Sprung springt wie über die Feuer der Johannisnacht.

Langsam nähern sie sich dem dichten Menschenhaufen,

der um das Feuer steht. Ganz fest nimmt Markus sein Mädchen bei der Hand und geht mit ihr durch die Gasse, die sich ihnen bereitwillig öffnet.

Es ist das erstemal, daß die Torwaldner das fremde Mädchen sehen. Soll sie etwa gar des Bürgermeisters Liebste sein? Jetzt fehlt gerade noch, daß er mit ihr über das Feuer springt. Alle Blicke hängen nun an den beiden. Da rennen sie auch schon los und fliegen mit mächtigem Schwung über das Feuer und tauchen drüben wieder in der Dunkelheit unter.

Langsam beginnt der große Auszug aus Torwalden. Die Felder sind alle abgeerntet. Die größte Ernte aber hat der Anderlpeter eingebracht, denn es ging gegen sein Gewissen, die Ernte auf den Feldern der verlassenen Bauernhöfe verfaulen zu lassen. Ist das nicht auch im Sinne des Herrn Ministers gewesen, den er gefragt hat?

Der Anderlpeter weiß schon, was er will. Wenn es ihm auch nicht mehr gegönnt ist, vor dem Winter in Gnadental einzuziehen, so ist er doch der Klügste von allen. Er verkauft das viele Getreide und die Kartoffeln und kann damit die Maurer bezahlen, die drüben seinen Hof aufbauen. Ein ganz und gar verwandelter Mensch ist er, und Markus Larasser ist stolz auf den verwandelten Anderlpeter, der es ihm oft genug zu verstehen gibt, daß er seinen späten Aufstieg nur ihm zu verdanken habe.

Einer anderen Bürgerin ist es nicht mehr vergönnt, das schmucke Häuschen in Gnadental zu beziehen. Eines Tages legt sich die Witwe Ploner, Blasius' Mutter, zum Sterben hin. Sie wird in einem feierlichen Zug hinübergetragen nach Gnadental. Es ist das erste neue Kreuz im neuen Friedhof, das Pater Paulus über ihr in die schwarze Erde steckt. Blasius begreift nicht ganz, was er verloren hat. Als er hinter dem Sarg hergeht, ist er versucht, seine Weichselholzflöte hervorzuholen und »Muß i denn, muß i denn zum Städtele hinaus« zu spielen. Doch Markus, der neben ihm geht, hindert ihn daran. Erst als man den Sarg in die Grube senkt, begreift Blasius in einem lichten Moment, was hier geschieht, und brüllt laut auf wie ein Tier in Todesnot. Es bedarf großer Mühe, ihn zurückzuhalten, damit er nicht in die Grube springt. Hernach ist er wieder still und friedlich und trottet geduldig mit den anderen nach Torwalden zurück.

Eine neue Sorge erwächst nun dem Bürgermeister, nachdem Blasius seine Mutter verloren hat. Hin und her überlegt er, was er mit dem Burschen machen soll. Therese meint zwar, daß sie ihn in ihre Obhut nehmen könne. Aber davon rät ihr Markus ab, denn Blasius ist unberechenbar, und manchmal schreit die Eifersucht aus ihm. Am besten wäre es wohl, wenn er selbst ihn in seine Obhut nähme. Er spricht deshalb mit Elisabeth darüber.

»Wenn du es gut findest, Markus, dann tue es«, antwortet sie. Aber er hört die kleine Angst heraus, die sie bei dem Gedanken empfindet, oft mit dem Halbnarren allein sein zu müssen. Da kommt die Rettung von einer Seite, von der sie Markus am wenigsten erwartet hat. Der Anderlpeter schaltet sich plötzlich ein und sagt:

»Du hast soviel an mir getan, Larasser, daß ich dir nun auch einen Gefallen tun muß. Wenn es dir nichts ausmacht, dann nehme ich den Blasius zu mir. Er wird mir zwar keine vollwertige Arbeitskraft sein, aber einiges wird er wohl schaffen können. Und es ist ja nur bis zum nächsten Sommer, dann hütet er sowieso wieder das Vieh.«

Markus fällt wirklich ein Stein vom Herzen. Wohl hätte man den Blasius auch in eine Anstalt geben können. Aber erstens ist es das Mitleid mit dem Burschen, das ihn davon abhält, und zweitens ginge es nur auf Kosten der Gemeinde.

Nach weiteren zwei Wochen wohnen in Torwalden nur

mehr Markus Larasser, der Anderlpeter und der Wirt, der sich den Verdienst mit den vielen Arbeitern vom Kraftwerk nicht entgehen lassen will. Aber auch Markus fängt langsam an, Einrichtungsgegenstände in den neuen Hof hinüberzuschaffen, in dem Elisabeth nun als erste wohnt und wirkt.

Ach, welche Lust ist es, hier schaffen zu dürfen! Eine ganz neue Welt tut sich ihr auf. Die Septembersonne bräunt ihr Gesicht noch so, als sei sie den ganzen Sommer über hier gewesen und hätte in der Erde gewühlt. Sie legt den Garten vor dem Haus an, pflanzt Rosenstöcke und läßt sich von Markus zeigen, wie man die jungen Obstbäume einsetzt, die eines Morgens mit einem Lastwagen für die ganze Siedlung angefahren werden.

Die Ferien sind zu Ende. Das neue Schuljahr beginnt in Gnadental. Die Kinder sind zwar weniger geworden, aber der Lehrer Schildhauer weiß, daß in einigen Jahren andere wieder nachwachsen werden, und hält an die Kinder eine feierliche Ansprache über den Sinn des Lebens in dem neuen Dorf, in dem es wirklich eine Gnade sei, leben und wirken zu dürfen.

Aus dem geöffneten Fenster hört man dann das Spiel einer Geige und einen Chor von Kinderstimmen, der das Lied singt:

»In deine Hände, lieber Gott,
da leg ich mein Geschick ...«

Langsam richtet sich Elisabeth auf und stützt sich auf den Spaten. Ein stilles Lächeln liegt über ihrem Gesicht. Mit ihrer dunklen Stimme summt sie das Lied mit bis zum Ende.

Die Sonne scheint warm, der Rücken schmerzt, die Hände brennen. Aber schnurgerade ist die Reihe der Obstbäume, die sie seit dem Morgen schon gepflanzt hat. Der Niederegger geht vorüber, sieht ihr eine ganze Weile zu und nickt anerkennend.

»Man meint, du hättest es gelernt. Mir scheint, der Larasser weiß, was er sich heimführen will.«

»Glauben Sie?« fragt Elisabeth und wischt sich mit dem Handrücken den Schweiß von der Stirne. Nie im Leben hat sie soviel Schweiß vergossen. Wenn es an der Schreibmaschine zu warm geworden ist, dann hat man sich Kühlung zugefächelt. Aber hier bringt ja nicht einmal der Wind eine merkliche Kühlung.

Am Abend kommt immer Markus herüber mit dem Fuhrwerk und bringt Hausratsgegenstände, Möbelstücke, Geschirr und Hühnerfutter. Elisabeth freut sich auf diese Stunde nicht weniger als Markus. Sie arbeiten dann zusammen, bis die Dämmerung über das Land fällt und die Abendglocke läutet. Hierauf gehen sie ins Haus, in dem man bereits überall Elisabeths ordnende Hand erkennen kann.

Die Fenster haben schon freundliche Vorhänge, die Böden sind blitzblank geputzt, im Stall ist alles hergerichtet für das Vieh, das in der nächsten Woche kommen soll.

Einmal kommt an einem Nachmittag auch Therese herüber. Elisabeth ist gerade dabei, die letzten drei jungen Obstbäume einzupflanzen. In grenzenlosem Staunen sieht ihr Therese eine Weile zu und sagt dann:

»Du wirst doch nicht sagen wollen, daß du alle Bäume hier gepflanzt hast?«

»Doch, warum nicht! Markus hat die Schnur gezogen und hat mir gezeigt, wie ich es machen muß. Komm, sei so lieb und halte den Pflock ein wenig.«

Therese hält den Pflock, und Elisabeth schüttet Erde auf das Wurzelwerk, tritt sie um den Pflock herum fest und befestigt den jungen Stamm mit einer Bastschnur am Pflock.

»Ich fange an, dich zu bewundern«, sagt Therese.

»Ach, warum denn? Man kann alles lernen. Nur der

Wille muß da sein, und man muß wissen, daß man es für jemanden tun darf.«

»Du tust es ja auch für dich«, lächelt Therese und faßt nach Elisabeths Hand. »Komm, wir wollen uns jetzt Kaffee kochen. Gebäck habe ich mitgebracht.«

»Für mich? Weißt du, an mich denke ich eigentlich nie. Nur an ihn«, erwidert Elisabeth, während sie beide ins Haus gehen.

Elisabeth setzt nun Wasser für den Kaffee auf und deckt den Tisch. Therese besieht sich unterdessen das Haus etwas näher.

»Wie machst du das nur?« fragt sie, als sie von der Besichtigung zurückkommt. »Bei dir steht alles auf dem richtigen Platz. Dabei ist ein gutes Drittel der Einrichtung noch drüben in Torwalden.«

»Was hier ist, wird genügen«, entgegnet Elisabeth. »Man soll die Räume nicht überladen, sonst wirken sie unfreundlich.«

»Und die netten Vorhänge! Wie kommst du bloß auf den Geschmack?«

Elisabeth stellt die Kanne auf den Tisch und schenkt ein.

»Traust du mir denn so wenig zu? Nur weil ich immer im Büro gearbeitet habe?« Impulsiv streckt sie die Arme empor und reckt ihre schlanke Gestalt. »Du glaubst gar nicht, wie leicht und frei ich mich jetzt fühle. Am Anfang freilich, da waren die gräßlichen Schmerzen im Kreuz. Aber das ist jetzt alles vorbei, und ich fühle mich so stark, daß ich Bäume ausreißen könnte.«

»Na, die laß mal ruhig stehen«, dämpft Therese die kraftvolle Lebensäußerung. »Hernach schauen wir einmal hinüber, wie weit mein Häuschen gediehen ist.«

»Nächste Woche werden sie den Dachstuhl aufsetzen.«

»So? Das ist ja sehr schnell gegangen. Wir werden aber

trotzdem den Winter über noch in Torwalden bleiben. Dann kann das Haus hier richtig austrocknen.«

»Ach ja, Torwalden«, antwortet Elisabeth und rührt nachdenklich in ihrer Tasse. »Ob Markus es wohl jemals vergessen wird?«

»Bei dir und durch dich wird er es ganz vergessen, liebe Elisabeth. Mit dir beginnt er ein ganz neues Leben in einem neuen Dorf. Und wenn er hier erst einmal Wurzeln geschlagen hat, wird er Gnadental genauso liebhaben, wie er sein Torwalden geliebt hat. Im übrigen — das kann ich dir ja verraten — steckt er schon wieder voller Pläne. Irgend jemand, ich glaube der alte Haas, hat es ihm beigebracht, daß hier ein Moorbad entstehen könnte. Ich glaube, der Alte hat ihm sogar einen von seinen Baggern angeboten, mit dem heuer noch ein großes Schwimmbad ausgehoben werden soll. Walter unterstützt ihn dabei vortrefflich. — Auch ich kann es kaum mehr erwarten, bis wir alle hier beisammen sein werden.«

»Ich auch«, antwortet Elisabeth schlicht und denkt an den Augenblick, da sie zum erstenmal dem herbschönen Mädchen gegenübergestanden und sofort Sympathie für Therese empfunden hat.

Der siebenundzwanzigste September verläuft ganz anders, als die Leute von Gnadental es erwartet haben. Eine Doppelhochzeit gibt es alle hundert Jahre vielleicht einmal, und das müßte nach ihrer Ansicht schon gebührend gefeiert werden, gerade wenn der eine Bräutigam ihr Bürgermeister ist.

Statt dessen merkt das Dorf Gnadental überhaupt nichts davon. Die nächsten Nachbarn sehen nur, daß zu sehr früher Stunde ein Auto, das mit den Blumen, die der Herbst noch zu bieten hat, geschmückt ist, vor dem Larasserhof vorfährt und der Chefingenieur aussteigt. Ein paar Minuten darauf erscheint er wieder mit Elisabeth, die anstatt eines Brautkleides ein schlichtes hellgraues Kostüm trägt, das ihr allerdings ausgezeichnet steht. Gleich darauf braust der Wagen wieder zum Dorf hinaus.

Also keine Sensation. Man hat sich doch schon so darauf gefreut. Ganz ausgiebig wird darüber im Dorf diskutiert, bis es schließlich einem einfällt, daß man wenigstens selbst etwas dazu tun müsse. Er schlägt vor, daß man am Eingang des Dorfes ein Transparent mit Blumen errichte, durch das das Bürgermeisterehepaar am Abend einfahren soll.

Walter und Elisabeth haben inzwischen in Torwalden Markus und Therese abgeholt. Nun fahren sie zusammen zuerst nach Ambergen und dann über die Paßstraße hinauf zum Kloster St. Innozenz, wo der Abt die Brautmesse feiert, in der sich die beiden Paare ihr Jawort geben. Vielleicht hat Markus früher selbst einmal an ein rauschendes Fest gedacht, an dem das ganze Dorf Torwalden teilnehmen würde. Und doch ist die Feier hier viel schöner. Der Klosterchor begleitet die Handlung mit einem feierlichen Gesang, der Abt legt Wärme und Herzlichkeit in seine kurze Rede, in der er von der Liebe, die über das Grab hinausgeht, spricht.

Hernach nehmen sie auf der Terrasse der Klosterwirtschaft das Mittagessen ein, an dem auch der Abt und Pater Paulus teilnehmen. Der Likör, den die Klosterbrüder nach einem alten Rezept brauen, mundet ausgezeichnet. Walter kippt schon das dritte Gläschen hinunter und wird auf die vorwitzige Frage, wie sich die Herstellung von hochprozentigem Schnaps mit den Klosterregeln vereinbaren lasse, vom Abt belehrt, daß der Likör nicht ausnahmslos zum Vergnügen genossen wird, sondern auch als Medizin.

»Sieh mal einer an«, lacht Walter. »Man lernt nie aus.

Kinder, wir müssen uns um einen Hausarzt umschauen, der uns nur solche Medizin verschreibt.«

Darauf der Abt mit würdigem Ernst:

»Ich hoffe, daß beide Familien bald so groß sein werden, daß ein Hausarzt kein übertriebener Luxus ist.«

»Aha«, sekundiert Walter schlagfertig, »das ist auf den Kindersegen angespielt. Mädels, beherzigt es!«

Wie da die Therese rot werden kann! Pater Paulus stellt es mit Vergnügen fest und wirft auch einen Blick auf Elisabeth. Die ist zwar nicht rot geworden, aber sie lehnt den Kopf ein wenig verschämt gegen die Schulter ihres Mannes.

Anschließend führt sie der Abt durch den weiten Klostergarten, zeigt nicht ganz ohne Stolz seine weitbekannten Rosenzüchtungen und erklärt ihnen die alten Fresken an der Wandelhalle des Klostergartens. Nur ganz selten führt der Abt selbst jemanden durch die Gebäude des Klosters. Den beiden Larasser aber ist er auf eine besonders herzliche Art verbunden. Er kennt sie schon mehr als zwanzig Jahre lang, und es erfüllt ihn mit stiller Genugtuung, festgestellt zu haben, welch vortreffliche Kameraden sie sich als Lebensgefährten ausgesucht haben. Würde sich jeder so zielsicher und selbstbewußt sein Glück zimmern wie diese beiden Larasser, dann sähe es im Leben manchmal anders aus.

So wandert die Gruppe von Bau zu Bau, von Flügel zu Flügel. Die hohe Gestalt des Abtes im weißen Habit überragt die andern fast noch um Haupteslänge, obwohl auch sie großgewachsene Menschen sind.

Über Stunden zieht sich die Führung hin; allein in der Klosterbibliothek verweilen sie über eine Stunde. Als sie wieder heraustreten in den Hof, brennt bereits das Abendrot über den Bergspitzen.

»So, und jetzt darf ich euch noch zu einem Abendimbiß einladen«, lächelt der Abt. »Keine Widerrede, bitte. Das Kloster, das heißt, meine Patres und ich selbst sind schon so oft Gäste im Larasserhof gewesen, daß es unverantwortlich wäre, wenn ich die einzige Gelegenheit, die Gastfreundschaft zu erwidern, versäumen würde.«

Es ist schon Nacht, als sie nach dem Abendessen nach Torwalden zurückkehren und dort zu ihrer größten Überraschung die ganze Belegschaft des Kraftwerkes vor dem Larasserhof angetreten finden.

»Du meine Güte«, seufzt Walter. »Was habe ich nur angefangen!«

Einer von den Ingenieuren tritt vor und hält eine glänzende Ansprache, der zu entnehmen ist, daß die ganze Belegschaft bereits seit dem Nachmittag hier versammelt ist, um dem allseits verehrten Chefingenieur sowie dem Bürgermeister der beiden Orte Torwalden und Gnadental die herzlichsten Glückwünsche darzubringen. Sie dürften versichert sein, daß man auch die ganze Nacht hier gewartet hätte, und so möchten es die beiden Brautpaare nicht übelnehmen, wenn sie durch den großen Menschenauflauf etwas überrascht worden seien. Als äußeres Zeichen der Dankbarkeit und Verehrung gestatte sich die Belegschaft, dem Herrn Chefingenieur und seiner jungen Frau eine Plastik als Hochzeitsgeschenk zu überreichen.

Gerührt nimmt Walter das kostbare Geschenk in Empfang und meint in seinen Dankesworten, er wisse aus Erfahrung, daß man vom langen Stehen Durst bekomme. Und da er die Fenster drüben im Wirtshaus noch erleuchtet sehe, möge, wer Lust dazu habe, sich dort einfinden zu einer kleinen Nachfeier.

Es ist schon Mitternacht, als Walter seinen Schwager Markus und seine Schwägerin Elisabeth nach Gnadental hinüberfährt. Das Dorf liegt still unter funkelnden Sternen. Aber im Licht der Scheinwerfer sehen sie den Triumphbogen, der am Eingang des Dorfes gespannt ist.

Im Haus ist die Loni nech auf und erzählt, daß am

Abend nahezu das ganze Dorf zum Gratulieren gekommen sei. In der Stube stehe ein Paket, das am Nachmittag angekommen sei.

Das Paket ist ein Geschenk des Landrats von Murbach. Es ist ein herrliches Ölgemälde des Dorfes Torwalden, wie es war, bevor die Staumauern gebaut worden sind. Dabei liegt ein Brief an das verehrte Hochzeitspaar.

»Ich hoffe«, heißt es unter anderem, »daß Ihnen das Gemälde Freude bereitet. Es ist Torwalden, ein Dorf, von dem Sie, lieber Larasser, einmal in leidenschaftlicher Aufwallung bekundet haben, daß man es ans Herz nehmen und liebhaben könnte wie ein Kind. Ich bin heute davon überzeugt, daß Ihnen auch das neue Dorf tief ins Herz wachsen wird. An der Seite Ihrer hochgeschätzten Frau, in der Sie einen wirklich tapferen Kameraden gefunden haben, werden Sie Gnadental zu einem Musterdorf entwickeln, das dann einmal der Stolz des ganzen Landkreises sein wird. Ihr sehr ergebener Bruno Albrecht, Landrat.«

Lange und selbstvergessen betrachtet Markus das Bild. Jeden Weg und jeden Steg findet er dort. Dann wendet er sich um und sieht die Tränen in Elisabeths Augen. Es sind Tränen des Glücks und der Freude. Zärtlich legt er den Arm um ihre Schultern.

»Nicht weinen, Elisabeth. Jetzt sind wir ja daheim.«

Das Wetter schlägt bereits am Monatsanfang um. Die Berge sind von dichten Nebeln verhangen, und schließlich beginnt es zu regnen, jeden Tag, fast ohne Unterlaß. Wenn die grauen Wolkenbänke vom Westwind für ein paar Minuten auseinandergetrieben werden, kann man den Neuschnee auf den Bergen sehen.

Aber es ist nun nicht mehr so, daß die Menschen ängstlich horchen und warten müssen auf das Donnern der wilden Grill, die mit jeder Minute die Dämme durchbrechen kann, um wieder wie so oft schon vernichtend durch Torwalden zu stürzen. Ruhig und ohne Lärm ziehen die Wasser in den großen Sammelgräben durch Gnadental. Ein allgemeines Gefühl der Sicherheit hat die Bewohner jetzt erfaßt und läßt sie getrost in die Zukunft schauen. Das können sie um so mehr bei so einem Bürgermeister, der sich auch seit seiner Verheiratung nicht verändert hat. Nach wie vor ist er für jeden da, und er ist unablässig bemüht, für sein neues Dorf jeden nur erdenklichen Vorteil herauszuholen. Allen Ernstes denkt er daran, aus Gnadental einen Kurort zu machen. Die Gemeinde hat Grundstücke zu vergeben, billige Grundstücke sogar, denn sie müssen vom jeweiligen Käufer erst dräniert und kultiviert werden. Immerhin, von dem Geld kann man ein Kurheim bauen und Moorbäder einrichten. Zunächst aber müsse eine Sprungschanze für den kommenden Winter her.

»Nur ansiedeln lassen«, erklärt er dem Gemeinderat. »Das bringt Geld herein, wir werden eine größere Gemeinde und dadurch stärker.«

Still hört ihm Elisabeth zu, wenn er ihr seine Pläne entwickelt. Ach, es ist eine herrliche Zeit. Der Winter fällt über das Land her und hält den Mann mehr im Haus. Als es Weihnachten wird, verrät sie ihm, daß sich neues Leben unter ihrem Herzen regt.

Nie in seinem Leben hat er etwas so stark empfunden wie das schlichte, von einem Lächeln begleitete Geständnis. Wie eine Heilige schaut er sie an, wagt sie kaum zu berühren und ist so froh, daß sie in dieser Sekunde seinen Kopf in die Hände nimmt und ihn an ihre Brust zieht, damit auch er das leise Pochen unter ihrem Herzen vernehmen kann. Froh ist er deshalb, weil ihm die Tränen in den Augen gebrannt haben.

Dann aber überwältigt ihn ein ungeheurer Stolz. Mit

hochgezogenen Schultern durchmißt er die Stube, in der der Weihnachtsbaum steht.

»Wird es ein Sohn sein?« fragt er.

»Weiß es nicht, lieber Markus.«

»Na — macht nichts. Hauptsache ein Kind, ein gesundes Kind. Weißt du, so ein Wesen aus Fleisch und Blut — aus unserm Blut.« Er zieht die Streichholzschachtel heraus und entzündet eine Kerze am Baum. »Ein Lichtlein für unser erstes Kind, Elisabeth.« Unentwegt schaut er auf die kleine Kerzenflamme hin; sein Gesicht ist so friedlich und still, wie es nicht friedlicher hätte sein können bei einem der Hirten, die vor nahezu zweitausend Jahren den hellen Stern über den Feldern von Bethlehem haben sehen dürfen.

Später, als Elisabeth sich schon schlafen gelegt hat, geht er noch durch die Stuben und Kammern. Im Glaskasten betrachtet er das schöne Silberbesteck, das ihm die Gemeinde zur Hochzeit geschenkt hat. Im andern Fach liegt alter, wertvoller Familienschmuck, von dem ihm die Hälfte gehört, seitdem er mit Therese redlich geteilt hat. Zuerst nimmt er eine altgoldene Brosche in die Hände. Aber »eine Nadel sticht die Liebe ab« hat er einmal gehört. Er ist nicht abergläubisch, legt jedoch die Brosche wieder zurück und nimmt dafür eine schwersilberne, sechsgliedrige Halskette mit goldenem Verschluß. Dann schließt er den Glaskasten wieder und geht hinunter. Elisabeth schläft schon. Lange steht er vor ihr und betrachtet ihr stilles, schönes Gesicht, das ihm seit heute noch viel schöner erscheint.

Da legt er ihr die Silberkette in die geöffnete Hand, die auf der Bettdecke liegt, zieht sich leise aus und löscht das Licht.

Wie eilig es doch die Zeit hat! Die Wochen und Monate verfliegen im Nu. Föhn kommt und reißt den letzten Schnee von den Bergen. Die Menschen von Gnadental gehen in einen herrlichen Frühling hinein. Die Kartoffeln werden gelegt, die jungen Bäume schlagen aus, und Schwalben nisten in dem neuen Dorf.

Nun sind auch die letzten von Torwalden herübergesiedelt. Der Hirschwirt, der sein neues Gasthaus jetzt nicht mehr »Zum Hirschwirt« nennt, sondern »Gnadentaler Hof« mit gutbürgerlicher Küche und Fremdenzimmern. Ferner der Anderlpeter mit den Seinen, nachdem Walter und Therese ihr neues Heim bereits bezogen haben. Blasius hütet wieder die Kühe der Gnadentaler, und er ist wohl der einzige, der das neue Dorf verachtet. Für ihn ist es immer noch Torwalden.

Mitte Juni ist das Kraftwerk fertiggestellt, und für den ersten Juli ist die Inbetriebnahme angesetzt. Alle früheren Bewohner von Torwalden sind dazu eingeladen, aber viele bleiben weg, weil sie es nicht mit ansehen wollen, wie ihre alte Heimat in den Fluten ertrinkt. Am liebsten wäre auch Markus Larasser weggeblieben und hätte sich viel lieber die Zeit an der Wiege seiner kleinen Tochter Reserl vertrieben. Einerseits aber kann er als Bürgermeister nicht gut kneifen, anderseits will er seinen Schwager, den Chefingenieur, nicht vor den Kopf stoßen, der an diesem Tag die Krönung seines Werkes erleben darf.

Hohe Gäste der Regierung sind vertreten, der Chef der Firma Mulzer und Co., der Landrat mit seinem Stab und viele Neugierige aus nah und fern. Es ist gerade kein besonders schöner Tag. Schwere Wolken ziehen über das Wattengebirge her. Nur manchmal zerreißt eine der Wolken und läßt für Minuten eine wässerige Sonne sehen.

Als es auf neun Uhr zugeht, ist der ganze freie Platz neben dem Turbinenhaus voller Menschen. Zum letztenmal sehen die Torwaldner auf ihr Dorf hinunter. Manche haben Tränen in den Augen und treten von dem eisernen Schutzgeländer zurück in den Hintergrund. Auch Markus steht etwas abseits und schaut durch die hohen Fenster in das

Innere des Turbinenhauses mit dem wirren Durcheinander von Drähten, Hebeln, Leitungen und Meßgeräten. Dann schlägt eine Glocke an, es ist neun Uhr. Walter betritt die Rednertribüne und eröffnet die Feier, indem er die Gäste begrüßt und seinen Dank an die Arbeiter ausspricht.

»Wir neigen uns in Ehrfurcht vor den fünf Toten, die der Bau gefordert hat«, fährt er dann fort. »Ich bitte die Anwesenden, ihnen eine Minute stillen Gedenkens zu widmen. — Und nun wollen wir den Herrgott bitten, daß er das Werk in seinen Schutz nehme und es mit seinem Segen beschirme für uns und unsere Kindeskinder.«

Langsam wendet Walter Baumann sich um und hebt die Hand hoch. Eine Minute pochende Stille, dann fällt ruckartig sein Arm herunter. Im Maschinenhaus fallen die Hebel, die Druckschleusen gehen auf. Zuerst hört man ein sanftes Brausen, das immer stärker wird, und dann sieht man in mächtigen Sturzbächen das Wasser aus den Rohren in die Tiefe stürzen. Ein donnerartiges Getöse, das aus der Tiefe heraufsteigt wie ein murrendes Tier, erfüllt nun das ganze Tal.

Mit zusammengebissenen Zähnen steht Markus Larasser da und starrt hinunter. Verstohlen faßt Therese nach des Bruders Hand, drückt sie und spürt seinen schmerzlichen Gegendruck. Einmal fährt er sich ganz schnell mit dem Handrücken über die Augen, dann starrt er wieder hinunter.

Am Anfang geht es eigentlich etwas langsam; es ist ungefähr so wie früher, wenn das Hochwasser gekommen ist. Die Wiesen und Felder sind überschwemmt, dann dringt das Wasser in die Häuser ein, die Gärten verschwinden, dann die Bäume. Und dann ist es doch auf einmal ganz anders. Die endgültige Vernichtung Torwaldens beginnt. Das Wasser steigt und steigt. Schon schlägt es über dem Giebel des ersten Hauses zusammen, weht und wogt wie eine riesige graue Masse um die anderen Dächer, erfaßt nun auch schon das untere Geschoß des höher gelegenen Larasserhofes.

»Wir wollen die Augen jetzt schließen, Markus«, sagt Therese und drückt ihr Gesicht gegen seine Schulter. Wortlos legt er den Arm um sie, als müsse er sie vor einer Gefahr beschützen. Tatsächlich schließt auch er nun die Augen. Als er sie nach einer Weile, die ihm wie eine halbe Ewigkeit vorkommt, wieder öffnet, schlägt gerade das Wasser über dem Dach des Larasserhofes zusammen. Nur der Kamin ragt noch für eine kleine Weile heraus, dann verschwindet auch er.

Um diese Zeit hat das Wasser bereits den Kirchenhügel erreicht, drückt die Mauern ein und überflutet den alten Friedhof. Dann steigt es bis zu den bunten Kirchenfenstern empor; nur Dach und Turm sind als einziges Wahrzeichen von Torwalden noch sichtbar.

In diesem Augenblick geschieht etwas sehr Merkwürdiges. Eine Glocke beginnt im Turm zu läuten, die kleine ist es, ganz schnell und abgehackt läutet sie, genau wie früher bei Wassergefahr. Aber dann fallen die andern beiden Glocken noch ein. Im herrlichen Dreiklang läuten die Glocken der Matthäuskirche über die steigenden Wasser hin, die längst nicht mehr brausen, sondern nur lautlos steigen und steigen.

Die Menschen sind ergriffen von dem Unfaßbaren, das da in letzter Minute noch geschieht. »Die Totenglocken läuten für Torwalden«, schreit der Rotanner und bricht in ein hartes Schluchzen aus. Auch Markus steht fassungslos und begreift nichts. Nur Walter steht mit hartem Gesicht und zusammengezogenen Brauen da. Dann zuckt er, wie von einem Schlag getroffen, zusammen, und sein Gesicht verfärbt sich.

»Da ist noch jemand im Kirchturm!«

Das Wasser hat jetzt bereits die Luken des Glockenturmes erreicht, aber gerade, als es dort einbrechen will, schwingt sich ein Körper aus einer Luke, faßt nach dem Blitzableiter und zieht sich empor bis zum Kreuz. Lähmendes Entsetzen erfaßt alle, die es sehen.

Blasius ist es! Blasius Ploner!

Niemand hat an ihn gedacht. Niemand weiß, wie er noch da hinuntergekommen ist. Er muß sich schon seit dem frühen Morgen in der Kirche versteckt gehalten haben.

Blasius hat die Totenglocken für Torwalden geläutet. Nun sitzt er ganz oben auf der Kirchturmspitze, den Arm um das Kreuz geschlungen, indessen das Wasser rasend schnell den Turm verschlingt.

Gerade jetzt bricht die Sonne für einen Augenblick durch. Das Kreuz funkelt wie Gold, und daran geklammert sitzt der arme Narr.

Ob Blasius wohl weiß, daß der Wassertod nach ihm greift? Ob er es mit vollen Sinnen erfaßt? Winkt er denn jetzt nicht mit der Hand?

Nein, Blasius winkt nicht. Er zieht nur seine Weichselflöte aus der Tasche. Was Pater Paulus ihm in den langen Jahren nicht hat beibringen können, nun spielt es Blasius auf eine ergreifende Weise:

»Mit Gott fang deinen Morgen an ...«

Das Wasser aber steigt unerbittlich; es berührt schon seine Füße, umspült seine Knie, und da muß der Arme noch einen letzten lichten Moment haben: Das Flötenspiel bricht jäh ab, und mit einer Stimme, die allen durch Mark und Bein geht, schreit er:

»Theresle — hilf mir ...!«

Dann erstirbt sein Schrei, und die Wasser schlagen über ihm zusammen.

Erschüttert nimmt Markus seine schluchzende Schwester in den Arm und führt sie beiseite.

Die Jahre gehen dahin. Aus Gnadental ist das geworden, was es zu Anfang versprochen hat. Ein Dorf, so schön und sauber, daß es mit jedem Jahr mehr Fremde herzieht. Es erlebt unter der tüchtigen Führung seines Bürgermeisters einen so bemerkenswerten Aufschwung, daß man den Namen bis hoch hinauf in den Norden des Landes kennt.

Gnadental zählt nach drei Jahren mehr Einwohner, als Torwalden jemals hatte. Es besitzt heute bereits ein zweites Gasthaus, mehrere Kaufhäuser. Ein Arzt, ein Dentist und ein Uhrmacher haben sich niedergelassen. Und draußen am Rande beim Schwimmbad stehen bereits wieder ein Dutzend Neubauten. Das Klima ist so mild in Gnadental, loben die Leute, empfehlen es und bringen im nächsten Jahr Bekannte mit.

Wo einmal nichts als Moor gewesen ist und wildes Gewucher von Birkensträuchern, sind heute weite silberschimmernde Kornfelder und goldene Weizenäcker.

In diesem dritten Sommer tragen die Obstbäume die ersten Früchte, und im Schatten des Fliederbusches beim Pflanzgartenzaun liegt Markus Larassers zweitgeborenes Kind, Andreas, nach einem Vorfahren so genannt, in seinem Wägelchen, strampelt mit den Beinen und kräht so lustig, daß man es bis zur Ingenieursvilla hinaufhört und Tante Therese gelaufen kommt, um nachzusehen, was los ist. Nur daß das Laufen auch Therese in diesem Sommer schon etwas schwerfällt, denn auch sie ist schon im siebenten Monat.

Ganz unvermittelt taucht in diesem Sommer auch die Gina auf. Sie kommt mit dem Postomnibus an einem Nachmittag gegen drei Uhr mit zwei großen Koffern.

»Ach, Kleiner«, fragt sie einen Buben vor dem Postgebäude, »kannst du mir sagen, wo der Rotanner wohnt?«

Der Bub, es ist einer vom Anderlpeter, wittert sofort ein Geschäft und sagt, daß sie auch Zimmer zu vermieten hätten. Aber nein, Gina will zum Rotanner. Sie tut so, als käme sie als Kurgast, ganz Dame, ganz Vornehmheit. Die Rotannerin ist nicht gerade entzückt über ihr Kommen, stellt ihr aber doch eine Schale mit Kaffee hin und fragt:

»Was ist jetzt eigentlich mit dir? Bist du verheiratet oder nicht?«

»Natürlich — das heißt — ich habe meinen Mann verloren, ich bin Witwe, liebe Tante. Es ging ganz schnell mit ihm. Habe ich euch das nicht geschrieben?«

»Du hast überhaupt nie geschrieben.«

»Ach ja, es kam so viel über mich. Ich muß mich wohl auch wieder anmelden hier. Wo wohnt denn der Bürgermeister?«

»Dritter Hof rechts neben der Kirche.«

»Danke, ich werde es wohl gleich am besten jetzt tun.«

»Wie lange willst du dableiben?«

»Ja, das kommt ganz darauf an«, antwortet Gina orakelhaft und geht hinaus. Sie geht bis zur Kirche und zählt dann: »Dritter Hof rechts.« Hinter der Kirchhofmauer pudert sie sich schnell noch ein wenig; hierauf geht sie auf den Larasserhof zu, klopft an die erste Türe links, wo »Kanzlei« angeschrieben steht, und tritt ein.

Markus erkennt sie auf den ersten Blick, drückt aber noch ganz seelenruhig einen Stempel auf ein Schriftstück und steht auf.

»Womit kann ich dienen?«

Da startet die Gina einen wundervollen Augenaufschlag, begleitet von einem berückenden Lächeln.

»Markus — ich bin wieder hier.«

»Aha, also anmelden«, sagt er. »Hast du den Abmeldeschein?«

Gina nestelt ihn aus ihrer Handtasche. Aus dem Abmeldeschein kann Markus sofort ersehen, daß sie noch immer die ledige Gina Waldherr ist und niemals verheiratet war.

»Ja, ist schon gut«, gibt er zu wissen.

»Macht es dir nichts aus, Markus, wenn ich wieder hier bin?«

»Nicht im geringsten«, antwortet er und legt seine Hand so auf den Tisch, daß sie seinen Ehering sehen kann.

»Ach so«, sagt sie, »du bist verheiratet.«

Es juckt ihn, sie zu fragen, ob er vielleicht auf sie hätte warten sollen. Aber er verbeißt es lieber, wendet sich ab und setzt sich wieder an den Tisch. Er blickt nicht auf, als die Tür leise ins Schloß fällt.

Da Gina merkt, daß ihre Rechnung nicht mehr aufgeht, läßt sie auch bald bei Rotanners die Maske der erholungssuchenden Witwe fallen und greift, wenn auch zuerst ein wenig zaghaft, in das Tagwerk der beginnenden Ernte ein.

Jawohl, die Ernte beginnt. Das Festläuten der Sensen steht um vier Uhr am Morgen über den Dächern, und Gina rafft unter glühender Sonne die Halme hinter dem mähenden Vorknecht auf und denkt dabei mit grollendem Zorn an den Mann, der nicht auf sie gewartet und dem sie es zu verdanken hat, daß sie wieder als Erntemagd dienen muß.

Elisabeth aber braucht jetzt nicht mehr aufs Feld hinaus, seit das zweite Kind da ist. Markus hat eine zweite Magd und einen Knecht eingestellt. Und so wie die Leute über die zurückgekehrte Gina ihren ätzenden Spott ergießen, so bedachtsam nehmen sie Elisabeths Namen in den Mund.

»Unsere Bürgermeisterin«, sagen sie voller Ehrfurcht, denn es kommt ja nicht alle Tage vor, daß eine aus bequemem Stadtbürgerleben heraussteigt in die strenge und manchmal mitleidlose Welt des Bauern hinein. Die Leute haben gesehen, wie sie tief in der Erde stand. Sie haben erlebt, wie sie still und voller Demut Sommerhitze und Erntemühen ertragen hat, und sie achten es auf ihre Weise, weil sie wissen, daß es um der Liebe willen geschehen ist.

Dies aber, gerade dies weiß niemand besser als Markus Larasser selbst. Federnd vor Kraft und Selbstbewußtsein geht er durch seine Tage. Das helle Glück leuchtet aus seinen Augen, und wenn er, so wie jetzt gerade, vom Weizenacker heimkehrend, hinter den Gartenbüschen Elisabeths Blondhaar aufschimmern sieht, dann kann er einfach nicht anders, als sich von hinten heranzuschleichen, sie in die Arme zu nehmen und herzhaft zu küssen.

»Du Wildling«, lacht sie pochend vor Zärtlichkeit und Liebe, schmiegt sich eng an ihn und geht mit ihm den Obstanger hinunter, an dessen Ende man weit hinaussehen kann ins Land. Hand in Hand stehen sie da, und Elisabeth denkt, wie so oft in solch glücklichen Stunden, an jenen Sommertag, da sie zum erstenmal mit Markus durch das Tal der sieben Sünden gegangen ist.

Lange stehen sie so da und sehen dem Abendrot zu, wie es langsam hinter den Bergen vergeht. Die Abendglocke läutet, und Elisabeth sagt:

»Komm, Markus, laß uns zu unseren Kindern gehn.«